Simon-Schaefer
Kleine Philosophie für Berenike

Roland Simon-Schaefer

Kleine Philosophie für Berenike

Mit 13 Abbildungen

Philipp Reclam jun. Stuttgart

Umschlagabbildung:
Porträtzeichnung
von Hans-Albert Simon-Schaefer

Universal-Bibliothek Nr. 9466

Gesamtherstellung: Reclam, Ditzingen. Printed in Germany 1996
RECLAM und UNIVERSAL-BIBLIOTHEK sind eingetragene Marken
der Philipp Reclam jun. GmbH & Co., Stuttgart
ISBN 3-15-009466-6

Inhalt

Am liebsten rede ich mit Kindern,
denn von ihnen darf man doch hoffen,
daß sie Vernunftwesen werden können;
aber die, welche es geworden sind – herrjemineh!

Sören Kierkegaard,
Entweder/Oder

Vorwort an die Erwachsenen

Wir leben im Jahrhundert des Kindes – so sagen wir. Das bedeutet, wir glauben, daß erst unsere Zeit das Kind als Kind entdeckt hat. Alle früheren Epochen haben Kinder als kleine Erwachsene überfordert, sie mußten sich wie Erwachsene betragen, wie kleine Erwachsene sich kleiden, sie wurden wie Erwachsene behandelt. Wer den autobiographischen Bildungsroman *Anton Reiser* von Karl Philipp Moritz, dem Zeitgenossen Goethes, liest, der wird sich diesem Urteil gewiß anschließen; wer sodann aber bei Quintilian nachliest, daß die Römer es chic fanden, wenn ihre eigenen Kinder möglichst lange sich kleinkindhaft gebärdeten, während die Kinder der Sklaven möglichst früh nützliche Fähigkeiten erwerben mußten, wer darüber hinaus Pieter Breughels Bild mit der Fülle der dargestellten Kinderspiele kennt und wer schließlich die *Geschichte der Kindheit* von Philippe Ariès liest, für den wird sich unser Urteil über die Vergangenheit auch wieder ein wenig relativieren.

Wenn wir uns jedoch die Hinwendung zum Kind im 20. Jahrhundert anschauen, so werden wir auch mancher Fehlentwicklung gewahr.

Kinder sind Erwachsenen gegenüber wehrlos. Deshalb müssen die Erwachsenen ihnen als den Schwächeren mit Freundlichkeit, Verständnis und Nachsicht begegnen. Zur Schonung der Kinder haben wir im 20. Jahrhundert eine Kinderwelt perfektioniert, in der die freundlichen Seiten des Lebens dominieren, das Negative hingegen minimiert bzw. ganz ausgeblendet wird.

In dieser harmonischen Wunschwelt gibt es kein Leid, keinen Tod, nicht das Böse, es ist eine paradiesische Welt, ohne den Streß der Erwachsenenwelt, eine Welt der Phantasie und Kreativität, eine Welt, aus der die Kinder schließlich doch vertrieben werden müssen. Denn die Erwachsenen wissen, daß diese Welt Fiktion ist. Da sie es zumeist aufgegeben haben, ihre heillose Erwachsenenwelt zu verbessern, möchten sie den Kindern die Wirklichkeit so lange wie möglich verbergen. Die Wirklichkeit ist jugendgefährdend. In dieser Hinsicht ist unsere Sensibilisierung so weit gegangen, daß uns die Kindermärchen der Vergangenheit zu grausam erschienen. Welch ein Unmensch muß Goethe – unser Goethe! – gewesen sein, der seinen Enkelkindern kleine Spielzeug-Guillotinen schenkte. Es ist unser nicht bewältigtes Erschrecken über Auschwitz und Sarajewo, das uns sensibel für die kleinsten Verfehlungen der Vorfahren gemacht hat.

Wenn es uns gelänge, die Diskrepanz zwischen privater Sensibilität für die Humanität und politisch-ökonomischem Kalkül abzubauen, könnten wir vielleicht eine Welt erzeugen, an die wir die Kinder direkt heranführen können. Aber das ist nicht so schnell zu bewerkstelligen. Unsere Kinder als die hoffentlich klügeren Erwachsenen von morgen werden uns dabei helfen müssen.

Deshalb müssen wir sie über unsere Probleme früh genug aufklären. Die einzige Disziplin, die dazu in der Lage ist, ist die Philosophie. Deshalb sollte sie jungen Menschen nicht vorenthalten werden.

Das vorliegende Buch ist aus einem sehr persönlichen Anlaß verfaßt worden. Ich wollte meiner damals zwölfjährigen Tochter Berenike erklären, was die Profession des Philosophen ist.

Herauskommen sollte nicht Kinderphilosophie, sondern die Philosophie, so vorgeführt, daß sie von einem Kind und damit von allen Kindern und Jugendlichen verstanden werden kann. Aber darum sollen sich die Erwachsenen nicht ausgeschlossen fühlen. Sie haben den Kindern weniger voraus, als sie denken. Viel von dem, was sie zu wissen glauben, ist Meinung. Kinder haben noch nicht so viele Meinungen eingetrichtert bekommen, sie sind noch offen und fragen, denn sie sind sich dessen bewußt, daß sie noch wenig wissen.

Nicht zufällig ist das Wissen um das eigene Nichtwissen diejenige Erkenntnis gewesen, die Sokrates seinen Zeitgenossen, Erwachsenen wohlgemerkt, kaum hat vermitteln können.

Liebe Nike,

in der Entwicklung der Kinder gibt es eine Phase, also ein bestimmtes Alter, da stellen sie die berühmten und auch berüchtigten Warum-Fragen: »Warum scheint die Sonne?« »Warum ist die Blume rot, warum das Gras grün?« »Warum heißt der Tisch ›Tisch‹?« »Warum müssen die Menschen sterben?« Mit solchen Fragen bringen die Kinder ihre Eltern oft zur Verzweiflung, denn die Eltern können die meisten Fragen nicht beantworten. Offensichtlich laufen die Eltern durch die Welt, ohne alles zu wissen. Aber ihr Nichtwissen stört sie nicht, sie finden sich auch zurecht, ohne über alles Bescheid zu wissen:

»Warum ist das Gras grün?« – Antwort: »Weil es grün ist.« Oder: »Weil der Himmel blau ist.«

Diese Antworten sind nur der äußeren Form nach Antworten, denn sie beginnen mit »weil«, aber in Wirklichkeit drücken sie etwas anderes aus: »Laß mich in Ruhe!« Oder: »Ich weiß es nicht.« Oder: »Die Welt ist, wie sie ist. Wir wissen nicht, warum sie so ist.«

Oft allerdings bemühen sich die Eltern ernsthaft um eine Antwort. Dann versuchen sie vielleicht, ihrem dreijährigen Kind das Sonnensystem zu erklären oder die Funktionsweise des Benzinmotors und so weiter. Das ist gar nicht so leicht, denn häufig können die Kinder schon Fragen stellen, deren Antworten sie noch gar nicht verstehen, weil sie im Denken noch nicht so geübt sind wie die Erwachsenen.

Aber wenn ich mir in Erinnerung rufe, welche Warum-Fragen du mir gestellt hast, als du noch ein kleines Kind warst, so fällt mir folgendes auf:

Du hast selten oder nie Warum-Fragen gestellt, du hast mich aber häufig nach der Bedeutung einzelner Wörter gefragt.

Du hast mich einmal gefragt, was »Bürgersteig« bedeutet, und ich habe dir geantwortet: »Bürgersteig bedeutet ›Trottoir‹.« Mit dieser Antwort warst du damals zufrieden, weil du damit wußtest, was ein Bürgersteig ist. Und auch heute kommt dir diese Begebenheit keineswegs seltsam vor. Aber diese kleine Anekdote eignet sich hervorragend für den Einstieg in die philosophische Frage, die ich an den Anfang unserer kleinen Anleitung zum Philosophieren stellen will.

I Woher stammen die Wörter?

Wenn wir das Beispiel untersuchen, dem zufolge das unbekannte Wort »Bürgersteig« – immerhin ein Wort der deutschen Sprache – erklärt wird durch das Wort »Trottoir«, das aus dem Französischen stammt, dann müssen wir als erstes folgendes festhalten: Im Normalfall hätte ein Kind deutscher Eltern umgekehrt gefragt, es hätte nach der Bedeutung von »Trottoir« gefragt und hätte die Erklärung von den Eltern erhalten: »Trottoir bedeutet ›Bürgersteig‹.« Vielleicht wäre auch das Wort »Gehweg« verwandt worden. Vielleicht hätten aber auch die Eltern das Wort »Trottoir« gar nicht erklären können, weil sie es selbst nicht kannten, sie hätten in einem Fremdwörterbuch nachschauen müssen.

Welche Wörter stehen in einem Fremdwörterbuch? Wie das Wort ausdrückt, alle fremden Wörter. Das sind die Wörter, die ursprünglich nicht zu unserer Sprache gehören, aber von uns mittlerweile benutzt werden.

Woher stammen die Wörter, das ist unsere Frage. Im Hinblick auf die Fremdwörter können wir schon eine Antwort geben: Sie stammen aus fremden Sprachen. Und woher stammen die Wörter unserer eigenen Sprache? Was ist denn unsere eigene Sprache?

1. Die eigene Sprache und die fremden Sprachen

Es ist die Sprache, die wir unmittelbar verstehen. Es ist die Sprache, in der wir die Bedeutung der fremden Wörter, also der Fremdwörter, erklären. Wir nennen diese Sprache auch Muttersprache, weil es in unserer Gesellschaft gewöhnlich die Mütter sind, die sich um die Kinder und den Haushalt kümmern, während die Väter außer Haus Geld verdienen sollen.

Die Wörter unserer eigenen Sprache, der Muttersprache, lernen wir als Kinder von unseren Eltern. Die Eltern haben die Sprache von ihren eigenen Eltern gelernt, die wiederum auch von ihren Eltern, und so fort bis zu den ersten Menschen. Von wem haben die ersten Menschen oder der erste Mensch, wenn es nur einen allerersten Menschen gab, die Sprache gelernt?

Es war niemand da, von dem sie hätten lernen können. Entweder haben die Menschen die Sprache erfunden, oder alle Dinge der Welt tragen schon Namen, die die Menschen nur ablesen müssen. Wenn es so wäre, daß es eine einzige Sprache gibt, die den Dingen innewohnt und die wir Menschen nur ablesen müssen oder verstehen lernen müssen, dann müßten wir alle eigentlich eine allgemeine Ursprache sprechen, die alle Menschen verstehen.

Aber überlegen wir, ob das der Fall sein kann. Als erstes können wir feststellen: Es gibt nicht eine einzige Muttersprache, sondern viele Muttersprachen. Wer Deutsch als Muttersprache hat, für den ist Englisch oder Französisch eine Fremdsprache, und wer Französisch zur Muttersprache hat, für den ist Deutsch eine Fremdsprache, übrigens eine sehr komplizierte Fremdsprache.

Es ist also durchaus zufällig, welche Muttersprache ein Kind erlernt. Würde ein Kind von deutschen Eltern sofort nach der Geburt von einer japanischen Familie adoptiert, so würde es Japanisch als Muttersprache erlernen.

Und auch innerhalb der Muttersprache gibt es Unterschiede. Nehmen wir das Beispiel des Gehweges. Für dich, Berenike, war »Trottoir« das bekannte Wort, »Bürgersteig« hingegen das Fremdwort. Offensichtlich haben deine Eltern vollkommen gedankenlos in ihre Rede ein Wort aus der französischen Sprache hineingenommen, und du hast es verstanden. Du wußtest, was Trottoir bedeutet.

Aber wie hast du die Bedeutung des Wortes »Trottoir« gelernt? Wie lernen die Kinder überhaupt die Sprache?

2. Die Sprache und das Sprechen

Wenn wir diese Frage beantworten, dann können wir anschließend vielleicht die Frage beantworten, wie die Menschen insgesamt zur Sprache gekommen sind.

Wie also lernt ein Kind die Sprache? Es hört die Eltern sprechen und erlebt zugleich, was die Eltern dabei tun. Nun wissen aber die Eltern ihrerseits, daß ihr Kind noch nicht sprechen kann. Sie bemühen sich also, dem Kind die Sprache – besser wäre zu sagen: das Sprechen – beizubringen.

Ich habe gerade »Sprache« durch »Sprechen« ersetzt. Das hat einen wichtigen Grund: Die Sprache, das ist sozusagen ein Gegenstand, z. B. ein Wörterbuch, in dem alle Wörter einer Sprache alphabetisch geordnet sind. Das Sprechen dagegen ist eine Tätigkeit.

Die Eltern bringen ihrem Kind nicht die Sprache bei, indem sie ihm ein Wörterbuch hinhalten, sondern sie bringen ihm das Sprechen bei, indem sie ihm ganz einfache Sprechsituationen vorführen. Außerdem führen sie Wörter ein, die sie selbst gar nicht benutzen. Für »Hund« sagen sie »Wauwau«, für »Schnuller« »Nucki«, für »Dampflokomotive« »Puffpuff« und so weiter.

Die Eltern sprechen also mit ihrem Kind eine nur für diesen Zweck entwickelte Baby-Sprache. Diese Sprache ist im Vergleich zur Sprache der Erwachsenen sehr einfach. Ein Wort wie »Dampflokomotive« kann von einem Baby nicht auf Anhieb nachgesprochen werden. Es ist in der Abfolge der Laute viel zu kompliziert. Aber »Puffpuff« ist wesentlich einfacher auszusprechen. Mit dem Wort »Puffpuff« kann zugleich lautmalerisch das Geräusch wiedergegeben werden, das eine Dampflokomotive beim Fahren macht: das Zischen des Dampfes in den Zylindern.

Ebenso verhält es sich mit dem »Wauwau«. Der Hund wird für das Baby als das Tier gekennzeichnet, das immer bellt, also »wauwau« macht. Im Grunde genommen ist »Wauwau« eine recht gute Bezeichnung für »Hund«, denn »Wauwau« enthält eine lautmalerische Beschreibung der auffälligsten Lebensäußerung von Hunden, des Bellens. So ist es verstehbar, warum Kleinkinder fast immer das Wort »Wauwau« in ihrer Sprache verwenden. Wenn Erwachsene diese Bellfähigkeit der Hunde zum Maßstab einer Bezeichnung machen wollten, dann würden sie sich natürlich schämen, ein Wort aus der Kindersprache zu verwenden. Statt dessen würden sie den Hund beispielsweise als »Kläffer« bezeichnen.

3. Kindersprache und Erwachsenensprache

Die Erwachsenen, so können wir festhalten, erfinden also für den Umgang mit den Kindern eine Sprache, die wesentlich einfacher ist als die Erwachsenensprache. Diese Sprache enthält zum Beispiel nicht die Worte »ich«, »du«, »er« usw. Denn es wäre für das lernende Kind verwirrend, wenn es erleben müßte, wie Vater und Mutter sich jeweils selber als »ich« bezeichnen und den anderen als »du«. Das Kind wüßte nicht, wer von den beiden »ich« und wer »du« ist. Und vollends ratlos wäre es, wenn es von den Eltern mit »du« angeredet würde und dann mit »ich« antworten sollte.

Um diese Verwirrung zu vermeiden, nennen die Eltern sich gegenseitig und ihr Kind, wenn sie mit ihm sprechen, mit ihrem bzw. seinem Namen, und sie sprechen von sich in der dritten Person: »Papa macht . . .«, »Hänschen muß schlafen« usw.

Ist diese Kindersprache nun richtig oder falsch? Die Frage nach richtig oder falsch kann man so gar nicht stellen. Denn zweifellos ist die Kindersprache brauchbar. Kind und Eltern können miteinander sprechen. Das Kind kann in dieser einfachen Sprache seine Wünsche ausdrücken und sich seinen Eltern verständlich machen. Das geht so weit, daß die Eltern mit ihrem Kind eine Art »Privatsprache« sprechen, das ist eine Sprache, die nur die beiden Eltern und ihr Kind verstehen, aber kein Außenstehender. Vor allem verstehen die Eltern alle Wörter, die das Kind verdreht oder unvollständig ausspricht, etwa »Mokode« statt »Kommode«, oder »grafofieren« statt »fotografieren«.

Jedes Kind hat in diesem Alter des Sprechenlernens

seine eigenen lustigen Verballhornungen und Verfälschungen von Wörtern der Erwachsenensprache vorgenommen, die ihm die Eltern in höherem Alter immer wieder erzählen.

Nun bleibt ein Kind natürlich nicht bei seiner ersten Kindersprache stehen, sondern es lernt andauernd neue Wörter kennen, das bedeutet: sein Wortschatz wird immer größer. Zugleich lernt es auch, alle ihm bekannten Wörter immer flüssiger und richtiger auszusprechen, schließlich läßt es die Baby- und Kleinkindsprache hinter sich. Es wird dann ärgerlich, wenn die Erwachsenen – natürlich in guter Absicht – weiterhin in einer Kleinkindsprache reden.

So erging es einmal einer Tante von mir, die zu mir sagte: »Guck mal, eine Puffpuff«, und von mir empört verbessert wurde: »Das ist doch eine Lokomotive!« Ich war damals drei oder vier Jahre alt.

Wie lernen also die Kinder das Sprechen? Sie fangen mit einem allerersten Wort an, zumeist sind das die Worte »Papa« oder »Mama«. Warum gerade diese Worte? Weil die Eltern sich dauernd um das Kind kümmern (hoffentlich!). Daher besteht die Welt des Kindes zunächst aus Papa und Mama, aus dem Fläschchen, dem Schnuller, aber auch der vollen Windel, die sich unangenehm anfühlt, dem leeren Magen, der zwickt usw.

Indem das Kind sprechen lernt, lernt es, die wenigen Gegenstände seiner Welt zu benennen. Wenn es herumkrabbelt und alles anfaßt und in den Mund nimmt, lernt es die Welt kennen. Diese Welt wird für das Kind immer vielgestaltiger, und wenn es sprechen lernt, erwirbt es die Fähigkeit, mit seinen Eltern über seine Welt zu sprechen.

Wir brauchen also, können wir sagen, die Sprache, um uns mit unseren Mitmenschen verständigen zu können, über die Dinge zum Beispiel, aber vor allem über unsere Wünsche. Das Neugeborene wimmert und schreit, wenn es Hunger hat, das Kleinkind sagt vielleicht »hamham«, und wenn es älter wird, sagt es: »Kann ich ein Bonbon?«, und die Eltern antworten: »Wie heißt das?« Später sagt es, wenn es aus der Schule kommt: »Ich habe furchtbaren Hunger, was gibt es zu essen?« In all diesen Situationen ist aber klar, was das Baby bzw. später das Kind will.

Wir Menschen haben also das Sprechen entwickelt, um uns miteinander verständigen zu können. Wir geben deshalb den Dingen, die uns interessieren, unterschiedliche Namen, um sie voneinander zu unterscheiden. Die Dinge haben demnach nicht von Natur aus einen Namen, sondern wir erfinden die Namen und verabreden untereinander, für ein bestimmtes Ding eine Benennung einzuführen.

Hier wollen wir einmal kurz innehalten und die Ergebnisse unseres bisherigen Nachdenkens über die Frage »Woher kommen die Wörter?« noch einmal formulieren.

4. Sprache als Werkzeug

Die Wörter oder die Bezeichnungen für die verschiedenen Dinge, die uns umgeben, haften den Dingen nicht an. Von Natur aus haben die Dinge keine Bezeichnungen. Aber wir Menschen denken uns Bezeichnungen aus, um die Dinge voneinander unterscheiden zu können, wenn wir über sie sprechen. Wir Menschen haben die Sprache gemacht. Sie ist unser Werk. Daß wir die Sprache als Werkzeug bestimmt haben, ist für unsere weiteren Überlegungen von entscheidender Bedeutung. Wir können nämlich jetzt über Werkzeuge nachdenken, ihre Funktion bestimmen und uns anschließend überlegen, ob wir alle unsere Gedanken über Werkzeuge allgemein auf die Sprache als Werkzeug übertragen können.

5. Die Entwicklung der Werkzeuge

Werkzeuge sind Gegenstände, die wir für bestimmte Zwecke verwenden. Ein einfacher Stein kann für uns ein Werkzeug werden, wenn wir z. B. mit ihm eine Nuß aufknacken. Auch ein Ast kann für uns bereits ein Werkzeug sein. Wenn er sehr dick ist, können wir ihn als Keule benutzen, wenn er sehr dünn und gerade ist, können wir ihn an einem Ende anspitzen und ihn als Lanze oder Speer verwenden. Wir können einen scharfkantigen Stein zum Schaben, Schneiden oder Stechen und einen stumpfen Stein zum Schlagen oder auch Werfen benutzen. Und wenn die Steine, die wir finden, nicht von vornherein geeignet sind, dann können wir versuchen, diese Steine zu bearbeiten. Beispielsweise können wir Steine gegeneinander schlagen in der Hoffnung, daß sie dabei zersplittern. Bei solchen Versuchen werden wir einiges über Steine lernen. Wir werden feststellen, daß manche Gesteinsarten spröde sind und leicht splittern, andere dagegen sehr fest.

Aber wozu benötigen wir überhaupt Werkzeuge? Um mit ihnen Tätigkeiten auszuüben, die wir mit den bloßen Händen und unseren Zähnen weniger gut verrichten können. Natürlich können wir kleine Nüsse auch mit den Zähnen knacken, aber wenn wir Pech haben, beißen wir uns dabei einen Zahn aus. Natürlich können wir versuchen, einen bissigen Hund mit Händen und Füßen abzuwehren, aber ein kräftiger Stock tut bessere Dienste. Natürlich können wir mit den Händen den Boden aufgraben, um eine kleine Pflanze einzupflanzen oder einen Kern oder umgekehrt eine Frucht auszugraben, etwa eine Kartoffel, aber wenn wir einen Spaten besitzen, geht es besser. Wir können mit der Hand Wasser schöpfen, aber ein Becher oder ein Krug fassen mehr Wasser.

In dieser Art könnte man beliebig fortfahren. Aber das mag genügen. Die Beispiele sollten nur verdeutlichen, wie wir Menschen zu Werkzeugen und weiterhin zu Maschinen kommen. Wir haben sie entwickelt, um unser Leben damit angenehmer zu gestalten.

Wenn wir wollen, können wir eine lückenlose Geschichte der Entwicklung und Verbesserung unserer Werkzeuge erzählen. Unsere ersten Werkzeuge waren tatsächlich Steine und Holzknüppel. Im Laufe der Geschichte haben wir gelernt, mit diesen Stoffen immer besser umzugehen. Wir haben uns Steinwerkzeuge gemacht, und als wir gelernt hatten, Erz aus dem Gestein zu schmelzen und in bestimmte Formen zu gießen, konnten wir uns Gerätschaften aus Metall anfertigen. So haben wir uns immer weiterentwickelt, sind von den einfachen Werkzeugen zu komplizierten und dann zu Maschinen übergegangen und haben so schließlich die technische Welt geschaffen, die uns umgibt.

Mit der Sprache verhält es sich grundsätzlich ähnlich. Wir haben begonnen, die verschiedenen Gegenstände, die in unserer Welt existieren, zu benennen, also etwa die verschiedenen Pflanzen, die verschiedenen Tiere, und da wir uns von Pflanzen und Tieren ernähren müssen, haben wir mit der Benennung der Dinge auch immer schon eine Vorstellung davon gehabt, was das Ding jeweils sei, wofür es gut sei und wofür nicht.

Wir haben festgestellt, daß bestimmte Pflanzen und ihre Früchte eßbar sind, andere hingegen ungenießbar oder giftig. Wir haben gelernt, daß das Fleisch verschiedener Tiere unterschiedlich schmeckt, daß Speisen, wenn wir sie erhitzen, unter Umständen besser bekömmlich sind usw.

6. Die Unterschiedlichkeit der Sprachen

Wenn wir bedenken, daß die Menschen über die ganze Erde verteilt leben, dann können wir auch verstehen, warum sie unterschiedliche Sprachen sprechen. Als sie anfingen, ihre Sprachen zu entwickeln, lebten die einzelnen Menschengruppen schon weit verstreut über den Planeten. Sie hatten nicht alle miteinander gleichzeitig Kontakt, und ihre Lebensräume waren sehr unterschiedlich: Wüste, Steppe, Urwald, Hitze in den Tropen, Kälte im Norden.

Diesen unterschiedlichen Lebensräumen mußten die Menschen sich fügen. Deshalb haben sie Bezeichnungen für die verschiedenen Dinge entwickelt. Die einen mußten Benennungen für die verschiedenen Pflanzen und Tiere im Urwald finden, die Steppenbewohner haben die verschiedensten Grasarten unterschieden, die Eskimos haben die verschiedensten Formen von Schnee und Eis unterscheiden müssen.

Deshalb haben unterschiedliche Sprachen auch einen unterschiedlichen Wortschatz. Völker, die Pferde züchten, kennen viele verschiedene Ausdrücke für die unterschiedlichen Pferderassen, für unterschiedlichen Körperbau der Tiere usw., andere dagegen nicht. Worüber jemand spricht und was ihn beschäftigt, hängt also davon ab, in welcher Gegend der Welt er lebt und wie er lebt, ob er z. B. Ackerbauer oder Viehzüchter ist.

Daher sprechen diejenigen Menschen, die an einem Ort zusammenleben, am ehesten eine gemeinsame Sprache, wenn sie in ihrem Zusammenleben viele Dinge gemeinsam tun, wenn also ihre Lebensumstände gleich oder ähnlich sind.

Nun gibt es gewiß Dinge, die allen Menschen gemeinsam sind, z. B. werden alle Menschen als hilflose Wesen geboren, sie müssen lernen, sich zu bewegen, sie werden von ihren Eltern unterwiesen, sie müssen während ihres Lebens für Nahrung sorgen, für Kleidung, um sich vor dem Wetter zu schützen usw., und eines Tages müssen sie alle sterben. Wir können also annehmen, daß die Menschen in den verschiedensten Sprachen diese Probleme durch Worte erfassen, deshalb gibt es in allen Sprachen Bezeichnungen für Vater und Mutter, für Essen und Trinken, für Hunger und Durst, warm und kalt, für Leben und Tod usw.

Sprachforscher gehen davon aus, daß die Menschen schon sehr früh miteinander gesprochen haben, als sie noch nicht über die Erde verstreut lebten. Daher versuchen sie, eine Art von Ursprache aus den heute vorhandenen Sprachen zu erschließen. Das ist nicht einfach, denn die Bezeichnungen müssen in den Sprachen der Gegenwart nicht mehr gleich klingen, im Gegenteil, sie klingen zum Teil sogar sehr unterschiedlich, nur in miteinander nahe verwandten Sprachen klingen die Wörter ähnlich.

So klingen etwa die englischen Wörter *father* und *mother* den deutschen Wörtern »Vater« und »Mutter« recht ähnlich. Trotzdem brauchen wir Wörterbücher, um nachschlagen zu können, welches Wort einer fremden Sprache in seiner Bedeutung einem uns bekannten Wort unserer Muttersprache entspricht. »Vater« und *father* ist ein sehr einfaches Beispiel. Nehmen wir darum etwas Schwierigeres: »Schublade«. Schauen wir, welches Wort es im Französischen dafür gibt. Das Wort lautet *tiroir* und leitet sich ab vom Tätigkeitswort *tirer* ›ziehen‹. Wir nennen also den Gegenstand »Schublade«, und die Franzosen sagen »Ziehlade«. Wohlgemerkt: Wir meinen den gleichen Gegenstand, aber im Französischen ist der Begriff von der Bewegung des Aufziehens her genommen, während im Deutschen die Bewegung des Zuschiebens als Bild für die sprachliche Bezeichnung benutzt wird.

Ziehen die Franzosen die Schubladen lieber auf, und halten die Deutschen die Schubladen lieber verschlossen? Gewiß nicht. Beide, Deutsche und Franzosen, müssen ziehen, um eine Schublade zu öffnen, und schieben, wenn sie eine Schublade schließen wollen. Aber welche Bezeichnung ist die richtige? Oder welche ist die bessere?

Diese Fragen sind unsinnig. Eine Schublade ebenso wie eine »Ziehlade« ist ein Gerät, das man aufziehen muß – etwa aus der Kommode heraus oder unter der Tischplatte hervor. Dann kann man etwas in die Lade hinein»laden«, das heißt hineinlegen, und nun muß man die Lade wieder zuschieben. Dafür benötigen wir

Schubladen. Also um Gegenstände wegzuschließen, die sonst störend herumliegen, die vielleicht zerbrechlich sind und geschützt werden müssen, die sonst verstauben, die die anderen nicht sehen sollen usw.

Mit »Ziehen« beziehungsweise »Schieben« beschreiben wir jeweils einen Teil unserer Tätigkeit. Aber damit haben wir den anderen Teil nicht ausgeschlossen. Wir wissen eben, was man mit der Schublade alles machen kann. Wir haben eine Vorstellung davon, wozu die Schublade nützlich ist, was also ihre Funktion ist, und für die Bezeichnung des Gegenstandes genügt die Benennung eines Teiles unserer Verrichtungen.

»Schublade« und *tiroir* (»Ziehlade«) bezeichnen also ein und denselben Gegenstand, obwohl ihnen ursprünglich verschiedene Vorstellungen zugrunde liegen. Wir haben in den unterschiedlichen Sprachen verschieden klingende Wörter als Bezeichnungen für denselben Gegenstand vorliegen. Die Wörter sind also unterschiedliche Namen, die man in den einzelnen Sprachen für die Gegenstände der Welt gefunden hat. Es gibt dabei keine richtigen oder falschen Namen, sondern jeder Name ist in gleicher Weise tauglich für die Bezeichnung.

Kehren wir noch einmal zu dem Beispiel ganz am Anfang unserer Überlegung zurück. »Trottoir« und »Bürgersteig« sind in gleicher Weise geeignet, den nur den Fußgängern vorbehaltenen Gehweg am Rand der Straße zu bezeichnen. Wörter aus den verschiedenen Sprachen, die ganz unterschiedlich klingen und auf unterschiedliche Weise entstanden sind, können also ein und dieselbe Bedeutung haben. Weil das so ist, können wir Aussagen und Gedanken aus einer Sprache in eine andere übersetzen. Wir benötigen dafür aber Wörterbücher, in denen verzeichnet ist, welche Wörter der fremden Sprache in ihrer Bedeutung einem bestimmten Wort unserer eigenen Sprache entsprechen.

Hier stoßen wir auf eine neue Frage, die Frage nach der Herkunft der Bedeutungen. Wir hatten unsere Untersuchung mit einer anderen Frage begonnen: Woher stammen die Wörter, und wir haben uns über die Lautgestalt der Wörter unterhalten. »Trottoir« und »Bürgersteig« klingen als Wörter völlig verschieden und meinen doch denselben Gegenstand: den Gehweg, der auf den Straßen den Fußgängern vorbehalten ist.

Bevor wir uns der neuen Frage nach den Bedeutungen zuwenden, wollen wir die Ergebnisse unseres bisherigen Nachdenkens festhalten.

7. Sprache als Übereinkunft

Wir Menschen haben die Sprache konstruiert, wir haben vereinbart, die uns umgebenden Dinge durch unterschiedliche Wörter zu kennzeichnen. Aber wie haben wir das ohne Sprache gemacht? Ganz einfach! So verfahren heute noch die Eltern mit ihren Kindern, wenn sie ihnen das Sprechen beibringen: Sie zeigen den Kindern den Gegenstand und sprechen das Wort aus, z. B. »Auto«, »Wauwau« usw. So wird die Sprache weitergegeben, aber so ist sie auch entstanden. Die Urmenschen haben verschiedene Lautfolgen, etwa »Bubu« oder »Baba« oder auch kompliziertere, entwickeln müssen, und sie haben sich darauf einigen müssen, diesen Lautfolgen eine bestimmte Bedeutung zuzuordnen.

Zu diesem Zweck müssen die Menschen zusammenkommen. Dann können sie eine Übereinkunft erzielen. Im Lateinischen heißt »Zusammenkommen« *convenire*. Eine Übereinkunft bezeichnen wir deshalb als »Konvention«. Und wenn wir sagen, daß die Sprachen der Menschen auf Konvention beruhen, dann wollen wir damit ausdrücken, daß die Menschen zusammenkommen müssen, um miteinander verabreden zu können, welche Wörter sie welchen Gegenständen zuordnen wollen. Die unterschiedlichen Sprachen beruhen auf unterschiedlichen »Zusammenkünften« von Menschengruppen, die voneinander getrennt lebten, z. B. durch Meere oder Wüsten, Gebirge oder Urwälder voneinander getrennt waren.

Wenn wir als Babys beginnen, unsere Muttersprache zu erlernen, dann werden wir in ein willkürliches – es hätte ja auch anders sein können – System von Zeichen eingeführt. Das gesprochene Wort ist ja ein lautliches Zeichen für einen Gegenstand.

Aber dieses willkürliche System wird unsere Muttersprache, d. h. unsere erste Sprache und damit diejenige Sprache, in der wir letztendlich alles erklären müssen. Wir verstehen ein Fremdwort dann, wenn wir seine Bedeutung in einer uns verständlichen Sprache, also unserer Muttersprache, erklären können.

Diese »konventionelle« Sprache fängt mit einem ersten Wort an, über dessen Bedeutung man übereinkommt, also Übereinstimmung erzielt, und ist beliebig ausdehnbar. Das bedeutet: Wir können in unserer Sprache immer neue Wörter bilden. Wir können z. B. aus zwei bekannten Wörtern ein neues zusammensetzen, aus der Tätigkeit des »Ziehen« und dem Gegenstand »Schraube« formen wir das Wort »Schraubenzieher« als

Bezeichnung für ein von uns entwickeltes Werkzeug, den Schraubenzieher.

Unsere Sprache ist nicht unendlich, sie hat endlich viele Wörter, aber wir können sie, wenn es nötig ist, erweitern. Wir können sogar Wörter aus fremden Sprachen aufnehmen, so etwa das Wort »Auto«.

»Auto« ist leicht auszusprechen und gehört deshalb zu den Wörtern, die die Babys schnell lernen. Die kleinen Kinder wissen ganz genau, was ein Auto ist, sie würden es nie mit einem Motorrad verwechseln, aber sie wissen nicht, daß »Auto« als Kurzform von »Automobil« aus dem Altgriechischen stammt und »selbst« bedeutet. Das Automobil ist das Selbstbewegliche – »mobil« kommt aus dem Lateinischen und bedeutet »beweglich«. Eine Kutsche dagegen muß von Pferden gezogen werden, sie ist daher kein Automobil.

»Auto« ist also die Kurzform eines aus zwei unterschiedlichen Sprachen zusammengesetzten Fremdwortes, aber kaum jemand weiß das und garantiert nicht die Kleinkinder, die mit Spielzeugautos spielen.

So können uns Fremdworte derart vertraut werden, daß wir ihre fremde Herkunft gar nicht mehr ahnen. Wenn wir ein solches Wort eben nicht mehr als fremd empfinden, sondern derart eingedeutscht haben, daß es nicht mehr auffällt, dann bezeichnen wir es als Lehnwort. Das harmlose Wort »Möbel« ist ein solches Lehnwort. In ihm steckt etwas, was auch im »Automobil« steckt, nämlich Beweglichkeit: Man kann die Möbel in einer Wohnung umräumen, und so unterscheidet sich ein Sofa als Sitzmöbel von einer fest einbetonierten Steinbank, die daher kein Möbel ist.

Unsere Sprache, das können wir aus all dem lernen, ist

nicht abgeschlossen, sondern für jede Weiterentwicklung offen. Solange Menschen sie als erste Sprache lernen und sprechen und verändern, leben Sprachen, wenn dagegen niemand sie mehr als Muttersprache spricht, dann sind sie tote Sprachen wie Lateinisch und Altgriechisch.

Solche toten Sprachen können aber sehr wichtig sein, z. B. in den Wissenschaften. Wir haben uns international darauf geeinigt, die Bezeichnungen für unsere Neuentdeckungen in allen Bereichen der Natur aus lateinischen oder griechischen Wörtern herzuleiten, dann müssen wir uns nicht darüber streiten, ob wir Deutsch, Französisch, Englisch, Italienisch, Spanisch, Russisch, Chinesisch usw. verwenden sollen. Auch das ist also eine Konvention, eine Übereinkunft. Sie hat zum Ziel, die berühmte babylonische Sprachverwirrung zu verhindern, die dann entstehen würde, wenn jedes Volk darauf bestünde, daß die von ihm selbst benutzten Bezeichnungen der Dinge auch von allen anderen verwendet werden müßten.

Bisher haben wir die Schwierigkeiten beleuchtet, die dadurch auftreten, daß die Menschen viele Sprachen entwickelt haben. Wir müssen also unsere Gedanken in diesen unterschiedlichen Sprachen ausdrücken, wenn wir verstanden werden wollen.

Aber auch innerhalb einer einzigen Sprache gibt es Probleme. Ein Sachse und ein Bayer sprechen beide Deutsch, aber ihre Dialekte sind sehr unterschiedlich. Sie können einander nur schwer verstehen. Die verschiedenen Dialekte und Mundarten einer einzigen Sprache entstehen durch die räumliche Trennung der Menschen. Würde man die Menschen enger zusammenbringen, so würden die unterschiedlichen Dialekte verschwinden.

Schließlich gibt es noch eine andere sprachliche Trennung zwischen den Menschen. Sie ist nicht räumlich, sondern gesellschaftlich bedingt. Es gibt feine Kreise und einfache Kreise. Die eine Mutter sagt: »Geh ma bei de Omma!«, und die andere: »Möchtest du nicht deine Großmutter besuchen?!«

Es gibt also plumpe und elegante Sprache. So kann schon durch die Sprache anstelle der Verständigung eine Trennung der Menschen voneinander bewirkt werden. Dieselbe Wirkung hat es, wenn man seine Rede mit Fremdworten anhäuft. Dann kann der Hörer die Rede nicht mehr verstehen, und er ärgert sich über den Sprechenden, der mit seiner Bildung oder mit seinen Kenntnissen angibt.

Wer willentlich unverständlich redet, der mißbraucht die Sprache. Der Sinn aller Sprache ist Verständigung. Der Zusammenhalt der Gesellschaft beruht darauf, daß wir miteinander sprechen können.

Wenn die Menschen alle einzeln lebten, dann hätten sie keine Sprache, weil sie ihre Gedanken, Empfindungen, Wünsche usw. niemandem mitteilen müßten. Nun leben sie aber nicht vereinzelt, sondern wie viele andere Tiere in Gruppen, in Gemeinschaften, und deshalb müssen sie sich untereinander verständigen können wie die Tiere auch. Als Sprache kann schon eine Zeichensprache oder eine Körper- und Gebärdensprache dienen wie bei den Tieren, aber die Sprache der Menschen hat sich als eine Sprache der Wörter über alle anderen Verständigungsmittel hinaus entwickelt.

Die Menschen haben verschiedene Sprachen entwickelt, weil sie nicht alle miteinander Kontakt hatten, als sie anfingen, die Wörtersprache aufzubauen.

8. Die Sprache und der Turm zu Babel

Nun steht im Alten Testament eine ganz andere Geschichte darüber, wie die verschiedenen Sprachen entstanden sind: Ursprünglich haben die Menschen eine einzige Sprache gesprochen, aber als sie einen Turm bauten, der bis an den Himmel reichen sollte, hat Gott, der sich offensichtlich nicht in seinen Himmel gucken lassen wollte, ihre Sprache verwirrt, und als Folge davon liefen die Menschen auseinander und zerstreuten sich in alle Winde. Die gemeinsame Sprache hatte sie zusammengehalten und dazu befähigt, mit dem Turmbau zu beginnen.

Natürlich ist die Geschichte ein Märchen oder, wie man auch sagt, ein Mythos, das heißt, eine von Menschen erdachte Geschichte, die etwas erklären soll, in unserem Fall die Verschiedenheit der Sprachen. Die Mythen unterscheiden sich von anderen Erklärungen zumeist dadurch, daß sie die Welt aus den Handlungen eines oder auch vieler Götter erklären.

Aber auch wenn die Geschichte von der babylonischen Sprachverwirrung nicht stimmt, etwas an ihr ist richtig: Wenn die Menschen keine gemeinsame Sprache sprechen, dann können sie auch nicht gemeinsam handeln.

Wir stehen in der Gegenwart übrigens in der Gefahr einer babylonischen Sprachverwirrung, denn wir haben so viele verschiedene Wissenschaften und so viele Wissenschaftler, die alle nebeneinanderher forschen und nicht miteinander sprechen können, weil keiner die Fachausdrücke seines Fachkollegen versteht, daß unser gesamtes Wissen sich nicht zu einem Wissensgebäude vereinigt, sondern wie Baumaterial auf einer Baustelle herumliegt.

Nun kann man das Problem der Sprachverwirrung beseitigen, wenn man in Wörterbüchern die Wörter verschiedener Sprachen in ihrer Bedeutung einander zuordnen kann.

Setzen wir nun einfach den Fall, daß es zwischen den Menschen keine Sprachprobleme gibt, weil sie die Mißverständnisse über den Gebrauch der Wörter aufheben können. Das bedeutet: Wenn es irgendwo einen Streit um den Gebrauch der Wörter gibt, dann ist das nicht unabänderlich. Wir können diesen Streit schlichten, z. B. indem wir folgendes festhalten: Person A bezeichnet mit dem Wort X den Sachverhalt Abrakadabra, während Person B mit dem Wort X den Sachverhalt Hokuspokus bezeichnet. So haben wir das mögliche Mißverständnis beseitigt. In unseren Wörterbüchern stehen solche unterschiedlichen Wortgebräuche.

Wir halten also fest: Auf der Ebene der Wörter können wir uns verständigen über den einheitlichen oder auch den unterschiedlichen Gebrauch der Wörter. Das sind zwei verschiedene Fälle. Im täglichen Leben können wir uns eine Vieldeutigkeit der Wörter leisten, denn wir können in der Sprache selbst durch immer neue Umschreibungen das erläutern, was wir meinen.

Im Sprachgebrauch der Lebenswelt können wir uns diese Vieldeutigkeit leisten. Sie macht uns sogar großen Spaß. Viele Witze beruhen zum Beispiel darauf, daß ein Wort verschiedene Bedeutungen haben kann.

9. Die Besonderheit der Wissenschaftssprachen

Im Bereich der Wissenschaften dagegen würde die Vieldeutigkeit zu zeitaufwendigen Klarstellungen führen. Deshalb haben sich die Wissenschaftler darauf verständigt, daß alle von ihnen gebrauchten Wörter eindeutig sein sollen. Das heißt: Jedes wissenschaftlich verwendete Wort wird dem lebendigen Sprachgebrauch, der es ja verändern könnte, entzogen, und es wird ausdrücklich festgesetzt, daß das Wort X nur die eine Bedeutung und keine andere haben darf. Dieses Verfahren nennt man Definition.

Die Wissenschaftler sind sehr stolz auf dieses Verfahren und halten sich für klüger als die anderen Menschen. Mit dieser Überheblichkeit haben sie sogar die Philosophen beeindruckt. So haben sich zu Beginn unseres Jahrhunderts tatsächlich eine Reihe von Philosophen auf die Suche nach der exakten Sprache begeben, weil sie glaubten, man könne alle Fragen beantworten, wenn man nur über die richtige Sprache verfüge. Erst nach einiger Zeit haben sie bemerkt, daß die »Philosophie der exakten Sprache« nicht besser ist als die »Philosophie der normalen Sprache«. In der Gegenwart wissen wir wieder, daß jede Sprache für ihre jeweilige Aufgabe taugt. Wenn wir in unserer Sprache an eine Grenze stoßen, weil uns die Worte fehlen, dann müssen wir neue Worte einführen. Als es noch keine Autos gab, gab es auch noch nicht das Wort »Auto«. Und als die Menschen das erste Automobil konstruiert hatten, haben sie ihm einen Namen gegeben, den sie nicht willkürlich gewählt haben. Vielmehr wollten sie in der Bezeichnung deutlich machen, was das für ein Ding sei, das sie »Auto« nannten, nämlich ein Gefährt, ein Wagen, das von selbst fahren kann, aber nicht gezogen werden muß, weil es eine Antriebsmaschine, einen Motor besitzt.

Der Name »Automobil« bedeutet also etwas. Und was für das Wort »Auto« gilt, das gilt natürlich für alle Wörter. Mit Wörtern bezeichnen wir die Dinge, die uns in der Welt umgeben. In der Wahl der Wörter sind wir frei, aber die Dinge waren schon da, bevor wir Namen für sie hatten. Mit den Namen wollen wir die Dinge nicht nur unterscheiden, dann könnten wir ja jedem Ding eine Nummer zuordnen, vielmehr wollen wir mit dem Namen auch ausdrücken, was das Ding ist: Ein Stuhl ist ein Stuhl, und ein Tisch ist ein Tisch. Das bedeutet: Ein Stuhl ist kein Tisch. Indem wir ein Ding mit einem Namen belegen, haben wir es einer Gruppe von Gegenständen zugeordnet und zugleich von den anderen Dingen unterschieden, die nicht zu dieser Gruppe gehören. Das Wort hat eine Bedeutung.

Aber was ist Bedeutung. Damit sind wir bei einem neuen Thema der Sprache, der Frage nach den Bedeutungen.

II Woher stammen die Bedeutungen der Wörter?

Wenn ich von einem Gegenstand behaupte: Dies ist ein Stuhl, dann identifiziere ich ihn. Aber was ist denn ein Stuhl? Wie können wir beschreiben, was ein Stuhl ist? Nehmen wir einfach einen Stuhl und beschreiben ihn! Dann wissen wir, was ein Stuhl ist. Aber woher wissen wir denn, daß das ein Stuhl ist, was wir vor uns haben? Wir müssen also einen Begriff des Stuhles haben, wenn wir einen Stuhl als Stuhl ansprechen wollen. Nun wollten wir einen Stuhl dazu benutzen, um herauszufinden, was ein Stuhl ist. Das geht aber nicht. Entweder wissen wir schon, was ein Stuhl ist, dann können wir Stühle als Stühle erkennen und von Nicht-Stühlen unterscheiden, oder wir wissen es nicht. Dann können wir auch keinen Stuhl nehmen, um an ihm zu beschreiben, was ein Stuhl ist.

Aber zum Glück wissen wir schon, was ein Stuhl ist, denn die Menschen haben die Stühle nach ihren Bedürfnissen konstruiert. Wir haben schon oft auf Stühlen gesessen, und wenn uns jemand sagt: »Hol doch bitte aus dem Nebenzimmer einen Stuhl!«, so werden wir diesen Wunsch in der rechten Weise erfüllen können.

1. Benennungen und ihre Bedeutungen

Ein Stuhl ist also ein Sitzmöbel, das bedeutet: ein von uns Menschen hergestellter Gegenstand. Seine Aufgabe oder Funktion ist, zum Sitzen zu dienen. Zum Sitzen kann auch der Fußboden dienen oder eine Decke oder ein Kissen, aber das sind alles keine Stühle. Ein Stuhl hat die Aufgabe, uns erhöht sitzen zu lassen. Wir brauchen also ein Gestell, das aus Beinen und einer Sitzfläche besteht. Wie viele Beine hat ein Stuhl? Mindestens ein Bein, und höchstens wie viele? Normalerweise vier, aber fünf oder sechs würden wir auch zulassen. Auch zwanzig? Bisher hat noch niemand einen Stuhl mit zwanzig Beinen konstruiert. Aber die Anzahl der Beine ist auch nicht das Entscheidende.

Wichtiger ist die Sitzfläche. Wir benötigen eine Sitzfläche, die geeignet ist, daß sich ein Mensch darauf setzen kann. Die Form? Sie kann verschieden sein, z. B. rund oder dreieckig, viereckig, möglicherweise auch sechs- oder achteckig. Und siebeneckig? Die Anzahl der Ecken der Sitzfläche spielt keine Rolle. Wenn die Sitzfläche so breit ist, daß zwei Menschen darauf Platz finden, dann sprechen wir nicht von einem Stuhl. Wir würden dann sagen: Es ist eine Bank.

Also: die Sitzfläche des Stuhles bietet Platz für eine Person. Das ist aber auch bei einem Hocker der Fall. Was ist denn nun der Unterschied zwischen beiden? Der Stuhl hat eine Rückenlehne, der Hocker nicht. Und wie steht es mit den Seitenstützen, den Armlehnen? Ein Stuhl kann auch Armlehnen haben, aber das ist nicht Bedingung. Die meisten Stühle haben keine Armlehnen. Die Stühle mit Armlehnen bezeichnen wir, wenn sie bequem sind und dazu einladen, sich gemütlich hineinzusetzen – bei einem normalen Stuhl können wir uns nicht hinein-, sondern nur draufsetzen – als Lehnstuhl oder, wenn alles, Sitz und Lehnen, schön gepolstert sind, als Sessel. Aber es gibt auch Sessel ohne Armstützen.

Warum nennen wir sie nicht einfach Stühle? Weil sie außer dem Fehlen der Armlehnen eindeutig Sessel sind.

Aber was ist der Unterschied zwischen Stuhl und Sessel? Vielleicht die Bequemlichkeit? Normalerweise ist die Sitzfläche beim Sessel niedriger als beim Stuhl. Man läßt sich in den Sessel fallen, um sich zu entspannen. Aber man setzt sich auf den Stuhl und dann zumeist an den Tisch, um zu essen oder zu arbeiten.

Nun gibt es auch Tische, die zu Sesseln passen, aber das sind ganz niedrige Tische. Bei ihnen ist die Tischplatte etwa so hoch wie bei einem normalen Stuhl die Sitzfläche. Das gibt mir die Gelegenheit, folgende wahre Begebenheit zu erzählen:

Als ich während meines Studiums die Universität wechselte und von Köln nach Bochum ging, mußte ich auf dem Gelände der Universität in Bochum das Philosophische Institut aufsuchen. In Bochum besteht die Universität aus riesigen häßlichen Gebäuden, die durch ihre monströse Größe beeindrucken. In diesen Gebäuden mit ihren endlosen Gängen kann man sich fast verirren. Als hätten die Erbauer das geahnt, haben sie in diese engen Gänge an verschiedenen Stellen sehr geräumige Nischen eingebaut, in denen man sich ausruhen kann. In diesen Nischen standen damals Sitzgelegenheiten. Und nun taucht das Problem auf. Einige Gegenstände waren eindeutig zu erkennen als sehr niedrige Stühle in einer Form, die an Sessel erinnerte. (Eigentlich ist das schon eine sehr komplizierte Beschreibung!) Daneben standen Gegenstände, die schwer zu identifizieren waren: Auf vier Beinen war, etwa in der Höhe der Sitzfläche eines normalen Stuhles, eine große Platte angebracht, quadratisch, auf der mehrere Menschen gleichzeitig hätten sitzen können.

Wenn wir das oben über Stühle Gesagte zu Rate ziehen, so verstehen wir das Problem: Der Gegenstand war für einen normalen Tisch zu niedrig, aber für einen Stuhl war die Sitzfläche zu groß. Was war das für ein Möbel? Es war nicht zu identifizieren auf Anhieb, und deshalb fragten alle Studenten, die in der Nische ausruhen wollten, die schon Anwesenden: »Verzeihung, kann man sich darauf setzen?« Hätten nur diese Dinge in der Nische gestanden, hätte niemand gefragt. Jeder hätte das Ding als Sitzgelegenheit angesprochen und sich darauf gesetzt als auf eine Bank mit übergroßer quadratischer Sitzfläche. Aber die Anwesenheit der anderen offensichtlich als Stühle anzusprechenden Gegenstände machte aus den seltsamen Bänken doch wieder Tische, nämlich niedrige Couchtische. Und so waren die Studenten ratlos, denn sie hatten in ihrer Jugend alle von ihren Eltern gutes Benehmen gelernt und wußten daher, daß es unfein ist, sich auf den Tisch zu setzen. Und nun wußten sie nicht, durften sie, weil das Ganze eine Art Bank war, oder durften sie nicht, weil es ein Tisch war.

Nach der großen Studentenrevolte haben die Studenten ein kritischeres Verhältnis zu ihren Eltern bekommen, und sie haben nie wieder so interessante erkenntnistheoretische Fragen gestellt, denn sie hatten später keine Scheu mehr davor, sich auf Tische zu setzen.

Nun sollten wir aber darüber nachdenken, was wir philosophisch aus dieser Geschichte lernen können.

2. Die Definition

Ein Tisch ist ein Tisch, und ein Stuhl ist ein Stuhl, hatten wir oben ganz arglos gesagt. Damit hatten wir ausdrükken wollen: Ein Stuhl ist ein Gerät zum Sitzen, gehört also in die Gruppe der Sitzmöbel und unterscheidet sich von anderen Sitzmöbeln, also Hockern, Bänken, Sofas, Sesseln, einer Couch usw. durch bestimmte Merkmale. Wenn wir diese Merkmale aufzählen, dann können wir damit die Gruppe der Stühle von den übrigen Sitzmöbeln abgrenzen und eingrenzen. Wir bezeichnen dieses Tun als »Definition«. Das Wort stammt aus dem Lateinischen und bedeutet »Begrenzung«. Durch die Definition grenzen wir also einen Begriff von anderen Begriffen ab, etwa »Stuhl« von »Sessel«.

Wenn wir eine eindeutige Definition haben, können wir an die Gegenstände herangehen und prüfen, ob sie die Merkmale aufweisen, die wir in der Definition genannt haben. So können wir einen Gegenstand dann als Stuhl identifizieren.

Aber nun zu dem Beispiel des Tisches aus der Erzählung. Die Studenten hatten Schwierigkeiten, sich zu entscheiden. Sie waren unsicher, ob das Ding ein Tisch oder ein Sitzmöbel sein sollte. Denn: Die Beine waren kürzer als bei einem normalen Tisch. Außerdem suchten die Studenten eine Sitzgelegenheit. Deshalb forderten die niedrigen Tische sie zum Sitzen auf, ebenso wie eine Fensterbank dazu auffordern kann, sich darauf zu setzen, wenn man nur müde genug ist.

Ein Tisch ist ein Tisch. Aber die Höhe der Tischplatte ist unterschiedlich. Wenn ich als Benutzer des Tisches auf dem Boden sitze, dann muß die Tischplatte erheblich niedriger sein, als wenn ich auf einem hohen Stuhl sitze.

Ein Tisch, ein Stuhl, das sind Geräte, die wir Menschen verfertigt haben für unsere Zwecke. Ohne uns Menschen gäbe es diese Geräte nicht. Weil wir diese Dinge hergestellt haben nach unseren Wünschen, deshalb können wir sie auch verändern, wenn wir wollen. Wir können von einem Stuhl die Rückenlehne entfernen, und machen aus dem Stuhl einen Hocker. Und kleine Kinder kommen oft auf die Idee, einen normalen Tisch zur Höhle oder zum Haus zu machen, indem sie ihn mit Decken behängen.

Wenn wir uns auf einen Tisch setzen, dann benutzen wir ihn als Sitzgelegenheit, wir benutzen ihn zweckentfremdet, denn sein eigentlicher Zweck ist, Standort für verschiedene Gegenstände zu sein, und zwar ein gegenüber dem Erdboden erhöhter Standort. Wir wollen beim Essen nicht die Speisen vom Boden aufnehmen müssen, das wäre zu unbequem, also erfinden wir Tische.

Alle von uns Menschen hergestellten Gegenstände dienen jeweils einem bestimmten Zweck. Wenn wir diese Gegenstände nun benennen, dann verbinden wir mit der Benennung eine Vorstellung von ihrem Zweck. Also hat das Wort Stuhl eine bestimmte Bedeutung, nämlich die Bedeutung: Sitzmöbel mit Rückenlehne. Das nennen wir den »Begriff«. Wir meinen damit, daß wir wissen, was ein Ding ist, z. B. ein Stuhl oder ein Tisch, wenn wir einen Begriff von der Sache haben. Wenn wir einen Gegenstand nicht kennen, nicht identifizieren können, dann bezeichnen wir ihn als Ding. »Reich mir doch bitte mal das Ding da herüber«, so reden wir oft, und dabei zeigen wir mit dem Finger auf den gemeinten Gegenstand. Unser Gegenüber sagt dann vielleicht: »Meinst du den Hammer? – Ach so, das da, das ist eine Zange.« Und dabei deutet er auch auf den Gegenstand. So reden wir im täglichen Leben und verständigen uns dabei über die Dinge. Ein uns unbekanntes Ding lassen wir uns erklären, und zugleich lassen wir uns die Bezeichnung des Dinges nennen.

Wenn das alles passiert ist, dann haben wir begriffen, was das Ding ist. Das nennen wir den »Begriff«. Von einer Sache einen Begriff haben, bedeutet also: wissen, was eine Sache ist.

3. Der Begriff und das Begreifen

Warum nehmen wir für diesen Vorgang das Wort »Begriff«? Begriff kommt doch von Greifen, bezeichnet eine Tätigkeit, die wir mit den Händen ausführen. Aber wir meinen mit Begriff die gedankliche und sprachliche Erfassung eines Dinges, also seine richtige Benennung.

Die Erklärung hierfür ist einfach: Schon bevor die Menschen sprechen können, nehmen sie die Dinge der Wirklichkeit wahr. Die Babys wollen alles anfassen und in den Mund nehmen. Das ist ihre Weise, die allerersten Erfahrungen zu machen. Was kann man über einen Gegenstand alles erfahren, wenn man ihn anfaßt? Man kann seine Größe bestimmen, sein Gewicht, die Beschaffenheit seiner Oberfläche – rauh, glatt, weich, hart, kalt, warm usw. –, man kann die Festigkeit testen, seine Biegsamkeit, die Beschaffenheit seiner Einzelteile.

Wir können uns also tatsächlich einen Begriff von einem Gegenstand machen, indem wir ihn mit unseren

Händen begreifen. Wenn wir über eine ausgebildete Sprache verfügen, dann können wir einem anderen Menschen unsere Erfahrungen mitteilen, wir können ihm sagen, wie der Gegenstand beschaffen ist, und der andere muß den Gegenstand nicht mehr unbedingt selbst in die Hand nehmen, um sich einen Begriff davon zu machen.

Das sprachliche Beschreiben eines Dinges kann das körperliche Begreifen mit den Händen ersetzen. Durch die Möglichkeit, mit der Sprache die Dinge zu begreifen, können wir uns von den Dingen entfernen, wir können über Dinge sprechen, die im Augenblick nicht zur Hand sind. Wir werden durch die Sprache also unabhängiger von der einzelnen Situation, über die wir sprechen.

Aber im Wort »begreifen« steckt immer noch die Erinnerung an unsere ursprüngliche Weise, die Welt zu erfassen. Und das Begreifen im Sinne von Anfassen steckt uns immer noch im Blut. Es zuckt uns in den Fingern, die Dinge, die wir sehen, auch anzufassen. Deshalb stehen in allen Museen und Ausstellungshallen die Schilder: Bitte nicht berühren!

Einen richtigen Begriff von einer Sache haben, heißt also: wissen, was eine Sache ist, und sie in der entsprechenden Weise benennen können. Wenn ich weiß, was ein Stuhl ist, dann kann ich einen Gegenstand daraufhin untersuchen, ob er ein Stuhl ist.

Unser Ziel ist, von allen Dingen einen richtigen Begriff zu haben. Das ist aber gar nicht so einfach. Bei allen Gegenständen, die wir selbst hergestellt haben, wissen wir Bescheid, denn wir haben sie zu einem bestimmten Zweck geschaffen. Der Stuhl ist also ein Sitzmöbel für uns Menschen, aber nicht für Elefanten.

Aber wie steht es mit den Dingen, die wir nicht selbst

hergestellt haben? Im Schöpfungsbericht der Bibel heißt es, Gott habe die Welt erschaffen und ganz zum Schluß den Menschen. Der Mensch – zunächst war es nur ein einziger, nämlich Adam – sollte das Werk Gottes betrachten und die einzelnen erschaffenen Dinge benennen. Dieser Mythos beschreibt sehr gut unsere Lage als Menschen in einer Welt, die wir nicht geschaffen haben, aber erkennen wollen.

Hier taucht eine neue wichtige philosophische Frage auf: Wie gelangen wir Menschen zur Erkenntnis? Oder: Woher stammt unser Wissen? Dies soll das Thema des folgenden Kapitels sein.

III Der Ursprung unseres Wissens

Wenn wir diese Frage beantworten wollen, dann gehen wir am besten vor wie bei der Beantwortung der beiden anderen Fragen. Wir fragen zunächst einmal, wie der einzelne Mensch zu Wissen gelangt. Die Antwort ist einfach. Die anderen Menschen bringen ihm das Wissen bei. Zuallererst natürlich die Eltern, die sich darum bemühen, die vertrackten Warum-Fragen ihrer Kinder zu beantworten. Da die Eltern nicht alles wissen und auch nicht die Zeit haben, ihren Kindern das Wissen beizubringen, schicken sie die Kinder in die Schule. Dort sind die Lehrer, die ja deshalb so heißen, weil es ihr Beruf ist, den Schülern Wissen zu vermitteln. Die Kinder glauben zunächst alles, was die Lehrer sagen, ebenso, wie sie schon den Eltern geglaubt haben. Sie sind häufig erstaunt, wenn sie feststellen, daß der Lehrer etwas Falsches gesagt hat. Es dauert eine Weile, bis sie erkennen, daß der Lehrer keineswegs alles weiß, sondern auch nur ein begrenztes Wissen besitzt, das er selbst im Zweifelsfall aus Büchern bezieht.

Das Wissen steht also in Büchern. Die Bücher sind von Menschen geschrieben. Damit stehen wir wieder bei der Anfangsfrage, denn bisher haben wir nur beschrieben, wie Wissen weitergegeben wird, nicht aber, wie Wissen erzeugt wird.

Zunächst können wir ganz einfach beschreiben, wie wir zu Wissen gelangen. Im vorigen Kapitel hatten wir über das Begreifen als eine Handlung gesprochen und über den Begriff, das ist das, was wir von einer Sache, einem Gegenstand, wissen, wenn wir ihn lange genug mit unseren Händen untersucht haben, wenn wir ihn begriffen haben. Wir hatten im vorigen Kapitel gesagt: Wissen, was ein Ding ist, heißt, einen Begriff von der Sache haben.

1. Wissenserwerb und Erfahrung

Wir sehen einen Gegenstand und haben in uns eine Vorstellung von ihm. Damit die Vorstellung von seinem Äußeren nicht einseitig bleibt, betrachten wir den Gegenstand nach Möglichkeit von allen Seiten. Wenn er klein ist, drehen wir ihn in unserer Hand, wenn er zu groß und zu schwer ist, dann bewegen wir uns um ihn herum. Zum Beispiel gehen wir um ein Haus herum, um zu sehen, wie es insgesamt aussieht. Wenn wir das Haus nur von einer Seite betrachten, dann erhalten wir nur ein einseitiges Bild. Es gibt z. B. Häuser, die sehen von vorn wie Paläste aus und von hinten wie armselige Hütten. Deshalb müssen wir von allen Seiten hinschauen. Aber wir müssen auch in das Haus hineingehen. Es könnte ja sein, daß das Haus nur aus Außenmauern besteht und innen keine Einteilung, keine Wände und Decken besitzt. Es könnte eine Art Theaterkulisse sein, die nur ein Haus vortäuschen will.

Was wir mit den Augen wahrnehmen können, ist immer nur der Anblick der Sache von einem bestimmten Punkt aus, aber nicht die Sache selbst. Wir müssen also unsere Wahrnehmungen vervollständigen und etwa den Seheindruck durch das Fühlen ergänzen. Ich kann z. B. einer Wand nicht ansehen, ob sie aus Stein oder aus

Pappe ist, wenn sie mit einer Tapete versehen ist. Also klopfe ich dagegen. Am Klang und am Widerstand des Materials kann ich erkennen, ob die Wand dick oder dünn, aus Stein oder aus Pappe ist.

Ein anderes Beispiel: Ich kann dem Feuer nicht ansehen, daß es heiß ist. Die Wärme fühle ich auf der Haut, und wenn ich unvorsichtig bin und mit der Hand in die Flamme greife, dann bemerke ich schmerzhaft, wie heiß Feuer ist.

Es gibt eine indische Erzählung, in der ein Maharadscha einen Elefanten von einer Anzahl Blinder befühlen läßt – jeder befühlt einen anderen Teil des Tieres – und sich dann darüber amüsiert, daß die Blinden in Streit geraten und sich prügeln, weil jeder von ihnen den Elefanten anders beschreibt. Ein unbekannter Cartoonist hat diese Situation witzig illustriert:

Wenn wir über diese Zeichnung nachdenken, so werden wir erkennen, daß darin die Situation der Erfahrungswissenschaften dargestellt ist. Die Blinden, das sind wir Menschen, die durch die Beschränkungen unserer Sinne daran gehindert werden, die Wirklichkeit unmittelbar zu sehen, wie sie ist. Aber die Blinden müssen ja nicht dumm sein. Wenn sie sich untereinander verständigen, dann können sie gemeinsam und in Arbeitsteilung den Elefanten abtasten und schließlich zu einer zutreffenden Beschreibung gelangen. Jeder einzelne wird dann erkennen, daß er einen Teil für das Ganze gehalten hat. Seine »Wahrheit« ist einseitig, nur eine Teilaussage. Die wirkliche Wahrheit ist das Ganze.

Der Philosoph Hegel hat diese Erkenntnis in seinem *dialektischen* Denken fruchtbar gemacht. In Dialektik steckt Dialog. Ein Dialog entspinnt sich zwischen mehreren Personen und führt zu einem Ergebnis, das vom Ausgang verschieden ist. Unsere wissenschaftliche und philosophische Entwicklung kann man daher nach Hegel als einen Vorgang erklären, in dem alle Beteiligten ihre speziellen und partiellen Erkenntnisse zusammentragen, den Stellenwert dieser Aussage bestimmen und so am Ende eine Gesamtaussage konstruieren. Jeder hat etwas Wichtiges beizutragen, gleichgültig, ob er, wie beim Elefanten, den Rüssel, den Schwanz oder den Elefantenfladen begutachtet.

Noch etwas Wichtiges kann man aus der Lage der Blinden und ihren Möglichkeiten herleiten. Für die Erkenntnis der Welt sind unsere Sinneseindrücke nicht ausschlaggebend, auch nicht unsere Ausstattung mit Sinnen. Den Blinden fehlt der Gesichtssinn, trotzdem können sie sich einen Begriff vom Elefanten machen, wenn sie methodisch vorgehen, ja sogar ein einzelner Blinder könnte den Elefanten begreifen, wenn man ihm genügend Zeit einräumt.

Mein Wissen von den Dingen dieser Welt stammt also aus der Erfahrung im Umgang mit ihnen. Das bedeutet: Ich weiß nicht alles von den Dingen, sondern nur dasjenige, was ich durch Erfahrung herausgefunden habe. Erfahrung kann meine eigene, persönliche Erfahrung sein, zumeist ist es jedoch die Erfahrung anderer, die mir mündlich oder schriftlich mitgeteilt wird, z. B. in Lehrbüchern. In den Büchern steht das, was wir für wissenswert hielten oder tatsächlich wußten zu dem Zeitpunkt, als das Buch geschrieben wurde. Alte Lehrbücher enthalten daher oft Behauptungen, die wir heute als falsch erkannt haben. Das bedeutet: Unser Wissen von der Welt war bisher unvollständig, es ist auch in der Gegenwart noch unvollständig. Deshalb hat die menschliche Gesellschaft so viele Forscher und Wissenschaftler beauftragt, das vorhandene Wissen auszuwerten und zu verbessern.

2. Zweifel an unserem Wissen

Unser Wissen, so weit wir es auch bisher getrieben haben, ist unvollkommen. Wir wissen nicht, was von dem, was wir für wahr halten, in Wirklichkeit falsch ist. Warum ist unser Wissen unvollkommen? Auf diese Frage haben viele Menschen folgende Antwort bereit: Der Mensch selbst ist ein unvollkommenes Wesen, seine Erkenntnisfähigkeit ist beschränkt. Deshalb wird er niemals zum wahren Wissen kommen.

Ein solcher umfassender Zweifel ist unvernünftig, weil er nicht durchdacht ist. Denn unzweifelhaft wissen wir bestimmte Dinge. Wir wissen zum Beispiel, daß wir existieren. Der Philosoph Descartes hat diese Erkenntnis als eine unbezweifelbare herausgefunden, als er den Versuch unternahm, an allem zu zweifeln: an der Existenz der Welt, weil sie ja ein Traum sein könnte, an meinem Denkvermögen, weil ich mich irren kann, usw.

3. Etwas Unbezweifelbares

Selbst wenn ich zugeben muß, daß ich nur Quatsch im Kopf habe, also nur unsinnige und falsche Gedanken, so kann ich mit Gewißheit und unwiderlegbar behaupten: Ich bin es, der sich diese falschen Gedanken macht. Also existiere ich.

Nun bringt mir diese Einsicht an sich noch nicht viel, deshalb hat Descartes mit ihr auch nicht viel angefangen. Er wollte Gewißheit im Hinblick auf die Existenz der Welt gewinnen. Deshalb hat er behauptet: weil Gott, dessen Existenz er annahm, ein guter Gott ist, deshalb kann er nicht wollen, daß die Menschen sich täuschen, und aus diesem Grunde sorgt er dafür, daß wir die Wahrheit erkennen können.

Das ist keine überzeugende Argumentation, denn es bleibt ja eine Tatsache, daß wir uns täuschen können. Wir suchen deshalb ein Mittel, welches verhindert, daß wir uns täuschen. Bleiben wir daher zunächst bei der Erkenntnis von Descartes: Ich existiere. Denn ich habe Bewußtsein. Oder: Ich denke – an irgend-etwas, also bin ich.

Das bedeutet aber: Indem ich von mir selbst weiß, daß ich existiere, weil ich an irgend etwas denke, weiß ich noch etwas: dieses etwas, was ich gerade denke. Ich existiere, aber auch der Gedanke existiert, als mein Gedanke. Ich kann zum Beispiel an ein geflügeltes Pferd denken, also an dieses Tier der griechischen Mythologie, den Pegasus, ich kann mir Kentauren vorstellen, oder, was heute näher liegt, ich kann über die Phantasiefiguren von Walt Disney nachdenken, obwohl ich weiß, daß diese Figuren erfunden sind, also nicht wirklich existieren. Aber ich kann Goofy von Mickey unterscheiden. Goofy ist Goofy und nicht Mickey. Dafür kann ich auch sagen: *a* ist *a* und nicht *b*.

4. Die notwendige Ordnung des Denkens

Daran kann man nicht zweifeln: *a* ist *a*, und: *a* ist nicht *b*. Ich kann auch sagen: Diese Gestalt da vorn ist entweder Goofy oder nicht Goofy. Entweder *a* oder nicht-*a*. Etwas Drittes, was weder *a* noch nicht-*a* ist, gibt es nicht.

Man kann die Richtigkeit dieser Aussagen nicht bezweifeln: *a* ist *a*, oder anders ausgedrückt: Wenn ich *a* sage, dann meine ich auch *a*. Wenn ich *a* sage und *b* meine bzw. nicht-*a*, dann kann mich kein anderer Mensch verstehen. Wenn er den Verdacht hat, daß ich zwar *a* sage, aber nicht-*a* meine oder gar nicht weiß, was ich will, so wird er mich fragen, was los ist, ob ich wirklich etwas sagen will.

In der Philosophie nennt man diese Vorbedingung für das Miteinander-sprechen-Können, d. h. für die Kommunikation der Menschen miteinander, das Axiom der

Identität. Axiom bedeutet »Forderung«. Wer also die Forderung nach der Identität seiner Aussagen nicht einhält, der kann von niemandem verstanden werden.

Man kann drei solcher Axiome, also Forderungen, aufstellen. Sie sind schon genannt worden.

(1) Das Axiom der Identität.
Das bedeutet: *a* ist *a*. Wenn ich *a* sage, dann meine ich auch *a*.

(2) Das Axiom von der Widerspruchsfreiheit.
a ist nicht nicht-*a*. Wenn ich das Gegenteil behaupte, *a* ist zugleich nicht-*a*, dann wird jeder Gesprächspartner mich fragen, was ich denn nun meine, *a* oder nicht-*a*, aber nicht beides zusammen, das wäre ein Widerspruch.

(3) Das Axiom vom ausgeschlossenen Dritten.
Ich kann entweder behaupten, daß *a* existiert oder daß nicht-*a* gegeben ist, aber ich kann nichts Drittes aussagen, das zwischen *a* und nicht-*a* existiert. Alles, was nicht *a* ist, muß nicht-*a* sein, es könnte also *b, c, d, e* . . . usw. scin, denn das alles sind nicht-*a*.

Diese Axiome heißen Axiome, weil sie die Voraussetzungen für das Reden über die Dinge darstellen. Das bedeutet,

(a) ich muß mich beim Sprechen an diese Regeln halten, damit die anderen Menschen mich verstehen können,

(b) alle Dinge, die ich mir vorstelle, unwirkliche, wie Fabelwesen, und wirkliche, z. B. wirkliche Lebewesen oder beliebige Gegenstände, kann ich mir auch nur nach diesen Regeln vorstellen.

Für alle gedachten Dinge ebenso wie für die wirklichen Dinge gelten die drei Axiome. Das ist eine wichtige Erkenntnis. Sie bezieht sich aber nicht auf ein einzelnes Ding, sondern sie ist eine Erkenntnis über die Erkenntnismöglichkeit der Dinge.

Diese allgemeine Erkenntnis der Dinge stammt aus unserem Umgang mit den Dingen. Wir erleben die Welt räumlich, das bedeutet: wir selbst sind Lebewesen, die einen bestimmten Platz einnehmen innerhalb dieser räumlichen Welt. Wir können nicht gleichzeitig an verschiedenen Orten sein. Natürlich können wir uns vorstellen, wir wären an einem anderen Ort, als wir tatsächlich sind, aber das ist ja nicht gemeint. Wir können uns nicht vorstellen, wir seien als begrenzte Körper gleichzeitig an zwei verschiedenen Orten.

Daraus folgt nun: Was auch immer wir uns als Gegenstand vorstellen, wir müssen es uns räumlich denken und zugleich als etwas, was auch durch die Zeit bestimmt ist. Ich stelle mir also einen Gegenstand vor an einem bestimmten Ort zu dem Zeitpunkt, an dem ich mir die Vorstellung mache. Dieser Zeitpunkt ist die Gegenwart, also das, was wir meinen, wenn wir sagen »jetzt«. Der Gegenstand ist also jetzt am Punkt A, aber dann bewegt er sich zum Punkt B, das dauert eine Zeitlang. Wenn er bei B angekommen ist, dann ist er nicht mehr bei A.

5. Die notwendigen Voraussetzungen unserer Vorstellung von der Welt

Wir stellen uns alles Existierende räumlich und zeitlich vor, weil wir selbst räumlich und zeitlich existieren. Wenn wir mit unserer Hand unseren Fuß anfassen, dann fühlen wir mit einem Teil von uns einen anderen Teil von uns, wir können das, was wir tun, zugleich sehen und wissen daher, wo sich unser Fuß befindet. Aber auch, wenn wir die Augen schließen, wissen wir, in welcher Lage sich unser Fuß befindet. Unsere Hand findet unseren Fuß auch dann, wenn wir nicht hinsehen.

6. Ausgangspunkt der Erkenntnis: der Mensch

Dieses Wissen um uns als ein körperliches Wesen ist der Ausgangspunkt für alle Erkenntnis. Wir untersuchen nämlich die Körper, die außerhalb unseres Körpers existieren, und die Organe, mit denen wir unsere Außenwelt erfassen, sind unsere Tastorgane und unsere Sinnesorgane.

So kann sich das Baby eine Vorstellung von einem Holzklötzchen bilden, weil es dieses Klötzchen anfaßt, an den Mund führt, beleckt und ansieht usw. So entsteht also unsere Vorstellung von der Welt. Wir bleiben nicht immer Babys, sondern wir lernen laufen, und somit können wir die Welt kennenlernen, soweit wir sie uns erlaufen können.

Tatsächlich sind unsere geographischen Kenntnisse z. B. im Altertum ursprünglich sehr begrenzt gewesen. Die Griechen etwa kannten zunächst das Mittelmeer und die angrenzenden Länder, weil sie mit den Bewohnern dieser Länder Handel getrieben haben. Sie haben sich die Erde als eine flache Scheibe vorgestellt, über der sich ein Gewölbe erhebt, eben das Himmelsgewölbe. Entlang diesem Gewölbe bewegt sich die Sonne, morgens geht sie im Osten auf, abends im Westen unter.

Das ist genau das, was wir sehen. Nachts sind Sterne zu sehen, also offenbar kleine Lichter, die wir dann sehen können, wenn die Sonne untergegangen ist. Und wenn wir genau hinschauen, dann bemerken wir, daß sich dieses Himmelsgewölbe mit seinen Sternen auch dreht.

Wie sollte man das Ganze nun erklären? Zunächst hat man angenommen, daß das immer dieselbe Sonne ist, die da jeden Morgen aufgeht. Man konnte das nicht unbedingt beobachten, denn die Sonne blendet zu stark. Aber beim Mond konnte man sich durch die Beobachtung der unveränderlichen Flecken sicher sein, daß das immer derselbe Himmelskörper ist, auch wenn er seine Gestalt ändert, von Neu- über Halb- bis zu Vollmond.

Wenn man überzeugt ist, daß das immer dieselbe Sonne ist, die jeden Morgen im Osten aufgeht und jeden Abend im Westen untergeht, dann fragt man natürlich, wie die Sonne über Nacht zurück an den Sonnenaufgangspunkt gelangt. Sie kann nicht über den Himmel ziehen, dann würde man sie sehen. Also muß sie unter der Erde durch. Sie muß sozusagen die Unterwelt durchqueren. Es könnte auch sein, daß die Erde als flache Scheibe im Raum schwebt, und die Sonne umkreist diese Scheibe, bescheint also einmal die Oberseite und dann wieder die Unterseite. Das sind alles Erklärungsmöglichkeiten, aber, wie wir in der Gegenwart sagen müssen, nicht zutreffende Erklärungen.

Warum haben die Menschen solche falschen Erklärungen aufgestellt? Weil sie dumm waren? Sicher nicht! Eine falsche Vorstellung von der Welt zu haben ist nicht unbedingt ein Zeichen von Dummheit, sondern ein Zeichen von Nichtwissen.

Auch eine falsche Theorie kann klug ausgedacht sein. Wenn ich mich von der Erde fortbewegen und sie aus der Entfernung des Mondes betrachten kann, dann ist es wahrlich kein Kunststück zu sagen, daß die Erde eine Kugel ist. Aber wenn ich nur einen Teil der Erdoberfläche kenne und, weil ich nicht fliegen kann, auch die Krümmung der Erde nicht wahrnehmen kann, dann ist es eine ungeheure Intelligenzleistung, wenn es mir gelingt, durch Nachdenken und Schließen aus wenigen Beobachtungen zu der Erkenntnis zu gelangen, daß die Erde eine Kugel ist.

Diese Leistung haben in der Tat die Griechen bereits in der Antike vollbracht. Die relativ genaue Berechnung des Erdumfanges führte Eratosthenes durch, der im 3. Jahrhundert vor unserer Zeitrechnung (v. Chr.) lebte.

Im folgenden möchte ich aufzeigen, wie wir Menschen unsere Vorstellungen von der Größe der Welt seit der Antike Schritt für Schritt entwickelt haben. Dabei wird sich zeigen, daß die Menschen immer in der gleichen Weise folgerichtig gedacht haben und dadurch gezwungen wurden, ihre Ansichten von der Welt immer weiter zu entwickeln.

IV Die Entwicklung unseres Bildes von der Welt

Um uns eine Vorstellung von unserer Denkfähigkeit machen zu können, ist es nützlich, sich zu vergegenwärtigen, wie Eratosthenes den Erdumfang ermittelt hat. Vorausschicken muß ich noch, daß die Griechen sich sehr intensiv mit Mathematik und Geometrie beschäftigt haben, vor allem haben sie die Längen- und Größenverhältnisse des Dreiecks untersucht, und das aus gutem Grund. Wenn man von einem Dreieck die Länge einer Seite und die Größe der an den beiden Enden anliegenden Winkel kennt, dann kann man das Dreieck als Ganzes konstruieren, etwa so:

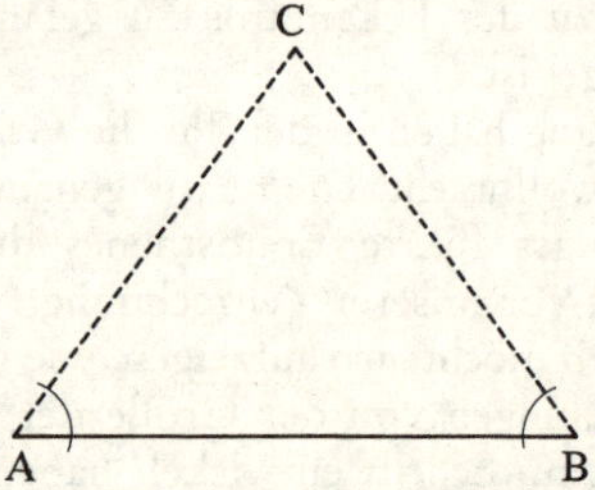

Es ist möglich, die Lage von C zu bestimmen, wenn ich die Strecke A–B kenne und die Winkel in A und B.

Angenommen nun, die Erde wäre eine Scheibe, und ich kennte die Strecke A–B auf dieser Scheibe, und zugleich könnte ich feststellen, unter welchen Winkeln die Sonne in A und B zu sehen ist, so könnte ich angeben, wie weit die Sonne entfernt ist, also so:

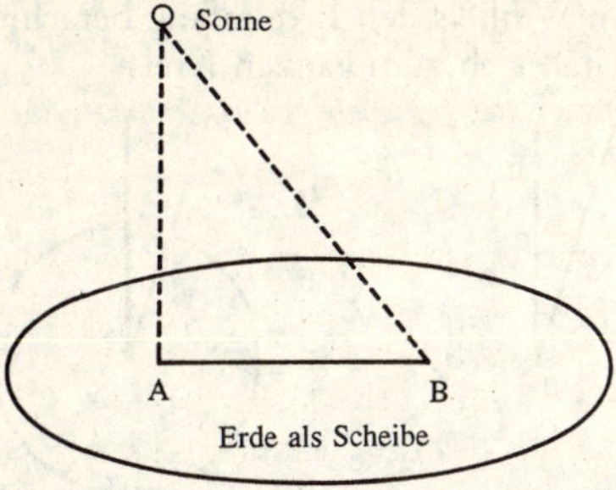

Wenn ich aber annehme, daß die Sonne sehr weit entfernt ist und die Erde eine Kugel, dann komme ich zu folgender Überlegung:

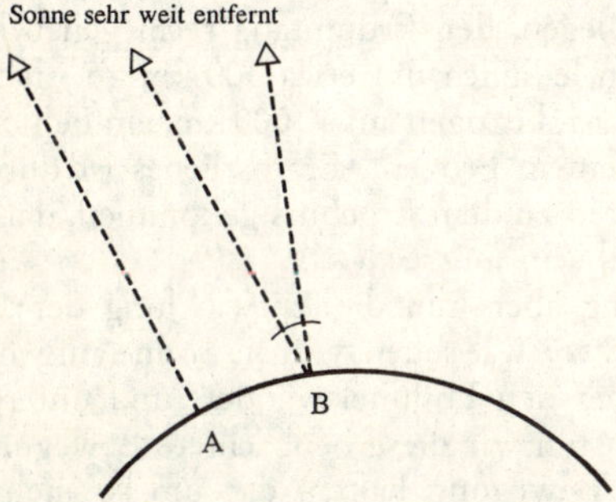

Wenn die Sonne im Punkt A auf der Erde im Zenith steht, das bedeutet, daß ein senkrechter Pfahl keinen Schatten wirft, weil die Sonne genau von oben scheint, und wenn am Punkt B die Sonne einen anderen senkrechten Pfahl nicht von oben, sondern ein wenig von der Seite bescheint, dann kann man mit Hilfe dieses unterschiedlichen Winkels den Erdumfang berechnen. Dieser Winkel verhält sich zum ganzen Kreis

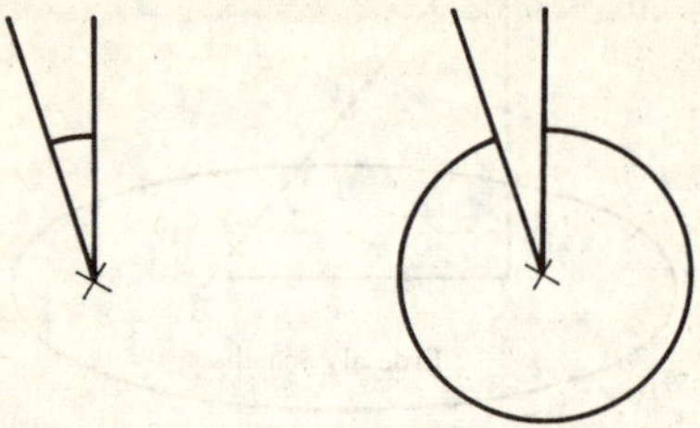

wie die Strecke A–B zum gesamten Erdumfang.

Eratosthenes hat nach diesem Prinzip der Schattenmessung an zwei Orten, Alexandria und Assuan in Ägypten, die ziemlich genau in Nord-Südrichtung auseinander liegen, den Erdumfang recht genau bestimmt. Er hat ihn lediglich um etwa 300 km zu niedrig angesetzt. Das ist, bezogen auf 40 000 km, ein Fehler von weniger als einem Prozent. Eratosthenes ist durch kluges Nachdenken zu dem Ergebnis gekommen, daß die Erde eine Kugel sein müsse.

Wie ging aber nun die Entwicklung der Himmelskunde weiter? Wir sehen, wie die Sonne aufgeht am Horizont, über den Himmel wandert und untergeht. Zunächst müssen wir diese beobachtete Bewegung für die wirkliche Bewegung halten, das um so mehr, als wir keine Bewegung der Erde bemerken können. Es gibt niemanden, dem von der Erddrehung schwindlig wird.

1. Das Weltsystem des Ptolemäus

Von dieser natürlichen Erfahrung ausgehend, mußten die Menschen zunächst vermuten, daß die Sonne um die Erde kreist, daß der Mond um die Erde kreist und daß auch die Sterne um die Erde kreisen. Dieses geozentrische Weltbild (*ge* ›Erde‹) hat sehr lange gegolten. Es ist unter dem Namen ptolemäisches System in die Geschichte eingegangen. Es wurde erst im 16. Jahrhundert von Kopernikus, einem Astronomen, angezweifelt und durch das heliozentrische (*helios* ›Sonne‹) ersetzt. Ptolemäisch heißt das System nach dem antiken Astronomen Ptolemäus, der dem geozentrischen System die endgültige Form gegeben hatte. Warum hat das System so lange gelten können? Dafür gibt es eine Reihe von Gründen:

(1) Es stand nicht im Widerspruch zu unserer alltäglichen Erfahrung von Aufgang und Untergang von Sonne, Mond und Sternen.

(2) Man konnte nach diesem System gute Voraussagen machen über zukünftige Standorte der Gestirne, und das war durchaus wichtig. Man wollte nämlich die Jahreszeiten und das Jahr genau bestimmen. Das braucht man für die Landwirtschaft, damit man nicht zur falschen Jahreszeit die Felder bestellt.

(3) Das geozentrische System ließ sich sehr gut mit der christlichen Religion vereinbaren. Diese Religion deutet ja die Weltgeschichte als ein dramatisches Theaterstück von Sündenfall, Bestrafung und Erlösung. Gott schickt bekanntlich extra seinen Sohn auf die Erde, um den Menschen zu helfen. Da paßt es

gut, wenn die Erde als Schauplatz des Theaterstücks in der Mitte der Welt ruht. Aus diesem Grund hat die christliche Kirche das System des Kopernikus lange Zeit bekämpft.

Gehen wir näher auf die unter 1. und 2. aufgeführten Gründe ein. Sie sind für unseren Zweck, die Frage nach der Herkunft unseres Wissens, wichtiger.

2. Forscher als Detektive

Wenn meine Sinne mir nicht die richtige Auskunft geben können, dann muß ich mir die richtige Ansicht durch Nachdenken, wie ein Detektiv, erschließen. Der Detektiv findet am Tatort ja nicht die Lösung, sondern er erschließt sie aus der richtigen Deutung der Spuren. Dabei können manche Spuren zunächst in die Irre führen, wie wir aus den Detektivgeschichten wissen, denn die Spuren können vieldeutig sein.

Wenn meine Sinne mich nicht darüber aufklären können, daß die Erde sich bewegt, dann muß ich diese Bewegung aus irgendwelchen Indizien erschließen, wie der Detektiv es auch tut.

In den Detektivgeschichten wird der Detektiv gerufen, wenn das Verbrechen, oder was immer aufgeklärt werden soll, bereits geschehen ist. Er nähert sich der Angelegenheit von außen, d. h., er weiß oberflächlich, was passiert ist, oder noch genauer, er weiß, daß etwas passiert ist, aber er muß nun aus den vorhandenen Spuren den Tathergang rekonstruieren und den Täter finden.

In einer vergleichbaren Lage befinden sich die Menschen, wenn sie die Welt erkennen wollen. Sie waren nicht dabei, als die Welt geschaffen wurde oder entstanden ist, und sie sitzen auf dem Planeten und müssen versuchen herauszufinden, welche Himmelskörper sich wie bewegen, unsere Erde eingeschlossen.

Wenn die Menschen nicht von Anfang an die zutreffenden Beschreibungen für das gefunden haben, was sie sehen, dann gibt es dafür eine einfache Erklärung. Weder sind wir zu dumm, noch sind unsere Sinne trügerisch. Aber weil wir das Geschehen nicht selbst erlebt haben, müssen wir es rekonstruieren.

Gehen wir über zu Punkt 2, der Möglichkeit, Voraussagen zu machen. Das war für das praktische Leben wichtig, wie ich oben schon erwähnt habe. Das Jahr hat 365 Tage, und noch einen viertel Tag dazu. Das haben wir durch Nachzählen herausgefunden. Aber wie macht man das? Wann fängt denn das Jahr an? Wenn alle Tage des Jahres gleich wären, wäre es unmöglich, einen Anfang zu finden. Aber nun sind die Tage mal länger, mal kürzer. Ich kann also sagen: Wir beginnen die Zählung mit dem kürzesten oder dem längsten Tag oder an dem Punkt des Jahres, an dem Tag und Nacht gleich lang sind.

Wie auch immer, um das zu bestimmen, muß ich den Weg der Sonne genau verfolgen können, ich muß also genau beobachten und messen. Den Stand der Sonne kann ich zum Beispiel bestimmen, wenn ich die unterschiedliche Schattenlänge eines Stabes je nach Jahreszeit bestimme.

Wenn ich die Länge des Jahres bestimmen kann und die Abfolge der Jahreszeiten, wenn ich den Umlauf des Mondes bestimme und seine wechselnde Stellung zur

Sonne beachte, wenn ich das in Beziehung setze zu seiner wechselnden Gestalt – der Mond nimmt ja regelmäßig zu, von Neumond und ganz schmaler Sichel über Halb- bis zu Vollmond und nimmt dann wieder ab –, wenn ich das alles beobachte und überdenke, dann kann ich zu dem Schluß kommen, daß der Mond nicht selbst leuchtet, sondern sein Licht von der Sonne erhält. Deshalb ist sein Aussehen für uns davon abhängig, welche Stellung im Hinblick auf die Erde und die Sonne er jeweils einnimmt.

Wenn man eine zutreffende Vorstellung von den Bewegungen der Himmelskörper hat, dann kann man z. B. eine Sonnenfinsternis voraussagen, wie es Thales von Milet im Jahre 585 v. Chr. getan hat.

Für die Menschen ist es natürlich eine Beruhigung, wenn sie wissen, daß eine Sonnenfinsternis ein normaler astronomischer Vorgang ist, dann brauchen sie nicht zu fürchten, daß ein erzürnter Gott ihnen plötzlich die Sonne wegnimmt.

Das Wissen um die wahren Verhältnisse in der Astronomie hat also lebenspraktische Konsequenzen, d. h., dieses Wissen bleibt für die Menschen nicht folgenlos, deshalb wünschen sie auch, durch weiteres Forschen ihr Wissen zu vermehren.

3. Auch falsche Theorien können klug sein

Das geozentrische Weltsystem mit der Erde im Mittelpunkt wurde für wahr gehalten, weil man keine Erfahrung vorweisen konnte, die ihm widersprach. Man hatte eine sehr komplizierte Himmelsmechanik konstruiert, mit deren Hilfe man die unregelmäßigen Bewegungen der Planeten, die deshalb auch Wandelsterne genannt werden, erklären konnte.

Denke dir ein Kirmeskarussell, aber nicht ein einfaches, sondern ein fortgeschrittenes, in dem die Menschen nicht nur im Kreis bewegt werden, sondern in ihren Gondeln sich um einen Mittelpunkt drehen, der am Rand der sich drehenden Scheibe liegt, wie das bei dem »Polypen« der Fall ist. Die Bewegung der Gondeln wird durch diese Konstruktion unregelmäßig, mal wird sie beschleunigt, mal abgebremst. Dadurch wird das flaue Gefühl im Magen erzeugt, das die Kirmesbesucher so sehr lieben. Aus der Luft von oben betrachtet, entsteht durch diese Konstruktion der Maschinerie eine Bewegung, die folgendermaßen aussieht:

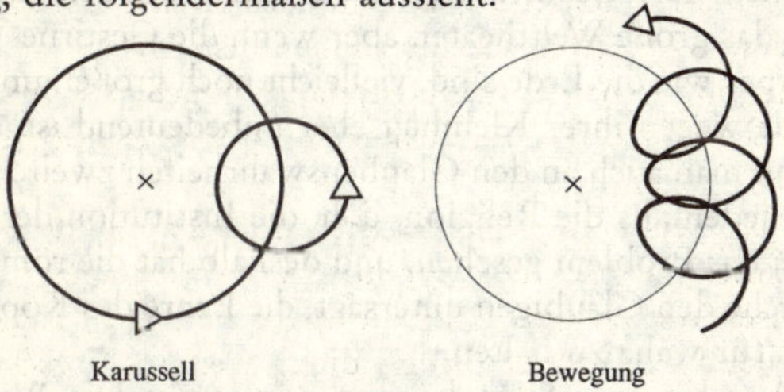

Nach diesem Verfahren kann man, wenn man genügend Kreisbewegungen derart miteinander kombiniert, eine Maschinerie konstruieren, die sehr ausgefallene Schleifenbewegungen darstellen kann. Im System des Ptolemäus waren schließlich mehr als 80 solcher Ineinanderschachtelungen von Kreisen vonnöten, um die beobachteten Planetenbahnen darstellen zu können.

4. Das heliozentrische Weltsystem

Nun hat im 16. Jahrhundert der Astronom Kopernikus das heliozentrische System erneut vertreten, und er hat damit etwas bewirkt, was später die kopernikanische Revolution genannt worden ist.

In der Tat war es für den normalen Menschen etwas Ungeheuerliches, glauben zu sollen, die Erde bewege sich zwiefach, sie drehe sich um sich selbst und bewege sich um die Sonne herum, denn nichts davon konnte er mit seinen Sinnen wahrnehmen.

Darüber hinaus hat auch die christliche Religion etwas anderes gelehrt. Für sie spielt sich die Weltgeschichte auf der Erde ab, Gott hat seinen Sohn auf die Erde geschickt. Die Gestirne sind die Hintergrundbeleuchtung für das große Welttheater, aber wenn die Gestirne Weltkörper wie die Erde sind, vielleicht noch größer, und die Erde wegen ihrer Kleinheit eher unbedeutend ist, dann kann man auch an den Glaubenswahrheiten zweifeln. So hat jedenfalls die Religion, d. h. die Institution der Kirche, das Problem gesehen, und deshalb hat die römische Kirche den Gläubigen untersagt, die Lehre des Kopernikus für wahr zu halten.

Aus heutiger Sicht können wir sagen: Die Wissenschaftler haben die richtige Vorstellung vertreten, und die Anhänger der Religion hatten unrecht. Aber damals im 16. und 17. Jahrhundert war das nicht so einfach zu entscheiden. Die Verteidiger des geozentrischen Systems waren nicht einfach borniert und verstockt, sie haben durchaus versucht, ihre Ansicht zu begründen, und sie haben versucht, in den Ansichten ihrer Gegner Unstimmigkeiten und Fehler zu entdecken.

5. Ein kluger Einwand gegen Kopernikus

Eine Schwierigkeit der neuen Theorie war folgende: Wenn die Sonne im Mittelpunkt der Welt steht und wenn die Erde sie in einiger Entfernung umkreist, dann bewegt sie sich am Rand des Himmelsgewölbes, an dem die Sterne befestigt sind. Dann müßten für die Bewohner der Erde die Sterne mal nah und groß und mal fern und klein erscheinen. Diese Unterschiede müßten doch auffallen.

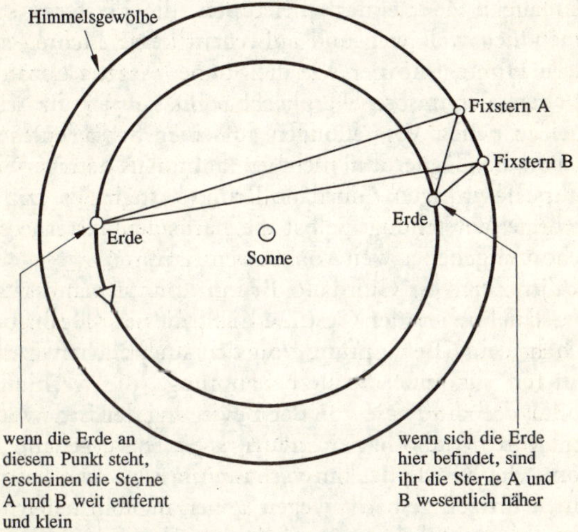

Wenn die Erde sich also tatsächlich bewegt, dann müssen nach einem halben Umlauf der Erde um die Sonne die vorher nahen Sterne klein erscheinen und umgekehrt.

Aber eine solche Veränderung war nicht zu beobachten. Die Fixsterne erschienen zu allen Jahreszeiten unveränderlich klein. Daraus schlossen die Verteidiger des geozentrischen Weltbildes, die Erde müsse doch im Zentrum ruhen.

6. Giordano Bruno

Nun hat Giordano Bruno, ein berühmter Philosoph der damaligen Zeit, einfach behauptet, die Fixsterne seien unendlich weit weg und außerdem keine Lichter, sondern Himmelskörper wie die Sonne, es gebe unzählige Welten, der unseren vergleichbar. Das war ganz schön viel an neuen Vorstellungen auf einen Schlag. Deshalb haben die Gegner ihm nicht geglaubt. Aus heutiger Sicht müssen wir sagen: Giordano Bruno hatte im Prinzip die richtige Vorstellung: Selbst die nächsten Fixsterne sind schon ungeheuer weit von uns entfernt.

Zur Zeit von Giordano Bruno konnte man etwaige Verschiebungen der Gestirne nicht messen. Deshalb erschien seine Behauptung von den unendlichen Entfernungen als eine Schutzbehauptung, die verhindern sollte, daß die These von der Bewegung der Erde widerlegt wird. Bruno hat ein trauriges Schicksal gehabt. Die römische Kirche hat ihn verhaften lassen, man hat ihm einen Prozeß gemacht wegen seiner angeblichen Irrlehren, ihn zum Tode verurteilt und, weil er nicht widerrufen wollte, im Jahr 1600 öffentlich verbrannt.

7. Die Entwicklung unserer Vorstellung von der Größe der Welt

Tatsächlich hat Giordano Bruno recht gehabt. Aber selbst die allernächsten Fixsterne – also nicht die Planeten des Sonnensystems, sondern die sonnenähnlichen selbstleuchtenden Gestirne – sind ungeheuer weit von uns entfernt. Deshalb mußte man sehr genau messen. Wir hatten schon gesehen, daß wir mit Hilfe von geometrischen Beziehungen Entfernungen messen können. Das Wort »Geometrie« bedeutet »Erdmessung«. Wir haben gesehen, daß man die Entfernung eines Gegenstandes messen kann, wenn man ihn von den Endpunkten einer bekannten Strecke her anvisieren kann:

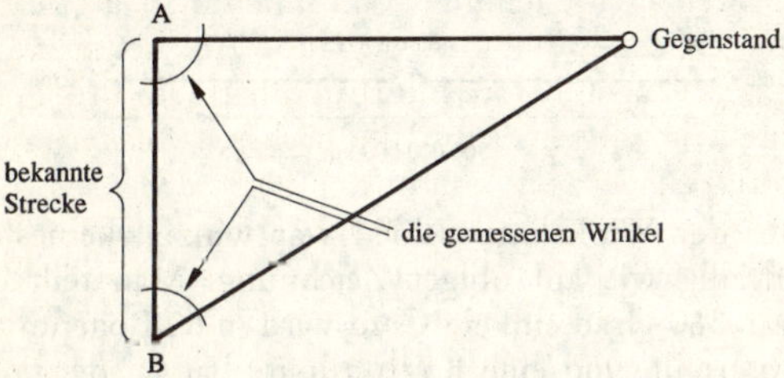

8. Entfernungen in unserem Weltall

Die Astronomen haben dieses Wissen benutzt, um die Entfernungen zu den Sternen zu messen. Nun sind jedoch die Entfernungen auf der Erde zu klein, um daraus eine brauchbare Standlinie – die Strecke AB – zu gewinnen. Deshalb haben die Astronomen als Standlinie den

Durchmesser der Erdbahn genommen. Die Erde ist 150 Millionen Kilometer von der Sonne entfernt, also beträgt der Durchmesser der Umlaufbahn das Doppelte. Daß die Bahn der Erde um die Sonne nicht exakt kreisrund ist, können wir hierbei vernachlässigen. Von dieser Standlinie von 300 000 000 km aus hat man nun tatsächlich einen Winkelunterschied messen können.

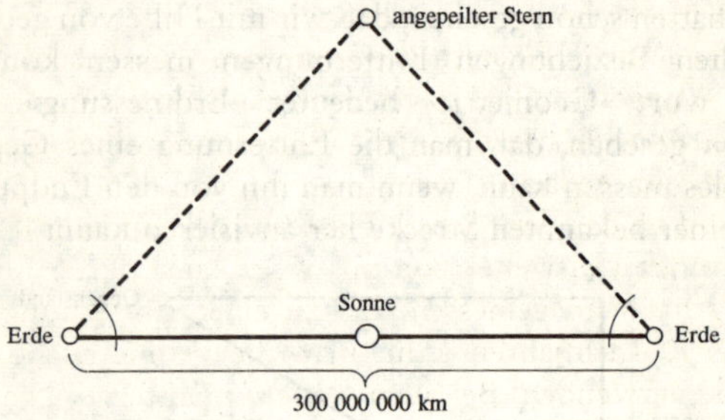

Aber der Winkelunterschied war winzig, keinesfalls so auffällig wie auf obiger Zeichnung. Man teilt den Kreis in 360 Grad ein, ein Grad wird in 60 Bogenminuten unterteilt, und eine Bogenminute hat wiederum 60 Teile, nämlich Bogensekunden. Eine Bogensekunde ist also der dreitausendsechshundertste Teil eines Grades. Der bei dem nächsten Fixstern gemessene Winkelunterschied betrug etwas mehr als eine Bogensekunde!

Daraus konnte man eine Entfernung von mehr als vier Lichtjahren errechnen. Ein Lichtjahr bedeutet die Strecke, die das Licht in einem Jahr zurücklegt. Das sind mehr als neun Billionen Kilometer, exakt 9 460 000 000 km. Unter einer solchen Zahl kann man sich nichts vorstellen. Also versuchen wir, uns diese Entfernung in einem kleineren Maßstab vorzustellen.

Wir setzen für 1 Million Kilometer einen Zentimeter. Dann ist die Sonne eine Kugel von 1,4 cm Durchmesser, die Erde hätte dann etwa die Größe eines Sandkorns und befände sich in einer Entfernung von anderthalb Metern = 150 000 000 km. Jupiter, der größte Planet, wäre etwa 8 m entfernt, Pluto, der erdfernste Planet, etwa 60 m.

Der nächste Fixstern dagegen wäre – in diesem Maßstab – ungefähr 400 km entfernt! An solche riesenhaften Entfernungen hat man weder in der Antike noch im Mittelalter gedacht.

Nun ist das der nächste Fixstern. Alle anderen Sterne sind noch viel weiter von uns weg. Auch deren Entfernung hat man gemessen. Bis zu einer Entfernung von etwa 50 Lichtjahren kann man die geometrische Methode verwenden. Bei allen weiteren Entfernungen versagt sie. Die Winkelunterschiede sind nicht mehr meßbar.

9. Messen über die Grenzen der Geometrie hinaus

Zum Glück konnte man aber für diese Sterne eine andere Methode der Entfernungsabschätzung verwenden. An den Sternen, deren Entfernung man bestimmen konnte, hatte man wichtige Unterschiede festgestellt. Die Sterne sind nicht alle gleich groß. Unsere Sonne ist eher klein zu nennen. Es gibt Sterne, die sind hundert- oder tausendmal größer. Sie leuchten auch ganz unterschiedlich. Einige strahlen bläulich-weiß, andere gelblich, und wieder andere rötlich. Manche flackern, d. h., sie leuchten in festem Rhythmus mal stärker, mal schwächer.

Die Wissenschaftler waren in der Lage, eine Beziehung zwischen der Größe eines Sterns und der Farbe des von ihm ausgestrahlten Lichtes festzulegen. Damit konnte man die Größe aller Sterne angeben und ihre Entfernung bestimmen, denn man kann mit einer einfachen physikalischen Formel beschreiben, wie die Helligkeit einer Lichtquelle mit zunehmender Entfernung geringer wird.

10. Die Galaxien

Mit Hilfe dieses allgemeinen Wissens haben die Astronomen die Entfernungen der Sterne bestimmen können. Dabei haben sie Erstaunliches entdeckt. Es gibt Sterne, die sind Tausende von Lichtjahren von uns entfernt. Diese Sterne einschließlich unserer Sonne bilden eine Art Feuerrad oder einen Strudel von gigantischen Ausmaßen. Es ist eine rotierende Scheibe aus Milliarden von Sternen. Ihr Durchmesser beträgt fast 100 000 Lichtjahre.

Man könnte nun denken: So, das ist also das Weltall! Weit gefehlt!! Das ist erst der Anfang. Es gibt offensichtlich unzählige solcher Feuerräder, die wir wegen ihres Aussehens auch Spiralnebel nennen.

In den weniger leistungsfähigen Fernrohren des 18. und 19. Jahrhunderts sahen diese Gebilde nämlich wie milchige Flecke aus mit spiraliger Struktur, ähnlich übrigens den Wolkenwirbeln, die uns die Meteorologen allabendlich im Fernsehen zeigen.

Der nächste Spiralnebel außerhalb von unserem eigenen ist der Andromedanebel. Er ist zwischen einer und zwei Millionen Lichtjahren von uns entfernt.

Die Astronomen haben nun mit immer besseren Beobachtungsinstrumenten, den sogenannten Teleskopen, immer neue Spiralnebel entdeckt, die immer weiter von uns entfernt sind. Dabei haben sie festgestellt, daß die Spiralnebel, die wegen ihres milchigen Aussehens auch Galaxien genannt werden (griech. *gala* ›Milch‹), sich zu großen Haufen zusammenfinden.

11. Wie groß ist die Welt?

Je besser unsere Instrumente wurden, um so weiter konnten wir in das Weltall hinein- oder hinaussehen. Dabei haben wir immer weiter entfernte Sternsysteme entdeckt, und wir sind bisher an kein Ende gekommen. Bei den Beobachtungen ist etwas aufgefallen. Wenn wir das Licht untersuchen, das die Sterne zu uns senden, so stellen wir fest, daß es sich mit der Zunahme der Entfernung verändert. Es wird nicht nur schwächer, sondern zugleich röter. Diese einfache Aussage lautet, wissenschaftlich formuliert, natürlich viel komplizierter, aber das muß uns nicht stören. Wichtig ist für uns nur, was die Wissenschaftler daraus geschlossen haben. Sie haben behauptet, die Veränderung des Lichtes sei ein Anzeichen dafür, daß diese weit entfernten Sternsysteme sich von uns entfernen. Je weiter sie von uns entfernt sind, um so schneller bewegen sie sich von uns weg. Die Wissenschaftler haben daraus geschlossen, daß unser Weltall explodiert wie eine Granate. Wir Menschen haben wegen der vielen Kriege, die wir führen, ziemlich viel Erfahrung mit explodierenden Granaten, Bomben usw. und können uns das alles sehr realistisch vorstellen.

12. Wann war der Anfang?

Nun taucht – wenn die Deutung der Rotverschiebung des Lichtes richtig ist – eine wichtige Frage auf: Wann fing diese Explosion an? Die Wissenschaftler haben versucht, den Zeitpunkt der Explosion zu errechnen. Das kann man natürlich, wenn man weiß, wo der am weitesten entfernte Explosionssplitter sich gerade befindet und mit welcher Geschwindigkeit er vom Zentrum der Explosion wegstrebt.

Das herauszufinden ist aber gar nicht einfach. Je besser unsere Fernrohre werden, um so weiter können wir schauen und immer weiter entfernte Sterne und Sternsysteme entdecken. Dadurch wird unser Weltall immer größer und zugleich auch immer älter. Das führt zu einem Problem: Wann kommen wir an das Ende der Welt? Jedes neu entdeckte Sternsystem ist so lange das am weitesten entfernte, bis wir ein noch weiter entferntes finden. Und welches ist das allerletzte? Wir wissen es nicht! Wir wissen auch nicht, wo innerhalb dieser explodierenden »Granate« sich die Erde befindet, ob im Zentrum, im Mittelpunkt also, oder am Rande, der sogenannten Peripherie.

Wir haben beobachten können, daß die Sternsysteme sich nach allen Seiten von uns wegbewegen. Das könnte bedeuten, daß wir uns im Zentrum der Welt befinden. Aber denselben Eindruck einer »Flucht der Milchstraßen« von uns weg haben wir auch dann, wenn wir nicht im Zentrum der Explosion sind, denn Explodieren heißt: Alle Teile streben voneinander weg. Offensichtlich befindet sich unsere Erde irgendwo zwischen dem Zentrum und dem Rand des Weltalls.

13. Wo befinden wir uns im Weltall?

Versuchen wir, uns das einmal mit Hilfe einer Reihe von Zeichnungen zu verdeutlichen. Dabei wollen wir drei Möglichkeiten untersuchen: (1) Wir sind im Zentrum; (2) Wir sind am Rand; (3) Wir sind irgendwo dazwischen.

(1) *Wir sind im Zentrum.*
Dann wäre unsere Lage folgende:

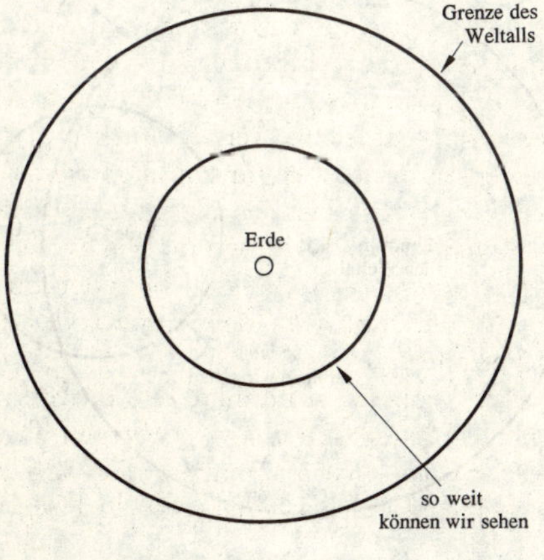

So weit also können wir inzwischen mit unseren Instrumenten sehen, aber wir wissen nicht, wie weit die Grenze unseres Sehens von der Grenze des Weltalls entfernt ist.

Dieser Fall ist sehr unwahrscheinlich, wenn auch nicht ausgeschlossen. Wir haben ursprünglich einmal geglaubt, die Erde sei das Zentrum der Welt und alle Sterne hätten für unser Leben eine Bedeutung. Die Astrologen behaupten das heute noch.

Aber wir sind durch die Erkenntnis der wirklichen Größenverhältnisse innerhalb des Sonnensystems und der Entfernungen zu anderen Sternen mit Recht vorsichtig geworden.

(2) *Wir befinden uns am Rand des Weltalls.*
Dann könnte unsere Lage folgende sein:

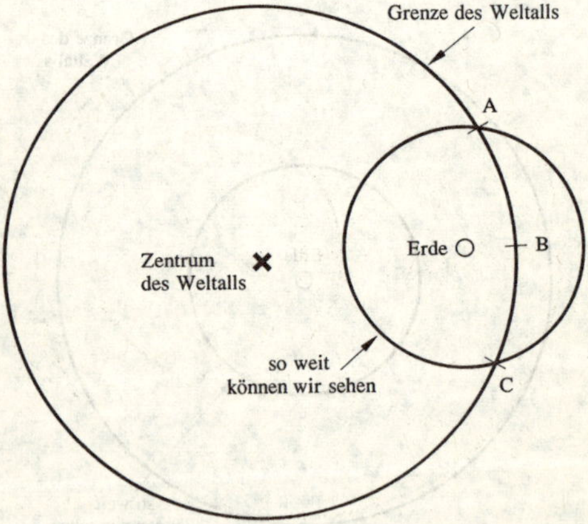

Wenn das der Fall wäre, dann würden wir im Bereich zwischen den Punkten A, B und C in einen leeren Raum hinausschauen, d. h., wir würden nichts sehen. Wir könnten mit den Mitteln der Geometrie aus A, B und C die Lage von E (Erde) bestimmen und wären in der Lage, die Größe des Weltalls insgesamt zu ermitteln. Außerdem könnten wir den Zeitpunkt der Explosion errechnen.

Anscheinend ist es aber nicht so. Wir sehen nach allen Seiten gleich weit in das Weltall hinein, und nach allen Seiten sehen wir Sternsysteme, die sich von uns entfernen.

(3) *Wir wissen also nicht, an welcher Stelle zwischen Zentrum und Rand wir uns befinden.*

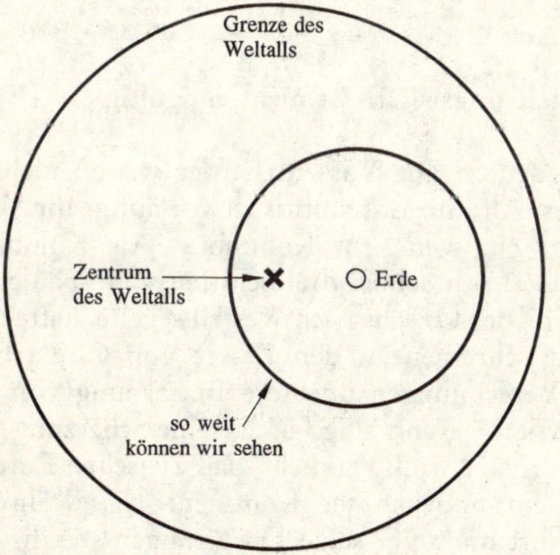

Mit jeder neuen Entdeckung wird unser Weltall größer und älter.

Das ist eine kuriose Situation. Als ich vor mehr als dreißig Jahren – damals ging ich noch zur Schule – ein Buch mit dem Titel *Das Atom – endlich verständlich* geschenkt bekam, konnte ich darin lesen, das Weltall sei vor anderthalb Milliarden Jahren durch die Explosion eines ziemlich großen Klumpens von sogenanntem Kernbrei entstanden. Was das ist, werde ich später erklären. Bleiben wir beim Weltall. In der Zeit, in der ich dreißig Jahre älter geworden bin, ist das Weltall mehr als 10 Milliarden Jahre älter geworden. Das heißt: es ist nicht älter geworden, aber wir schätzen sein Alter jetzt auf irgendwie zwischen 10 und 20 Milliarden Jahre.

Diese wahrlich nicht genaue Angabe kann täglich nach oben korrigiert werden, wenn ein noch weiter entferntes Objekt entdeckt wird.

14. Erfahrungswissen ist nicht endgültig

Das bedeutet: Die Wissenschaftler wissen nichts Endgültiges. All ihre Erkenntnis ist vorläufig. Ihr Vorgehen erinnert ein wenig an Kolumbus. Als Kolumbus im Jahre 1492 mit seinen drei Schiffen von Spanien aus in die Weite des Ozeans nach Westen segelte, hatte er Empfehlungsschreiben an den Kaiser von China bei sich. Seine Berechnungen über die Entfernung von Europa nach Asien waren völlig falsch, seine Schätzung war viel zu niedrig, er wußte ja nicht, daß zwischen Europa und Asien ein unbekannter Kontinent lag. Während der Überfahrt mußte er seine Erwartungen ständig ändern.

Jeden Abend mußte er sich sagen, daß Asien ein bißchen weiter von Europa entfernt sei, als er gedacht hatte. Da er Angst vor einer Meuterei seiner Mannschaft hatte, führte er zwei Tagebücher, ein offizielles, in dem er kräftig log (heißt es deshalb vielleicht Logbuch?), indem er zu geringe Entfernungen als zurückgelegte notierte, und ein geheimes, in dem er die Entfernungen festhielt, die er tatsächlich bewältigt hatte.

Als endlich Land auftauchte, glaubte er steif und fest, er habe Asien erreicht. Sein Beglaubigungsschreiben an den Kaiser von China hat er nie übergeben können.

15. Die heutige Astronomie und das Kolumbus-Problem

Vielleicht sollten wir Nichtwissenschaftler den Wissenschaftlern in der Gegenwart folgendes vorschlagen: Erzählt uns nichts über die Größe der Welt, solange ihr nicht zweifelsfrei an die Grenze des Weltalls gekommen seid. Wenn ein Wissenschaftler dies lesen sollte, so wird er vielleicht empört sein und gegen mich einwenden, in Wirklichkeit sei alles viel komplizierter, ich hätte unzulässig vereinfacht und damit die Aussagen der Wissenschaft verfälscht.

In der Tat: Ich habe nicht alles erzählt, was die Wissenschaftler an Theorien aufgestellt haben, sondern nur das für unsere Überlegungen Entscheidende. Dabei habe ich vieles weggelassen, z. B. habe ich nicht von Albert Einstein und seiner Relativitätstheorie gesprochen. Das will ich nun nachholen.

16. Die Relativitätstheorie

Einstein hat mit seiner Relativitätstheorie die Gesamtvorstellung von unserer Wirklichkeit, die wir seit dem großen Naturforscher Isaac Newton hatten, umgestoßen. Das Wichtigste an seiner Theorie ist eine neue Vorstellung von der Zeit.

Wir alle wissen, daß die Zeit relativ ist. Mal kommt sie uns ungeheuer lang vor, mal ungeheuer kurz. Wenn wir uns langweilen, dann wird uns die Zeit zu lang, wir wünschen, sie liefe schneller, und wir überlegen, wie wir die Zeit »totschlagen« können. Wir suchen einen »Zeitvertreib«. Auf der anderen Seite kann uns die Zeit wie im Flug vergehen, wir sind dann erstaunt, daß mehr Zeit verstrichen ist, als wir glaubten. Diese unterschiedliche Zeiterfahrung kann jeder von uns machen. Außerdem gibt es Unterschiede zwischen den Menschen mit unterschiedlichem Temperament. Manche sind in ihren Lebensäußerungen langsam bis lahm, andere sind schnell bis hektisch.

Zeit ist also subjektiv und relativ zu dem, was die Menschen jeweils tun. Was der eine kurzweilig findet, findet der andere langweilig.

Nun haben die Menschen aber eine objektive Zeit konstruiert, mit Hilfe von Uhren. Die Uhren sollen alle gleich schnell gehen. Wenn sie das nicht tun, dann geht mindestens eine falsch. Diese objektive Zeit, die immer gleich schnell vergeht, ist nicht auf unser Erleben bezogen, sondern auf physikalische Vorgänge, z. B. das Schwingen eines Pendels usw. Die Wissenschaftler haben nun, bis zu Einstein, behauptet, daß unsere Uhren an allen Orten des Weltalls gleich schnell gehen.

Einstein dagegen hat behauptet, daß die Uhren unterschiedlich schnell gehen, in Abhängigkeit von Bewegung. Eine bewegte Uhr geht langsamer als eine unbewegte. Wenn ein Raumschiff sich mit großer Geschwindigkeit von der Erde weg zu einem anderen Stern bewegt und dann wieder zur Erde zurückkehrt, dann sind die Menschen an Bord weniger gealtert als die Menschen auf der Erde.

Wer es also als Raumfahrer geschickt anfängt, der kann, wenn er nach einer Reise durch das Weltall mit annähernd Lichtgeschwindigkeit zurückkehrt, seine bei der Abfahrt noch ungeborenen Urenkel als alte Menschen kennenlernen, während er selber nur um wenige Jahre gealtert ist.

Das sind phantastische Möglichkeiten, aber in der Gegenwart können wir sie noch nicht wahrnehmen, da wir ein Raumschiff annähernd auf Lichtgeschwindigkeit beschleunigen müßten. Das können wir bisher nicht. Aus der Theorie von Einstein ergibt sich zudem, daß es unmöglich ist, irgendeinen Körper bis auf Lichtgeschwindigkeit zu beschleunigen, geschweige denn darüber hinaus. Das ist der Theorie zufolge unmöglich, weil die Masse eines Körpers mit zunehmender Geschwindigkeit wächst. Bei Lichtgeschwindigkeit wäre sie unendlich groß. Das ist offensichtlich unmöglich, also kann sich kein Körper mit Lichtgeschwindigkeit durch das Weltall bewegen.

Aber was ist Masse? Stelle dir eine sehr schwere große Eisenkugel vor, die in einem sehr hohen Raum an einer Kette von der Decke herabhängt. Wenn du versuchst, diese Kugel anzustoßen – also nicht hochzuheben, sondern nur anzustoßen –, dann mußt du große Kraft aufwenden, eine ebenso aufgehängte kleine Kugel dagegen könntest du mit einem Finger zur Seite drücken. Die kleine Kugel hat eben eine geringe Masse, während die große Kugel eine erhebliche Masse aufweist. Wir Menschen kennen den Unterschied von Massen im täglichen Leben, jedenfalls verhalten wir uns entsprechend. Niemand von uns käme auf die Idee, einen Eisenbahnzug mit seinen Händen anhalten zu wollen, wohl aber ein Papierflugzeug. Einen anfliegenden Gummiball würden wir auffangen, einem anfliegenden Felsbrocken würden wir ausweichen.

Das also ist Masse. Wenn nun die Masse mit der Geschwindigkeit wächst und schließlich unendlich groß wird, dann müßte man eine unendlich große Kraft aufwenden, um einen Gegenstand, z. B. ein Raumschiff, auf Lichtgeschwindigkeit zu beschleunigen. Das ist also offensichtlich unmöglich. Deshalb haben die Erfinder von Science-fiction-Erzählungen sich zusätzliche Theorien und technische Erfindungen ausdenken müssen, die es ermöglichen sollen, daß dennoch irdische Astronauten etwa im Andromedanebel Abenteuer erleben können. Nach Einsteins Theorie wären sie mehrere Millionen Jahre unterwegs. So lang lebt nun wirklich kein Mensch.

Aber zurück zu unserer alltäglichen Welt. Die Theorie von der Relativität der Zeit – also der objektiven Zeit der Uhren, nicht der subjektiven unseres Erlebens – spielt für unser Leben bisher überhaupt keine Rolle. Bisher kann kein Mensch sich mit derartiger Geschwindigkeit im Weltraum relativ zu unserer Erde bewegen, daß er in den Genuß der Relativität der Zeit käme.

17. Eine Zusammenfassung

Die Menschen haben ein wissenschaftlich begründetes Bild von der Welt entwickelt, das in der Gegenwart noch nicht abgeschlossen ist.

Ursprünglich schien die Welt hinter dem Horizont zu Ende zu sein. Die Welt wurde als runde Scheibe gedacht. Diese Vorstellung wurde ersetzt durch die Theorie von der Erde als Kugel in der Mitte des Weltalls, diese Idee wiederum korrigiert durch die Erkenntnis, daß die Erde sich um die Sonne bewegt. Die sogenannten Fixsterne wurden als sonnenähnliche Himmelskörper identifiziert. Ihre Entfernungen wurden als ungeheuer groß erkannt. Weiterhin hat man herausgefunden, daß die Sterne sich zu Sternsystemen vereinigen, den Galaxien, diese wiederum bilden mit anderen Galaxien neue übergeordnete Systeme, und so fort. Auf der Suche nach dem größten Gegenstand im Weltall und der am weitesten entfernten Galaxie werden wir sicher noch viele Überraschungen erleben. Wir haben das Ende der Welt noch nicht gefunden, und deshalb können wir in dieser Hinsicht auch noch nichts Endgültiges über unser Universum aussagen.

V Das Größte und das Kleinste

Das war also die Suche nach dem Größten. Wie aber steht es mit dem Kleinsten?

Wir können bis zu einer bestimmten Kleinheit mit unseren Augen Gegenstände wahrnehmen, also bis zur Größe von Staubkörnern, aber die einzelnen Zellen unseres Körpers können wir mit »unbewaffnetem« Auge nicht mehr erkennen. Wo man nichts mehr sieht, da meint man, sei auch nichts. Weil man im Altertum die winzigen Eier von allem möglichen Kleingetier wie Silberfischchen und ähnlichem nicht sehen konnte, glaubte man, diese Tiere, die man als primitiv ansah, entstünden spontan aus Staub und Dreck. Das war die Theorie der Urzeugung, die der Philosoph Aristoteles in der Antike formuliert hat. Hätte er ein Mikroskop gehabt, hätte er das nie behauptet.

Nehmen wir ein anderes Beispiel für Grenzen der Sichtbarkeit. Diamanten sollen lupenrein sein, dann sind sie wertvoll. Was bedeutet das? Wenn man mit einer achtfach vergrößernden Lupe in dem Kristall keine Einschlüsse sehen kann, dann gilt er als lupenrein. Aber bei zehnfacher Vergrößerung würde man wahrscheinlich Einschlüsse und Fehler entdecken. Heute, da wir Geräte besitzen, eben Lupen oder Mikroskope, mit denen wir Dinge, die ursprünglich zu klein für unser Auge sind, so sehr vergrößern können, daß sie für uns sichtbar werden, ist es keine große Leistung mehr, sich die Frage zu stellen, ob es wohl ein allerkleinstes Teilchen gibt. Aber in der Antike, ohne unsere gegenwärtigen technischen Möglichkeiten, haben sich bereits griechische Philosophen Gedanken über die Materie gemacht.

Als erstes haben die Philosophen die Frage nach dem Anfang gestellt, wie die Religion das ja auch tut, aber sie haben eine andere Antwort gegeben. Die Religion, etwa die jüdisch-christliche, erzählt die Geschichte von der Erschaffung der Welt durch einen Schöpfergott, eine Person also; die ersten Philosophen dagegen haben den Anfang der Welt in etwas Stofflichem gesucht, etwa Wasser oder Luft oder Erde oder Feuer. Warum gerade diese vier? Weil sie offensichtlich für die Menschen eine besondere Bedeutung haben. Ohne Wasser und Luft wäre kein Leben möglich. Die Erde bringt mit Hilfe des Wassers die Pflanzen, also Lebendiges hervor, die Erde ist fruchtbar – oder auch unfruchtbar –, und das Feuer ist eine Kraft, die Wärme spendet, aber auch Dinge vernichten kann.

Durch das Zusammenwirken dieser Grundstoffe nach Regeln, die man näher bestimmen müßte, könnte man sich die Weltentstehung und ihr Fortbestehen denken.

1. Die Teilbarkeit der Dinge

Wenn man sich die Dinge anschaut, die uns umgeben, so kann man sich folgendes überlegen: Alles, was wir sehen, kann man teilen: Wasser etwa oder Steine, aber auch von uns erzeugte Kunststoffe, alle diese Materialien lassen sich zerkleinern. Wir können Steine zerschlagen, in immer kleinere Brocken bis zur Kleinheit von Sandkörnern oder noch ein wenig kleiner: Staubkörner. Kann man auch die Staubkörner noch spalten und bis zu welcher Kleinheit?

Das ist also die grundsätzliche Frage, um die es geht: Gibt es eine kleinste Größe, die man nicht mehr weiter teilen kann, ein Unteilbares (griech. *atomon*), also ein Atom, oder kann man die Materie bis ins unendlich Kleine aufspalten?

2. Die Vorstellung von den Atomen

Die sogenannten Atomisten unter den Philosophen der Antike – zu den bekanntesten zählen Empedokles, Leukipp und Demokrit – waren der Ansicht, es gebe allerkleinste Teilchen, also Atome. Wenn man ein Teilchen durch keinerlei Manipulation mehr zerteilen kann und wenn es auch in der Natur keine Kräfte gibt, die das bewerkstelligen können, dann ist ein solches Teilchen unzerstörbar. Es existiert also ewig. Alles, was zusammengesetzt ist, kann man zerteilen, es ist also vergänglich. Bis jetzt ist das eine Gedankenspielerei. Es geht um die Bestimmung des Begriffes »Atom«. Wenn ich demnach behaupte, es gebe unteilbare kleinste Teilchen, dann muß ich auch behaupten, daß sie unzerstörbar und damit unvergänglich, also ewig, sind. Sie könnten allenfalls vergehen, wenn die ganze Welt zu existieren aufhört. Beim Weltuntergang würden auch alle Atome untergehen. Aber wann ist der Weltuntergang? Ein Weltuntergang, also die Vernichtung von allem Existierendem, wäre ein außergewöhnliches Ereignis, das wir nicht aus dem ableiten können, was so alltäglich passiert, sonst würde die Welt ja ständig untergehen. Davon bemerken wir allerdings nichts. Aber man könnte folgendes einwenden: Ständig verschwinden Atome, hören auf zu existieren, aber ständig entstehen aus dem Nichts neue Atome, daher bleibt die Anzahl der Atome im Weltall konstant, und die Welt geht nicht unter.

Zurück zu den Atomtheoretikern der Antike! Sie behaupteten, die Welt bestehe aus Atomen, die im leeren Raum sich bewegen, sich zu größeren Gebilden vereinigen und auch wieder trennen können. Alle für uns sichtbaren Gegenstände, aber auch wir selbst, insofern wir einen Körper haben, bestehen demnach aus diesen winzigen Bausteinen.

Was kann man mit der Atomtheorie erklären? Sie soll das ganze Universum erklären, und zwar auf möglichst einfache und natürliche Weise. Die Konstanz und Dauer der Welt insgesamt kann erklärt werden aus der Unzerstörbarkeit der Atome, der Wechsel der Erscheinungen in der Welt wird mit der Beweglichkeit der Atome erklärt, ihrer Fähigkeit, sich zu großen Strukturen zusammenzuballen und sich wieder zu trennen, so daß die großen Strukturen sich wieder auflösen. Der Philosoph Empedokles hat deshalb zwei entgegengesetzte Kräfte angenommen, die er »Liebe« und »Streit« nannte. Wir würden in der Gegenwart sagen »Anziehung« und »Abstoßung«. »Liebe« vereint, »Streit« entzweit. Wenn man nun annimmt, daß die Kräfte nicht immer gleich stark sind, denn dann würden sie sich gegenseitig aufheben, sondern zu unterschiedlichen Zeiten in ihrem Verhältnis zueinander sich ändern – mal überwiegt die »Liebe«, mal der »Streit« –, dann kann man damit eine Welt konstruieren, die immer in Bewegung ist. Je nachdem, welche Kraft gerade überwiegt, vereinigen oder trennen sich die Atome, entstehen oder vergehen die Dinge in der Welt.

Wir hatten gesagt, ein Atom ist unzerstörbar, es existiert ewig. Es hat kein Ende in der Zeit. Aber hat es einen Anfang? Irgendwer oder irgendwas müßte die Atome zu irgendeinem Zeitpunkt – das wäre dann der Anfang der Welt – geschaffen haben. Oder es hat keinen Anfang, es hat schon immer existiert. Die Materie, das ist die Gesamtheit aller Atome, existiert ewig, aber die aus den Atomen zusammengesetzten Körper – zu denen gehören auch wir – haben einen Anfang und ein Ende. Die Philosophen, die diese Theorie vertreten, nennt man Materialisten.

3. Antike Spekulation und neuzeitliche Erfahrung

In der Antike haben die Philosophen die Atomtheorie durch reines Nachdenken entwickelt. Man nennt ein solches Denken, das ganz theoretisch bleibt und sich nicht mit den Erfahrungswissenschaften befaßt, spekulativ. In der Gegenwart, in der die Erfahrungswissenschaften die einzige Erkenntnisquelle zu sein scheinen – jedenfalls geben sie vor, es zu sein –, gilt spekulatives Denken nicht sehr viel. Man wirft dem theoretischen reinen Denken vor, es sei bloß spekulativ, ihm fehle die Kontrolle durch die Erfahrung. Deshalb sagen viele Wissenschaftler heute: Die antike Atomtheorie war nur spekulativ, aber unsere gegenwärtigen Vorstellungen von den Atomen sind empirisch belegt, sind also durch erfahrungswissenschaftliche Experimente bestätigt.

Was bedeutet das im einzelnen?

4. Alltagserfahrungen und ihre theoretische Deutung

Fangen wir mit unserer alltäglichen Welterfahrung an. Schon in der Antike haben die Menschen Umgang mit einer Fülle von unterschiedlichen Materialien gehabt. Sie kannten z. B. verschiedene Metalle wie Kupfer, Eisen, Silber, Gold, sie hatten eine Ahnung von verschiedensten Mineralien, sie kannten unterschiedliche Gesteinsarten usw. Sie konnten auch bereits aus Grundstoffen neue Stoffe erzeugen. So konnten sie aus Grundmetallen unterschiedliche Legierungen herstellen. Sie konnten Glas herstellen – aus verschiedenen Sanden –, sie konnten Ton brennen.

Die Menschen hatten also durch ihre lebensweltliche Erfahrung schon eine ganze Menge an Wissen angehäuft. Wenn man aus diesem praktischen Wissen eine allgemeine Theorie ableiten will, so könnte sie folgendermaßen aussehen:

Es gibt offensichtlich Grundstoffe, also Elemente, und Stoffe, die aus Elementen zusammengesetzt sind. Wenn man Elemente im richtigen Mischungsverhältnis zusammengibt und dann das Ganze irgendwie behandelt, z. B. erhitzt, dann können die Elemente sich zu einem neuen Stoff verbinden. Aber wie findet man das richtige Mischungsverhältnis? Durch Ausprobieren! So hat ein Mönch im Mittelalter durch Zufall im Abendland das Schießpulver erfunden, wie man sagt. Und die Alchimisten haben sich bemüht, Gold zu machen. Sie glaubten, man könne aus anderen, eben gewöhnlichen Stoffen unter Zuhilfenahme von Zaubersprüchen und durch entsprechende Manipulationen die gewünschten Stoffe erzeugen.

Die Alchimisten waren, so würden wir heute sagen, Chemiker. Sie beschäftigten sich mit der Möglichkeit der Umwandlung von Stoffen, aber sie hatten nur Erfahrungswissen, also keine systematische Theorie vom Aufbau der Materie, und zudem verbanden sie das Ganze mit magischen Vorstellungen, also mit Zauberei und Teufelsglauben usw.

In der Geschichte von Doktor Faustus und seinem Pakt mit dem Teufel, aber auch im Märchen vom Rumpelstilzchen wird von solchen Dingen erzählt. Hier mischen sich Wissen und christlicher Teufels- und Aberglaube zu einer phantastischen Welt.

5. Die Entwicklung der Chemie

In der Neuzeit haben die Menschen den Aberglauben allmählich abgelegt. Sie haben ihr Wissen durch Ausprobieren – heute sagen wir: durch Experimentieren – immer mehr erweitert. Sie haben neue Stoffe entwickelt, etwa das Porzellan im 18. Jahrhundert, das als weißes Gold bezeichnet wurde, und im 19. Jahrhundert ist die Chemie zu einer systematischen Wissenschaft geworden.

So hat man z. B. festgestellt, daß Wasser und Luft keine Elemente sind, also keine Grundstoffe, vielmehr ist Wasser eine Verbindung aus Sauerstoff und Wasserstoff, und Luft ein Gemisch aus verschiedenen Gasen. Das wußte man in der Antike z. B. noch nicht. Einen großen Fortschritt bedeutete es, als es gelang, die einzelnen Elemente zu ordnen, d. h., eine Reihenfolge festzulegen von einfachen, »leichten« zu »schweren« Elementen. Der russische Wissenschaftler Mendelejew entdeckte, daß die Elemente sich nach ihren chemischen Eigenschaften periodisch ordnen lassen, d. h., er stellte fest, daß die Elemente in ihrer Reihenfolge sich zu Achtergruppen zusammenfügen. Die chemischen Eigenschaften, d. h. die Weise, wie die Stoffe sich mit anderen verbinden können, wiederholen sich: Element 1 der ersten Gruppe entspricht in seinen Eigenschaften Element 1 der zweiten und dritten Gruppe usw.

Hatte man ursprünglich eine große Fülle von unzusammenhängenden Einzelbeobachtungen gehabt, so konnte man nun Aussagen über die chemische Beschaffenheit eines Elementes machen, wenn man wußte, wo innerhalb einer Achter-Periode das Element einzuordnen war.

6. Chemie und Physik: das Atom

Aber es fehlte noch eine Theorie, die erklären konnte, warum die Elemente sich nach Achtergruppen ordnen lassen – übrigens mit Ausnahmen, die ich der Einfachheit halber weggelassen habe. Die Erklärung hat die Atomtheorie geliefert. In der Antike hatte man sich die Atome als unterschiedliche geometrische Körper vorgestellt, als Kugel, Kubus usw. Denn das Atom sollte die kleinste Einheit eines Elementes sein, die nicht in noch Kleineres zerbrochen werden kann. Wie können sich aber die Atome zu größeren Stücken verbinden? Denn alles, was wir sehen können, sind Materiestücke, in denen offensichtlich viele Atome fest miteinander verbunden sind. Gibt es irgendeinen Klebstoff? Oder haben die Atome Vorsprünge und Einziehungen, so daß sie ineinanderpassen, ähnlich wie Lego-Steine?

Wenn sie Haken und Ösen haben, können die auch abbrechen? Denn im Vergleich zum Gesamtkörper eines Atoms müßte der Haken ein zerbrechliches Teil des Atoms sein. Diese Idee von den Haken und Ösen ist also nicht sehr überzeugend. Irgend etwas anderes muß die Atome zusammenhalten, irgendeine Kraft.

Was gibt es denn für Kräfte? Zunächst kennen wir alle die Schwerkraft. In der Antike hat man gesagt: Die Gegenstände streben ihrem natürlichen Ort zu, und der ist unten. In der Neuzeit hat man gesagt: Die Himmelskörper ziehen einander an. Das ist die Schwerkraft, die Gravitation. Die Gegenstände fallen also nach unten, weil »unten« die Richtung zur Erde bzw. zum Erdmittelpunkt bezeichnet.

Außerdem kennen wir natürlich Druck- und Stoßkräfte, wir haben im täglichen Leben damit zu tun. Bereits im Altertum kannte man auch den Magnetismus, also die Fähigkeit von Magneteisen, anderes Eisen anzuziehen. Man konnte diese Erscheinung nur beschreiben, nicht aber erklären. Auch den Kompaß hat man lange benutzt, bevor man wußte, warum eine Magnetnadel sich in Nord-Süd-Richtung ausrichtet. Als man im 19. Jahrhundert die elektrischen Erscheinungen in unserer Wirklichkeit systematisch untersuchte, bekam man allmählich einen Einblick in das Wirken von elektrischen Ladungen, Feldern und Kräften, man lernte, daß gleiche Ladungen sich abstoßen, gegensätzliche sich anziehen.

7. Wie sehen Atome aus?

Auf dem Boden dieser Kenntnisse hat der dänische Atomphysiker Niels Bohr im Jahre 1902 ein Atommodell entwickelt, das sehr folgenreich gewesen ist. Er dachte sich das Atom als ein kleines Sonnensystem, mit einem Zentralkörper, dem Atomkern, in der Mitte, und einem kleinen Trabanten, der wie ein Planet den Atomkern umkreist. Damit ist das Atom natürlich kein Atom mehr, man konnte es zunächst gedanklich teilen in zwei voneinander unterscheidbare Teile, später konnte man es auch in Wirklichkeit teilen.

Aus den Erkenntnissen der Elektrizitätslehre wußte man, daß man gegensätzliche elektrische Ladungen unterscheiden kann, positive und negative. Gleich geladene Teilchen stoßen sich ab, gegensätzlich geladene Teilchen ziehen sich an. Diese Vorstellung konnte man für das Atommodell verwenden. Man dachte sich den Atomkern positiv, den kleinen Trabanten negativ geladen. Den Kern bezeichnete man als »Proton«, den kleinen Trabanten als »Elektron«. Das Proton zieht das Elektron an, aber das Elektron umkreist das Proton auf einer stabilen Bahn.

8. Wie beobachtet man ein Atom?

Nun hat man diese Teilchen nicht nur theoretisch ausgedacht, sondern ihre Existenz experimentell nachgewiesen, d. h., man hat diese Teilchen beobachtet. Wie beobachtet man ein Materieteilchen, das zu klein ist, als daß man es sehen könnte – auch nicht mit einem Mikroskop?

Was man nicht unmittelbar und direkt beobachten kann, das muß man indirekt beobachten. So haben es die Wissenschaftler auch im Bereich der Atome und Atomteilchen gehalten.

Sie haben einen Kasten konstruiert, den sie mit Wasserdampf gefüllt haben, eine sogenannte Nebelkammer, nach ihrem Erbauer auch »Wilsonkammer« genannt. In einer solchen Kammer wird ein elektrisches Feld erzeugt. Wenn nun ein Atomteilchen durch diese Kammer hindurchfliegt, dann wird es entsprechend seiner eigenen Ladung abgelenkt, ein Elektron anders als ein Proton. Wenn ein Teilchen den Wasserdampf durchquert, dann erzeugt es eine feine Dampfspur, weil von dem Teilchen angestoßene Wasserdampfmoleküle kondensieren und zu kleinen Wassertröpfchen werden. Diese kann man beobachten.

Um feststellen zu können, was für ein Teilchen man beobachtet hat, muß man wissen, was in der Kammer passiert, d. h., man muß die Stärke des in der Kammer wirkenden elektrischen Feldes kennen, und man muß wissen, mit welcher Geschwindigkeit das Teilchen die Kammer durchquert.

Auf diese Weise konnte man Protonen und Elektronen experimentell nachweisen. Aber wohlgemerkt: Niemand hat die Teilchen wirklich gesehen. Durch Interpretation und mathematische Berechnung kommen die Wissenschaftler zu dem Schluß, diese Spur stamme von einem Elektron, jene dagegen von einem Proton.

Ich habe behauptet, das Bohrsche Atommodell sei sehr folgenreich gewesen. Warum? Wenn man das Atom als kleines Sonnensystem auffaßt, dann kann man sich einfache und komplizierte Sonnensysteme vorstellen.

Das einfachste Atom besteht aus dem Proton, dem Kern, und dem es umkreisenden Elektron: Das ist Wasserstoff, ein Gas, das einfachste Element. Das nächste Element ist Helium, ebenfalls ein Gas. Bei Helium umkreisen zwei Elektronen den Kern. Aber nun taucht ein Problem auf. Ein Proton kann ein Elektron an sich binden, aber keine zwei. Also braucht man im Atomkern zwei Protonen. Das aber geht nicht, denn Protonen als gleichgeladene Teilchen, nämlich positiv, stoßen sich ab. Der Kern des Heliumatoms würde auseinanderbrechen. Daher mußte man die Existenz eines weiteren Teilchens annehmen, das weder positiv noch negativ geladen war, also elektrisch neutral war. Dieses Teilchen nannte man »Neutron«. Ihm wurde die Aufgabe zugewiesen, die auseinanderstrebenden Protonen festzuhalten.

Halten wir kurz inne und resümieren wir! Die Wissenschaftler haben in der Neuzeit das in der Antike entwickelte Konzept des Atoms, des Unteilbaren, übernommen. Bei dem Bemühen, dieses Konzept auf die Beobachtungen in der Wirklichkeit anzuwenden, hat sich das Unteilbare, Kleinste und darum Unvergängliche in ein Teilbares verwandelt.

9. Das Baukastensystem der Natur

Aber mit den Teilchen Proton, Elektron und Neutron konnte man in einer Art Baukastensystem die unterschiedlichen Elemente, die man kannte, konstruieren: Die Anzahl der Protonen im Atomkern bestimmt, um welches Element es sich jeweils handelt. So viele Protonen im Kern vorhanden sind, so viele Elektronen umkreisen den Kern. Und dann braucht man noch eine Anzahl Neutronen, die die Protonen im Kern zusammenhalten.

10. Atome und Zwiebeln

Die Elektronen umkreisen den Kern auf festgelegten Bahnen mit unterschiedlichen Abständen. Auf der engsten Bahn können zwei Elektronen den Kern umkreisen, auf der nächsthöheren acht, auf der dritten Bahn ebenfalls maximal acht. Mit diesem Achtersystem hatte man eine gute Erklärung für die Erscheinungen gefunden, die aus der Chemie bekannt waren. Denn dort hatte man herausgefunden, daß die Elemente, in Achtergruppen geordnet, vergleichbare Eigenschaften aufwiesen. Die Atomtheorie lieferte nun die erklärende Theorie für diese Erfahrungen. Man stellte sich das Atom als eine Art Zwiebel vor. Wenn man eine Zwiebelknolle aufschneidet, dann entstehen die berühmten Zwiebelringe, die sich voneinander trennen lassen. Eine Zwiebel besteht also aus Schalen, die ineinanderpassen. Kleine Zwiebeln haben wenige Schalen, große entsprechend mehr.

Wenn wir nun spaßeshalber das Atom weiterhin als eine Zwiebel ansehen, dann müssen wir folgendes sagen: Unabhängig von der Größe der Zwiebel, auf ihrer äußersten Schale, das ist also die Oberfläche, können ein bis acht Elektronen untergebracht werden. Auf einer richtigen Zwiebel könnte man ein bis acht Punkte aufmalen oder Konfettiplättchen aufkleben, und dann könnte man, wenn man viele Zwiebeln hätte, die Zwiebeln ordnen nach der Anzahl der Punkte bzw. Konfettiplättchen.

Wie nun das Prinzip der chemischen Verbindungen funktioniert, kann man sich gut anhand des Wassermoleküls klarmachen. Bekanntlich lautet die chemische Bezeichnung H_2O, was bedeutet, daß ein Sauerstoffatom (O) zwei Wasserstoffatome (H_2) an sich bindet. Warum tut es das? Weil Sauerstoff als achtes Element in der Reihe der Elemente quasi einer Zwiebel mit zwei Schalen entspricht. Auf der innersten Schale finden zwei Elektronen Platz, die übrigen sechs befinden sich auf der nächsten Schale. Dort sind noch zwei »Plätze« frei, und die werden eingenommen von dem jeweils einen Elektron der zwei Wasserstoffatome. Die freien Plätze auf einer äußeren Elektronenschale wirken also wie Ösen, in die die Elektronen eines anderen Elementes als eine Art Haken einklinken können.

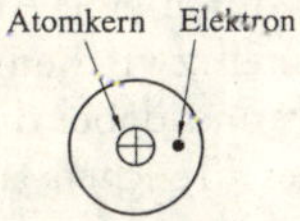

Wasserstoff (H)
1 Schale

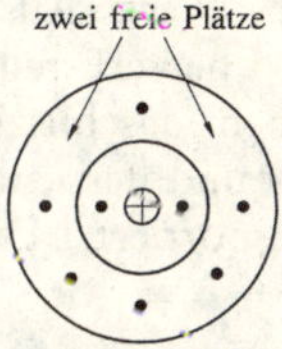

Sauerstoff (O)
2 Schalen

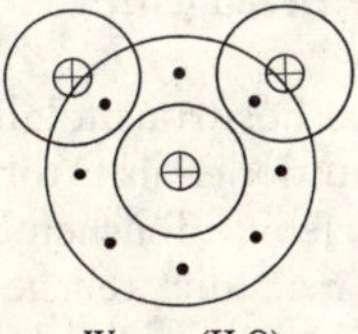

Wasser (H_2O)

Nun möge das genügen, denn wir wollen nicht Physik oder Chemie treiben, sondern philosophisch über diese Wissenschaften nachdenken.

Deshalb sei nur noch folgendes gesagt: Leider ist die Atomtheorie nicht so einfach geblieben, wie sie gerade dargestellt worden ist. Denn dieses einfache Modell hatte keinen Bestand, es tauchten Probleme auf, die man dadurch löste, daß man neue Teilchen postulierte, d. h. forderte. Diese Teilchen wurden dann auch regelmäßig in experimentellen Versuchsanordnungen gefunden, verifiziert, also »bewahrheitet«, wie man auf deutsch sagen könnte.

So hat man zunächst folgendes herausgefunden: Damit der Atomkern, der ja aus Protonen und Neutronen bestehen soll, tatsächlich stabil ist, muß in ihm ständig eine Bewegung stattfinden: Die Protonen übertragen ihre positive Ladung auf die neutralen Neutronen. Dadurch werden aus Protonen Neutronen und aus Neutronen Protonen. Dieser Austausch wiederholt sich unablässig. Er wird bewerkstelligt durch eine Art Boten, ein kleines Teilchen, das blitzschnell zwischen Proton und Neutron hin- und herpendelt und dabei die elektrische Ladung transportiert. Dieses Teilchen nannte man »Positron«.

11. Entdecken oder Erzeugen?

Der Entdeckung des Positrons folgten immer neue Teilchen mit neuen Funktionen im Atom, teilweise erzeugte man auch sehr kurzlebige Teilchen bei den Versuchen.

Wieso erzeugte man die Teilchen? Eigentlich sollte man doch annehmen, daß die Teilchen schon da sind und man sie lediglich findet, also entdeckt! In der Atomphysik ist das offensichtlich anders. Die Teilchen sind winzig, man kann sie nur indirekt beobachten. Man muß mit den Teilchen irgend etwas tun, man kann z. B. ein Teilchen mit einem anderen Teilchen beschießen und dann beobachten, was passiert – in der schon erwähnten Nebelkammer. Man kann so auch ein Atom beschießen, es könnte ja sein, daß der Kern in seine Bestandteile zerplatzt. Tatsächlich konnte man das im Experiment durchführen. Der deutsche Wissenschaftler Otto Hahn hat die Spaltung eines Atoms im Jahre 1939 zum ersten Mal im Labor durchgeführt. Die technische Umsetzung dieses Effektes hat auf der einen Seite zur Atombombe und auf der anderen Seite zu unseren Atomkraftwerken geführt.

Wieso kann man aus diesem Effekt der Kernspaltung eine Bombe ableiten? Man hat folgendes beobachtet: Wenn ein Atomkern durch das Eindringen eines Teilchens zerplatzt, dann entstehen viele neue Teilchen, die in die benachbarten Atome eindringen und deren Kerne ebenfalls spalten. Wenn durch ein erstes gespaltenes Atom vielleicht hundert weitere gespalten werden, die ihrerseits jedes wieder hundert neue spalten usw., dann entsteht eine Kettenreaktion, die zu einer ungeheuren Explosion führt. Das ist das Prinzip der Bombe. Man kann versuchen, diese Kettenreaktion zu bremsen, indem man dämpfende Materialien in das explosive Element hineingibt. Dann hat man eine kontrollierte Kernspaltung. Aber wenn der Vorgang außer Kontrolle gerät, dann kann ein Atomkraftwerk sich in eine Art Bombe verwandeln.

Aber nun von der Anwendung zurück zum Prinzip.

Durch die eben geschilderte Anwendungsmöglichkeit ist immerhin erwiesen worden, daß die Wissenschaftler eine richtige Überlegung angestellt hatten, als sie davon ausgingen, man müsse die unsichtbaren winzigen Teilchen gegeneinanderstoßen lassen und dann die Wirkung irgendwie – so wie oben geschildert – sichtbar machen.

Zu diesem Zweck haben die Physiker Teilchenbeschleuniger konstruiert, das sind Maschinen, in denen durch elektrische Felder die Atomteilchen auf hohe Geschwindigkeiten beschleunigt werden. Dann muß man sie auf ein Hindernis auftreffen lassen und kann mit Hilfe einer Nebelkammer beobachten, was passiert, ob also das Teilchen zerplatzt und dabei neue kleinere Teilchen sichtbar werden.

Nun hat sich etwas Seltsames ergeben. Je größer die Teilchenbeschleuniger wurden – schließlich gigantische Ringtunnel, bestückt mit Elektromagneten –, um so stärker konnte man die Teilchen beschleunigen und um so kleiner wurden die neuen Teilchen, die man entdeckte. Viele von den Teilchen waren sehr kurzlebig, d. h., sie verschwanden wieder sehr schnell. Da tauchte nun eine philosophische Frage auf: Haben die Wissenschaftler mit ihren Manipulationen Teilchen entdeckt, die in der Natur vorkommen, oder haben sie Teilchen erzeugt, z. B. die kurzlebigen, instabilen?

Wenn man in einen Teich, in dem die Wasseroberfläche spiegelglatt ist, weil kein Wind und keine Strömung vorhanden sind, einen Stein hineinwirft, dann entstehen Wellen. Je größer der Stein, um so mächtiger die Wellen. Aber nach einer Weile verschwinden die Wellen, die Unruhe im Wasser ebbt ab, und schließlich ist die Oberfläche wieder glatt. Niemand würde einfach behaupten wollen, die Wellen seien ständig vorhanden, denn wir wissen ja, daß wir sie erzeugt haben.

So könnte es auch mit unseren Experimenten im Bereich der Atome sein: Wir beschießen Teilchen mit Teilchen, erzeugen eine vorübergehende Unruhe, also kurzlebige Splitter von Teilchen, die alsbald verschwinden, und nun wissen wir nicht, haben wir wirkliche Bausteine der Teilchen sichtbar gemacht, oder haben wir eine Unruhe erzeugt, die sich wieder legt.

Bei diesem hübschen Spiel hat man immer neue Teilchen gefunden oder jedenfalls erzeugt. Als die Zahl der Teilchen auf mehrere hundert vermehrt worden war, wurde es den Physikern zu bunt. Sie hatten die Nase voll von dem »Teilchenzirkus«, wie sie das Ganze nannten. Sie besannen sich darauf, daß sie ein Atom suchten, ein allerkleinstes Unteilbares. Sie postulierten nun, es müsse ein solches Teilchen geben, sozusagen den allerkleinsten Lego-Baustein, und da der Name »Atom« bereits vergeben war, für ein Gebilde, das sich als hochkomplexes System erwiesen hatte, nannten sie dieses neue Teilchen »Quark«, als Gag sozusagen.

Kaum hatte man Quarks theoretisch gefordert, da fand man sie auch im Experiment, auf die bewährte Art. Nun tauchte aber ein Dilemma auf. Man hatte ein Quark gesucht und mehrere gefunden, inzwischen bereits wieder ein halbes Dutzend. Das ist ärgerlich. Es könnte nämlich bedeuten, daß die verschiedenen Quarks entstehen durch unterschiedliche Mischungsverhältnisse von noch kleineren Teilchen.

12. Gibt es überhaupt ein kleinstes Teilchen?

Damit wollen wir den Ausflug in die Physik beenden. Als Ergebnis halten wir folgendes fest:

Mit immer größer werdendem technischen Aufwand erzeugen wir immer kleinere Teilchen. Fast jedes Teilchen galt irgendwann als das kleinste, bis es durch ein noch kleineres abgelöst wurde. Was machen wir, wenn das immer so weitergeht mit der Teilbarkeit, wenn es gar keine kleinsten unteilbaren Teilchen gibt, sondern die Materie sich beliebig teilen läßt bis ins unendlich Kleine?

Gibt es denn wenigstens eine größte Größe? Anders ausgedrückt: Ist die Welt irgendwo zu Ende? Die Astronomen haben ein ähnliches Problem wie die Physiker: Je besser ihre Instrumente werden, um so weiter entfernt sind die Objekte, die sie entdecken. Auch hier ist kein Ende abzusehen. Und wie steht es mit dem zeitlichen Anfang und mit dem entsprechenden zeitlichen Ende der Welt? Da die Wissenschaftler die beobachtete Rotverschiebung des Lichtes von weit entfernten Sternsystemen als Beleg für die Ausdehnung des Weltalls ansehen und von der Gegenwart ausgehend zurückrechnen, glauben sie, den zeitlichen Anfang erreichen zu können. Je größer aber diese explodierende Welt wird durch neue Entdeckungen, um so weiter verschiebt sich der Anfang in die Vergangenheit.

Wenn diese explodierende Welt kein räumliches Ende haben sollte, dann würde der zeitliche Anfang sich ins Unendliche hinausschieben.

Ein Anfang im Unendlichen bedeutet aber: kein Anfang. Können wir uns das überhaupt vorstellen?

Alle Dinge, die wir kennen, sind begrenzt. Sie sind

nicht unendlich groß, und sie haben einen Anfang und ein Ende in der Zeit. Wir können sagen: In der Welt hat alles, was existiert, Begrenzungen in Raum und Zeit.

Aber hat auch die Welt selbst, also die Welt in ihrer Gesamtheit, einen Anfang und ein Ende?

13. Die Grenzen der Physik und die Philosophie

Das ist keine Frage für die Physiker, sondern eine philosophische Frage. Denn die Physik beschäftigt sich mit den materiellen Gegenständen in der Welt. Und sie bestimmt das Wesen der einzelnen Körper in der Welt aus den Wirkungen, die die Körper auf andere ausüben. Dabei haben die Physiker herausgefunden, daß es für alles in der Welt Existierende jeweils eine Ursache (oder auch mehrere) gibt. Diese Ursachen sind selbst wieder Wirkungen von Ursachen, die ihnen vorausgehen, usf. Wenn ich dergestalt frage, dann komme ich zu immer früheren Ursachen, aber ich komme nicht zur ersten Ursache als dem absoluten Anfang. Die Anfänge, von denen die Erfahrungswissenschaften etwas wissen, sind immer nur relative Anfänge. Wenn ein Ding in der Welt seinen Anfang nimmt, dann entsteht es aus anderen Dingen, die vor ihm da waren. Vielleicht verschwinden sie dabei, aber sie waren vorher da. Kein Ding entsteht aus dem Nichts. Das Gesetz der Kausalität gilt für alle Ereignisse in der Welt, aber gilt es auch für die Welt insgesamt?

Das ist also die philosophische Frage, um die es geht. Allerdings glauben die Physiker der Gegenwart, sie könnten die Frage nach dem Anfang beantworten. Indem sie den Zustand unserer Welt als Explosion deuteten, wollten sie den Anfang der Explosion berechnen. Diesen Anfang setzten sie als absoluten Anfang.

Nun ist eines ganz unbestreitbar: Ich kann über einen Gegenstand dann eine zutreffende Aussage machen, wenn ich ihn zur Gänze überblicke, wenn ich seine räumliche Ausdehnung kenne und über seinen zeitlichen Anfang etwas aussagen kann. Deshalb also suchen die Physiker

(1) den Anfang der Welt,
(2) die untere Grenze, also das Kleinste,
(3) die obere Grenze, das Ende der Welt, d. h. das allerletzte, am weitesten entfernte Objekt im Weltall.

Fänden die Physiker zweifelsfrei einen dieser Extrempunkte, dann könnten sie auch die anderen erschließen. Fänden sie das Ende der Welt, könnten sie den Anfang berechnen, das tun sie ja bereits ständig, aber das ist so vorläufig wie die Berechnungen des Kolumbus. Fänden sie das zweifelsfrei kleinste Teilchen, dann könnten sie die Frage untersuchen, ob die Welt aus endlich oder unendlich vielen Teilchen besteht usw.

Da alles, was sie finden, aber immer nur vorläufig das Kleinste, das Erste, das Größte usw. ist, können sie keine endgültigen Erkenntnisse aussprechen.

VI Wie groß sind wir Menschen?

Wenn es keine absolute Größe gibt – vorläufig wenigstens –, wie groß sind wir dann eigentlich? In unseren Ausweispapieren ist unsere Körpergröße in Zentimetern vermerkt. In Großbritannien werden andere Längenmaße benutzt als bei uns: *inch*, *foot*, *yard*, *mile*. Einige dieser Maße kennen wir auch im Deutschen, wie Fuß und Meile. Man kann die Frage stellen: Gibt es richtige und demzufolge auch falsche Maße? Ist Kilometer richtig und Meile falsch? Diese Frage müssen wir verneinen. Mit den Längenmaßen verhält es sich ähnlich wie mit den Sprachen. Man kann alle Berechnungssysteme ineinander umrechnen. Eine Meile ist etwa 1,8 km. Eine Seemeile bezeichnet eine andere Strecke als eine Landmeile usw.

Aber wie groß ist denn nun ein Zentimeter? Wer gefragt wird, der wird mit Daumen und Zeigefinger das Intervall darstellen, das er für einen Zentimeter hält, und er wird dazu sagen: Das hier ist ungefähr ein Zentimeter. Wenn er ein Zentimetermaß zur Hand hat, wird er es einfacher haben. Er zeigt es dem Fragenden. Und wie groß ist nun ein Zentimeter? Die Frage können wir gar nicht beantworten oder nur, indem wir ein Zentimetermaß herzeigen. Alle die Zentimetermaße stammen von einem allerersten Maß ab, das die Menschen bestimmt haben. Dabei hatten sie die Absicht, den vierzigmillionsten Teil des Erdumfanges zum Maß für das Meter zu machen. Das war ein schöner Wunsch, der sich natürlich nicht erfüllen ließ, denn unsere Erde ist keine ideale Kugel. Aber es spielt überhaupt keine Rolle, der wieviel millionste Teil wovon auch immer ein Meter ist. Wichtig ist: Wir haben ein Maß festgelegt, das alle anerkennen, und somit können wir alles messen. Wir hätten als Maß auch den Bauch eines fetten polynesischen Stammeshäuptlings nehmen können oder die Nase von Cyrano de Bergerac. Wir machen uns also ganz willkürlich nach unserem eigenen Gutdünken ein Maß, und sofort wird die Welt für uns meßbar. Wir machen uns einen festen Punkt oder, da wir den Punkt nach unseren Zwecken und Bedürfnissen festsetzen, wir sind der feste Punkt, wir sind das Maß der Dinge.

Aber gibt es denn einen von uns unabhängigen festen Punkt? Die Wissenschaftler postulieren ihn, d. h., sie fordern in ihren Denkmodellen, es müsse ihn geben, etwa als kleinstmögliche Größe. Die Idee des Atoms ist ja der Ausdruck für diese Überzeugung: Aber muß denn die Atomtheorie überhaupt stimmen?

Halten wir fest: Die Griechen in der Antike haben das Konzept des Unteilbaren entwickelt, »spekulativ«, wie wir sagen, und die neuzeitliche Erfahrungswissenschaft versucht, diese Vorstellung zu beweisen, indem sie immer neue und kleinere Kandidaten präsentiert.

Was wäre, wenn das Konzept des kleinsten Teilchens falsch wäre, wenn die Materie bis ins Unendliche teilbar wäre? In der Antike haben die Menschen auch diese Möglichkeit erwogen, und sie haben Belege für unendliche Teilbarkeit erbracht.

1. Ein Beispiel für unendliche Teilbarkeit

Der griechische Philosoph Zenon aus Elea in Unteritalien hat ein so genanntes Bewegungsparadox formuliert, das folgendermaßen konstruiert ist: der Held Achilles, der schnellste Läufer der antiken Sage, kann eine Schildkröte, ein nicht gerade sehr schnelles Tier, nicht einholen, wenn sie einen kleinen Vorsprung hat. Natürlich läuft Achilles sehr schnell, er hat also nach kurzer Zeit den Punkt erreicht, von dem die Schildkröte gestartet ist. Inzwischen ist die Schildkröte auch ein Stückchen vorangekommen. Achill durcheilt auch diese Strecke, aber wieder ist die Schildkröte weitergekrochen. Ihr Vorsprung wird kleiner, aber er verschwindet nicht. Auch im nächsten Schritt erreicht Achill nur den Punkt, den die Schildkröte bereits verlassen hat. Ihr Vorsprung wird unendlich klein mit der Zeit, aber er verschwindet nicht. Zenon hat aus diesem Gedankengang gefolgert, Bewegung sei nicht möglich. Seine Gegner haben ihn widerlegt, indem sie auf und ab geschritten sind. Sie wollten damit demonstrieren, daß Zenons Überlegung die Wirklichkeit nicht beschreibt. Heute würden wir sagen: Zenon hat eine Grenzwertbetrachtung vorgeführt. In unendlich vielen Schritten bestimmt er den Punkt, an dem Achill die Schildkröte einholt. Achill braucht natürlich nicht unendlich viel Zeit, um die Schildkröte einzuholen, vielmehr werden die gemessenen Strecken und Zeiträume unendlich klein.

Aber noch ein weiteres Beispiel für unendliche Teilbarkeit: Ich kann eine beliebig große Strecke aus unendlich vielen Teilstrecken zusammensetzen.

Man nehme die Strecke A B:

A B

und unterteile sie in der Mitte. Diese Hälfte teile man wieder usw. Wenn man nun anfängt, die Teilstrecken zusammenzuzählen: $\frac{1}{2} + \frac{1}{4} + \frac{1}{8} + \frac{1}{16} \ldots$, so wird man immer kleinere Strecken zusammenzählen müssen bis zur unendlich kleinen Strecke $\frac{1}{\infty}$.

Auf diese Weise kann ich jede Strecke unendlich teilen, unabhängig davon, wie groß sie selbst ist. In der Mathematik gibt es also keine kleinste Größe und ebenso wenig eine größte, denn zu jeder Zahl, die mir als die größte angeboten wird, kann ich durch Addieren einer Eins die nächstgrößere erzeugen.

Wenn wir das auf die materielle Welt übertragen, dann würde daraus folgen: Wenn wir von uns ausgehen, dann können wir ins unendlich Große und ins unendlich Kleine vorstoßen. Bedeutet das nun, daß wir uns in der Mitte zwischen dem Größten und dem Kleinsten befinden? Keineswegs! Gleichgültig, wie groß eine Strecke ist, man kann sie unendlich teilen. Das haben wir schon gesagt. Dann gilt aber auch folgendes: Gleichgültig, wie groß wir selbst absolut sind, wir können immer von uns aus ins unendlich Kleine und zur anderen Seite ins unendlich Große vorstoßen. Wir sind nicht in der Mitte, sondern wo auch immer wir sind, da ist die Mitte – für uns. Wir müssen ein Maß setzen, dann können wir alles ausmessen, das Große und das Kleine, aber auch das Schnelle und das Langsame. Achill ist schneller als die Schildkröte, aber empfindet sich die Schildkröte selbst als langsam? Wenn wir eine uns lästige Fliege mit der Hand erschlagen wollen, dann verfehlen wir sie meistens. Die Fliege ist zu schnell für uns, oder auch anders ausgedrückt: die Fliege sieht unsere Hand langsam auf sich zukommen und entschließt sich, auszuweichen bzw. wegzufliegen. Wir sehen den Flügelschlag von Insekten oder Kolibris nicht, er ist zu schnell für uns. Aber die Insekten und die Kolibris sehen ihre eigenen Bewegungen sicher.

Was für uns ein Augenblick ist, das kann für andere Tiere eine lange Zeit sein. Gibt es denn ein kürzestes Zeitintervall? Die Physiker haben auch das behauptet. Und in Hinsicht auf die kleinsten Teilchen, die sie gegenwärtig beobachten, haben sie sicher recht. Sollte es aber noch kleinere Teilchen geben als die momentan bekannten, dann sind auch noch kleinere Zeiteinheiten denkbar. Aber ebenso ist das andere Extrem denkbar: Wir kennen sie zwar bisher nicht, aber natürlich könnte man sich Lebewesen denken, so groß, daß sie uns nicht sehen können, weil wir für sie zu klein sind und zu kurzlebig. Vor Jahren habe ich in der Wochenendausgabe einer Tageszeitung folgende Geschichte gelesen:

> Prof. Universum hat in seinem Labor ein neues organisches Präparat angesetzt und beobachtet mit seinem Assistenten, wie in dem Glaskolben interessante Gebilde entstehen. Der Professor erläutert: »Das ist eine richtige kleine Welt, die sich da entwickelt. Da, dieses winzige Partikelchen, welches da gerade von der einen Kugel zur anderen herübergesprungen ist, das nennen die Raumfahrt.« Der Assistent ist hellauf begeistert und antwortet: »Das müssen wir aber unbedingt morgen weiterverfolgen.« Darauf antwortet Prof. Universum: »Das geht leider nicht. Morgen hat sich das Präparat längst schon wieder aufgelöst.«

2. Könnte diese Geschichte wahr sein?

Wenn es in unserer Welt sowohl das unendlich Kleine wie auch das unendlich Große gibt, dann ist eine solche Geschichte durchaus möglich. Diese Folgerung ergibt sich aus der Entwicklung der Physik. Die Physiker haben aus dem Atom, dem Unteilbaren, ein System gemacht, indem sie es als ein Zusammengesetztes erkannten. Wenn das jeweils Kleinste, Unteilbare, sich als ein Zusammengesetztes und damit Großes entpuppt, warum sollen sich ähnliche Strukturen nicht wiederholen? Galilei hat den Jupiter und seine Monde im Fernrohr gesehen und dieses Modell auf das Verhältnis der Sonne zu den Planeten übertragen. Niels Bohr hat ein Atommodell konstruiert, das wie ein Sonnensystem funktioniert. Unsere Spiralnebel, die Sternsysteme, sehen unseren Wolkenwirbeln, den Hurrikanes recht ähnlich. Könnte ihre Lebensdauer, gemessen in Umdrehungen des Wirbels, vergleichbar sein der Entwicklung von Wirbelstürmen? Die Astronomen haben entdeckt, daß in dem uns bekannten Teil des Weltalls die Sternsysteme nicht gleichmäßig verteilt sind. Es gibt weite Bereiche des Raumes, die sozusagen leer sind, und andere Teile, in denen viele Galaxien beisammen sind. Es gibt quasi »Löcher« und Materiebrücken. Das Ganze gleicht einem Schweizer Käse, weshalb die Astronomen scherzhaft von der »Schweizer-Käse-Theorie« des Weltalls sprechen.

Was uns ursprünglich einmal als größtmögliche Strukturen im Weltall erschien, die Galaxien mit Milliarden von Sonnen, das ist in einer größeren Dimension ein kleiner Baustein, aus dem größere Strukturen, eben der

»Schweizer Käse« aufgebaut sind. Könnten unsere Galaxien die Atome in einer unendlich viel größeren Welt sein? Oder gar die Atomteilchen, etwa die Quarks?

Man kann es nicht grundsätzlich ausschließen. Wir wissen nicht, wie das Weltall jenseits unserer bisherigen Sehgrenze weitergeht. Aber es ist durchaus denkbar, daß in einem unendlich großen Weltall die aufeinander aufbauenden Strukturen sich wiederholen. Aus der sogenannten fraktalen Geometrie, einem Zweig der Mathematik, der gegenwärtig viel Furore macht, sind uns solche Möglichkeiten bekannt. Wenn Physiker und Astrophysiker phantasieren, und das tun sie in der Gegenwart ganz gewaltig, dann pflegen sie zur Legitimierung ihrer Spekulationen immer darauf hinzuweisen, daß ihre Phantasterei »mathematisch stimmt«. Dieses Argument möchte ich für meine Phantasie auch in Anspruch nehmen.

In einer Welt, in der unsere Galaxien die Atomteilchen sind, wären mögliche Lebewesen und Menschen so ungeheuer groß und so ungeheuer langsam, daß wir zu ihnen keinen Kontakt aufnehmen könnten, denn wir wären umgekehrt so ungeheuer klein und unsere Existenz so kurz, daß diese Lebewesen uns weder räumlich noch zeitlich wahrnehmen könnten.

Für eine kleinere Welt unterhalb der unsrigen würden die gleichen Bedingungen gelten. Wir könnten die Bewohner einer solchen Miniwelt aufgrund ihrer unendlichen Kleinheit – für uns – nicht wahrnehmen. Und umgekehrt wären wir für diese Wesen zu groß. Wenn wir nur sagen würden: »Hallo, da seid ihr ja!«, dann wären in der Miniwelt darüber vielleicht 20 Milliarden Jahre vergangen. Es gibt also keine Möglichkeit, einander kennenzulernen.

Wenn man nun voraussetzt, das Universum sei unendlich groß, dann müßte man folgerichtig sagen: Es gibt unendlich viele solcher ineinandergeschachtelter Welten, ähnlich den aus Rußland bekannten Matrjoschka-Puppen. Dort ist die Anzahl freilich endlich, im Universum dagegen nicht. Deshalb wäre es für uns auch – anders als bei den Matrjoschkas – unmöglich zu sagen »Unsere Welt ist die dritte von unten« oder »Unsere Welt ist die dritte von oben«. Das ist ja das Gemeine an der Unendlichkeit. Wo auch immer man selbst steckt, man scheint in der Mitte zu sein. Aber das Unendliche hat keine Mitte, im Gegensatz zum Endlichen.

3. Kritik an der Physik

Aber verlassen wir unsere Spekulation, und kehren wir zum spekulativen Weltmodell unserer Physiker zurück.

Sie haben etwas beobachtet: die Rotverschiebung des Lichtes bei weit entfernten Sternsystemen, je weiter entfernt, um so stärker ist das Licht zum Roten hin verändert. Diese Beobachtung haben sie gedeutet: Als Dopplereffekt, d. h. als Anzeichen für eine Bewegung von uns weg. Daraus haben sie geschlossen, das Weltall explodiere. Dann haben sie zurückgerechnet bis auf den Anfang der Explosion. Sie setzten den Anfang der Explosion mit dem Anfang der Welt gleich.

Ein normaler Mensch, z. B. auch ein Philosoph, würde fragen: Und wie ist das Etwas dahin gekommen, das im Augenblick, seit *x* Milliarden Jahren (*x*, weil *x* sich dauernd verändert, immer größer wird) explodiert? Diese Frage haben die Physiker für unzulässig erklärt. Sie haben behauptet: Raum und Zeit hätten erst mit dem Beginn der Explosion zu existieren begonnen. Das ist ein Dogma. Ein Dogma verbietet ohne Begründung das Denken.

Nun haben die Physiker aber innerhalb des uns bekannten Weltalls sogenannte »Schwarze Löcher« gefunden, das sind Regionen des Weltalls, in denen die Materie, also Sterne, wieder in sich zusammenstürzt. Massen ziehen sich an, wie wir wissen, und wenn eine sehr große Masse irgendwo versammelt ist, dann zieht sie alle sie umgebenden Körper an, dergestalt, daß sie auf diese große Masse zustürzen und sie damit weiter vergrößern.

Wenn diese Masse immer weiter wächst, dann brechen plötzlich die Atome zusammen. Die Atome denkt man sich immer noch wie kleine Planetensysteme mit Kern = Proton und Trabant = Elektron. Zusammenbruch der Atome bedeutet, daß die Abstände zwischen den Teilchen im Atom und zwischen den Atomen verschwinden. Wenn alle Planeten unseres Sonnensystems in die Sonne hineinstürzen, bleibt die Masse erhalten, aber das System ist nur noch so groß wie die Sonne. Wenn im Atom alle Zwischenräume verschwinden, dann schrumpft es ungeheuer. So kann also ein Stern wie die Sonne ungeheuer schrumpfen und trotzdem seine Anziehungskraft behalten. Die Physiker glauben, daß in einem »Schwarzen Loch« immer mehr Materie verschwindet. Wenn es also ein oder mehrere Schwarze Löcher gibt, dann »fressen« sie über kurz oder lang das ganze Weltall auf. In einem Schwarzen Loch ist übrigens die Schwerkraft so ungeheuer groß, daß sogar das Licht in ihm verschwindet. Deshalb können wir es nicht direkt sehen. Wir können es nur indirekt sehen, wenn wir Objekte sehen, die gerade hineingezogen werden, aber noch nicht verschwunden sind.

Indem nun die Physiker solche Schwarzen Löcher glaubten entdeckt zu haben, mußten sie sich eingestehen, daß es neben dem Auseinanderbersten, der Explosion, im Universum auch das Zusammenfallen, also den Kollaps oder die Implosion, zu beobachten gibt. Dann kann aber auch das ganze Universum schließlich wieder in einem Schwarzen Loch verschwinden, und durch Explosion kann aus dem Schwarzen Loch ein neues Universum entstehen. Wir hätten also ein pulsierendes Weltall vor uns. Dieses Modell erinnert an Empedokles, der die entgegengesetzten Kräfte Liebe und Streit annahm, dazu einige Elemente, und behauptete, im Weltall gebe es einen ewigen Wechsel von Vereinigung (Liebe) und Trennung (Streit) der Elemente und dadurch entstehe unsere Wirklichkeit als ewiger Wechsel.

Wenn wir nun unsere Physiker fragen: Wie oft hat denn unser Universum schon pulsiert, so müssen sie sagen, wenn sie ehrlich sind, daß sie das nicht sagen können, es könnte zweimal, fünfmal oder auch unendlich oft gewesen sein.

Und nun sind einige Physiker auf eine tolle Idee verfallen: Vielleicht gibt es ja neben unserem Universum noch weitere pulsierende Universen. Nun könnte es sein, daß immer, wenn ein Universum explodiert, sein Nachbaruniversum gerade in sich zusammenstürzt. Das bedeutet: Vielleicht bilden diese Universen ein System von Universen, vielleicht sind diese Universen die Atome innerhalb eines unendlich viel größeren Universums. Und ein möglicher Beobachter, ein Professor Universum also, könnte dann, weil das Nebeneinander von zwei Miniuniversen für ihn aufgrund ihrer Winzigkeit nicht erkennbar wäre, glauben, er beobachte ein einziges Teilchen, das ungeheuer schnell hin- und herschwingt. Denn 40 Milliarden Jahre unserer Zeit wären für ihn der 40milliardste Teil einer Sekunde. Dieser Professor Universum würde, wenn er Physiker wäre, wahrscheinlich anfangen zu philosophieren, wie unsere Physiker, z. B. würde er sich fragen, ob diese von ihm beobachtete Unschärfe des Ortes seines vermeintlichen Teilchens sich daraus ergebe, daß seine Instrumente zu grob sind, oder ob das eine Unschärfe des Teilchens sei. Er würde all die Fragen stellen und die Hypothesen aufstellen, die unsere Atomphysiker auch schon gestellt haben.

Doch halt! Was haben wir getan? Wir haben schon wieder die Vorstellung eines unendlich großen Weltalls entwickelt, das auch unendlich in der Zeit ist, aber die Stichworte dazu haben uns die Physiker selbst geliefert, jene Physiker, die vor kurzem noch glaubten, sie hätten den Anfang der Welt gefunden und wüßten, wie groß unser Weltall ist.

Diese Vorstellung war offensichtlich voreilig. Wir müssen uns die philosophische Frage stellen, ob die Erfahrungswissenschaftler überhaupt den Anfang der Welt finden können. Denn die allgemeine Mutmaßung, alles in der Welt habe eine Ursache und damit einen Anfang, gilt für alle Erscheinungen in der Welt, aber gilt sie auch für die Welt insgesamt?

… zum Problem von Endlichkeit … Unendlichkeit

Vor mehr als 200 Jahren hat der berühmte Philosoph Immanuel Kant ein Buch geschrieben, das er *Kritik der reinen Vernunft* betitelte. In diesem Werk hat er die Möglichkeiten und damit zugleich die Grenzen des menschlichen Denkvermögens bestimmen wollen.

Sein Gedankengang ist folgender gewesen: Die Menschen besitzen die Anschauungsformen von Raum und Zeit. Alles, was in der Welt vorhanden ist, erscheint ihnen in Raum und Zeit. Mit Hilfe ihrer Denkkategorien können sie alle Gegenstände erfassen und beschreiben. Aber die Gültigkeit unserer Denkformen, zu denen auch der Begriff der Kausalität zählt, beschränkt sich auf das, was wir mit unseren Sinnen erfahren können, und das ist alles, was irgendwie in unserer Welt existiert. Sobald wir uns aber darüber hinaus begeben wollen, versagen unsere Kategorien. Wir können, wenn wir darüber nachdenken, ob die Welt einen Anfang habe oder ewig sei, gute Gründe für die eine wie für die andere Ansicht finden. Das aber bedeutet: Wir können diese Frage und ähnliche, die Kant aufführt, mit den Mitteln unserer menschlichen Denkmöglichkeiten nicht lösen. Hier sind die Grenzen unserer Vernunft.

Nach Kant hätten somit die Physiker unseres Jahrhunderts etwas versucht, von dessen Unmöglichkeit sie hätten wissen können, wenn sie nur die Kritik der reinen Vernunft gelesen hätten. Aber ist denn die Meinung Kants maßgebend in diesem Bereich? Kant hatte erklärt, die Welt könne keinen Anfang haben, da man nicht begründen kann, warum zu einem bestimmten Zeitpunkt aus dem Nichts ein Etwas, die Welt, entsteht. Andererseits kann man sich keine unendliche Welt in der Zeit vorstellen, weil jeder Zeitpunkt in der Welt eine unendliche Reihe von vorangehenden Zeitpunkten haben müßte.

Soweit also Kant. Das Argument gegen den Anfang leuchtet uns ein. Wir hatten es selbst benutzt, als wir gegen die Physiker und Kosmologen eingewandt haben, der Beginn der Explosion unseres Weltalls könne nicht zugleich sein absoluter Anfang sein. Vielmehr müsse man erklären, wie das, was nun explodiert, in diesen Zustand der Explosivität geraten sei. Die Vorstellung von dem pulsierenden Weltall ist also eher verständlich für uns, um den Preis, daß wir annehmen müssen, dieses Pulsieren dauere ewig an.

5. Das Denken des Unendlichen

Kants Argument gegen die Unendlichkeit hingegen leuchtet nicht so sehr ein. Was hindert uns daran, das Unendliche zu denken? Unsere Endlichkeit, könnte man sagen. Aber was bedeutet das? Das bedeutet lediglich folgendes: Weil wir selbst endliche Wesen sind – wir müssen sterben –, können wir die Unendlichkeit nicht selbst erleben. Aber wir haben einen Begriff von der Unendlichkeit. Wir wissen, daß eine gerade Linie in der Geometrie nach beiden Seiten ins Unendliche verläuft. Aber das Stück Papier, auf dem wir sie zeichnen, ist endlich, deshalb stellen wir nur einen kleinen Ausschnitt dar. Denn wir wissen, daß die gerade Linie im Unendlichen sich nicht anders verhält als in dem Bereich, den wir betrachten.

Die Gerade bis ins Unendliche zu verfolgen würde unendlich lange dauern und wäre unendlich langweilig. Deshalb lassen wir das.

6. Der Mensch als das Maß aller Maße

Wenn unser Weltall unendlich in Raum und Zeit sein sollte, dann würde das für uns bedeuten: Wir müssen uns nicht Anfang und Ende und ebenfalls nicht größte und kleinste Größen vorstellen. All diese Dinge sind bezogen auf uns. Das Größte im Weltall ist also das größte *uns bisher Bekannte*. Ebenso das Kleinste, das Früheste, das Späteste.

Das aber bedeutet: Bei der Bestimmung von groß und klein, von schnell und langsam usw. müssen wir immer von uns selbst als dem Bezugssystem ausgehen. Für uns ist das Sonnensystem groß und ein Atom klein, ist ein Jahr lang und der Augenblick kurz. Wir müssen alles auf uns beziehen, wir sind das Maß aller Maße, denn wir haben alle Maße erfunden. Größenmaße wie auch Zeitmaße haben wir so gewählt, daß sie für unsere Zwecke tauglich sind, daß wir sie mit unseren Sinnen erfassen können. Darum haben wir also das Metermaß erfunden und uns darauf verständigt, es allgemein zu verwenden. Andere Maßeinheiten rechnen wir um, und umgekehrt können wir das Meter umrechnen in andere Maßeinheiten.

Und wie groß ist nun ein Meter? Nimm ein Metermaß, dann weißt du, wie lang ein Meter ist. Mit dem Metermaß kannst du deine eigene Körperlänge messen, und dann weißt du auch, wie groß du selbst bist. Und ohne Metermaß? Was haben die Menschen gemacht, bevor sie die Maße erfunden hatten? Wußten sie da überhaupt, wie groß sie waren?

Natürlich hat man als Mensch eine Vorstellung von seiner eigenen Größe – auch ohne ein Metermaß, denn man kann seinen eigenen Körper sehen, man fühlt seinen eigenen Körper. Man kann mit seinen Händen seinen eigenen Kopf befühlen. Dann wird man schon feststellen, wo der Kopf zu Ende ist. Wenn man durch eine Tür gehen will, dann wird man auch ohne ein Metermaß ein Gefühl dafür haben, ob die Tür hoch genug ist. Im Zweifelsfall wird man den Kopf einziehen. Wenn wir aber um unsere Größe schon wissen, warum benötigen wir dann noch Längenmaße? Weil unser Augenmaß uns durchaus täuschen kann. Wenn wir etwas schätzen sollen, so können wir uns verschätzen – unzählige Menschen haben sich schon die Köpfe an Balken gestoßen, weil sie sich verschätzt haben –, und wenn wir aus der Erinnerung die Größe von Gegenständen angeben sollen, so wird es vollends ungenau. Deshalb machen wir uns Maßc, die wir mit uns herumschleppen, z. B. als Zollstock, um genau messen zu können. Wir brauchen die exakt geeichten und allgemein anerkannten Maße, um genau vergleichen zu können, denn jedes Messen ist ein Vergleichen. Als Ergebnis erhalten wir »größer«, »kleiner« oder »so groß wie« und ebenso »schwerer«, »leichter« oder »so schwer wie«. Es gibt also keine absoluten Größen, sondern nur Relationen, d. h. Beziehungen. Alles ist relativ, d. h. bezogen auf etwas. Und der Bezugspunkt, auf den alles bezogen ist, das sind wir. Denn wir haben alle Maßeinheiten, in denen wir messen, nach unseren Bedürfnissen gemacht, wir sind es, die die Welt betrachten, wir bestimmen, was groß und klein, leicht und schwer, hell, dunkel, kalt oder warm ist.

Weil wir so groß sind, wie wir sind, deshalb ist für uns das Atom unendlich klein und die Milchstraße unendlich groß. Wie groß auch immer wir sein mögen, immer wird es Dinge geben, die im Vergleich zu uns winzig oder umgekehrt riesig sind, und ebenso wird es im Vergleich zu uns winzige bzw. riesige Zeiträume geben. Das kann uns die Geschichte von Professor Universum lehren.

Das bedeutet: Die Welt kommt uns so vor, als stünden wir in der Mitte zwischen dem Größten und dem Kleinsten. Was die absolute Mitte ist, das könnten wir dann bestimmen, wenn wir wüßten, wo sich die Ränder befinden. Solange wir aber diese Ränder durch unser Forschen immer weiter hinausschieben, können wir nicht von einer absoluten Mitte sprechen. Aber wir können uns in die Mitte setzen, indem wir sagen: Wir brauchen ein Maß zum Messen. Da wir für uns und unsere Zwecke messen, bestimmen wir die Maße nach unseren Bedürfnissen. Im Ausgang von uns versuchen wir, die Welt richtig zu erklären und zu beschreiben. Wir sind mitten drin in dieser Tätigkeit, das bedeutet: Wir wissen keineswegs alles, wir wissen noch nicht einmal, wie groß der Teil unseres Wissens im Hinblick auf die Gesamtheit allen möglichen Wissens ist. Auch das, was wir bereits zu wissen glauben, ist durchaus zweifelhaft. Es kann immer wieder überraschende neue Erkenntnisse geben, die uns zwingen, alte Vorstellungen aufzugeben. Astronomie und Physik in ihrer Entwicklung bieten eine Fülle von Beispielen dafür, und deshalb habe ich sie auch so ausführlich dargestellt.

7. Wo sind die Grenzen der Erkenntnis?

Wie weit reicht aber unsere Erkenntnis? Ist sie vielleicht begrenzt? Das wird ja oft behauptet.

Um diese Frage zu beantworten, müssen wir uns klarmachen, nach welchen Prinzipien wir in unserer Erkenntnis verfahren. Wir haben uns in den Naturwissenschaften angewöhnt, alle Dinge aus ihren Wirkungen auf anderes und ihrem Verhalten allgemein zu bestimmen.

Nun ist unsere Welt die Gesamtheit aller Dinge, die irgendwie miteinander verbunden sind und aufeinander einwirken. Unsere Erkenntnis muß sich also auf alle Dinge in dieser Welt erstrecken, sofern sie in den Zusammenhang von Ursache und Wirkung eingebettet sind. Das würde bedeuten: Unsere Erkenntnismöglichkeit ist dort am Ende, wo auch die Welt zu Ende ist. Von irgendeinem Ding, das außerhalb unserer Welt existiert und keinerlei Zeichen seiner Existenz von sich gibt, können wir nichts wissen.

Sollte unsere Welt ohne Ende sein, dann wird auch unsere Erkenntnis ins Unendliche fortschreiten. Das bezieht sich wohlgemerkt auf die Erkenntnismöglichkeit der uns umgebenden Dinge.

Wenn wir diese Erkenntnis über unsere Erkenntnismöglichkeiten akzeptieren, dann muß uns alles Gerede über das Unerklärliche unsinnig erscheinen, wenn damit gemeint sein sollte, es gebe etwas Wirkliches, was uns aber immer verschlossen bleibe – zumeist mit Ausnahme desjenigen, der davon spricht oder schreibt. Natürlich ist für uns sehr vieles unerklärlich im Sinne von »noch nicht erklärt« oder »mit unseren gegenwärtigen

Theorien nicht erklärbar«. Aber das will gerade nicht besagen, etwas sei prinzipiell unerklärbar.

Wir bleiben also bei unserer Feststellung, daß unsere Welterkenntnis ihre Grenze an der Grenze der Welt selbst findet. Offensichtlich ist unser gegenwärtiges Wissen von der Welt kein endgültiges Wissen, wir sind immer noch dabei, uns Unbekanntes zu erforschen. In der Gegenwart hat sich für uns die paradoxe Situation ergeben, daß wir, je mehr Wissen wir anhäufen, um so mehr bemerken, wie wenig wir insgesamt bisher wissen. Aus jeder neuen Erkenntnis erwachsen viele neue Fragen. Durch neue Erkenntnisse werden häufig auch bestehende Theorien als falsch oder ungenau erwiesen. Daher müssen wir unser gegenwärtiges Wissen über die Welt mit Vorsicht betrachten. Wir können in der Gegenwart nicht angeben, welche von unseren vielen Theorien auf den unterschiedlichsten Gebieten endgültig ist. Auch wenn eine Theorie sich bisher bewährt hat, so kann uns doch plötzlich ein Phänomen bekannt werden, das von der Theorie nicht erklärt werden kann.

Das bedeutet natürlich nicht, daß wir alle Erfahrungswissenschaften anzweifeln sollten, aber wir sollten nicht steif und fest behaupten, das einmal wissenschaftlich herausgefundene Wissen sei unbezweifelbar und absolut gültig.

Natürlich wäre es für uns angenehmer, wenn wir sagen könnten: Unsere Wissenschaften liefern uns absolut zweifelsfreie Erkenntnisse, quasi wie Bausteine, und wir türmen einen gewaltigen Bau des Wissens auf, wobei wir uns auf das Fundament, die allerersten Erkenntnisse also, vollkommen verlassen können. Statt dessen ergibt sich ein anderes Bild: Während wir oben weiterbauen, müssen wir ständig unten das Fundament stabilisieren, einzelne Steine (als falsch erkannte Untertheorien) auswechseln, und zudem wissen wir nicht, wie das fertige Gebäude aussehen wird.

Wir können auch noch einmal das Bild des Detektivs bemühen: Wir sind bei der Lösung eines sehr schwierigen Falles. Wir lernen dauernd, werfen heute unsere Hypothesen von gestern beiseite und hoffen, daß unsere heutigen Mutmaßungen die richtigen sind.

8. Zusammenfassung der bisherigen Überlegungen

Wir sind ausgegangen nicht von der berühmten Kinderfrage »Warum?«, sondern von der Frage: »Woher stammen die Wörter?«

Wir hatten festgestellt, daß wir Menschen die Sprache geschaffen haben als Kommunikationswerkzeug, als Mittel also, unsere Empfindungen, unsere Wünsche und Gedanken unseren Mitmenschen mitteilen zu können. Die Sprache der Menschen übertrifft die Sprachen anderer uns bekannter Lebewesen, also der Tiere auf unserem Planeten, durch die ungeheure Fülle von Aussagemöglichkeiten. Tiere sind in der Lage, ihre Artgenossen über alles für ihr Leben Wichtige zu informieren. So können Bienen z. B. sehr präzise eine Futterstelle beschreiben. Andere Tiere, die z. B. gemeinsam jagen, müssen sich verständigen, die gejagten Tiere ebenfalls, indem sie sich warnen, schließlich entwickeln alle Tiere, die in Gemeinschaften leben, reiche Ausdrucksmöglichkeiten, um ihren Artgenossen ihre Wünsche, ihre Stimmungen usw. mitzuteilen. So spielen Tiere miteinander, sie werben umeinander, sie führen Rangkämpfe untereinander, sie drohen, sie geben klein bei usw. Seit wir Menschen uns systematisch mit den Tieren beschäftigen, lernen wir die Sprachen der einzelnen Tiere zu verstehen, und wenn wir selbst ein Tier als Hausgenossen oder Gefährten haben, dann lernen wir, dieses uns vertraute Tier zu verstehen. Die Kommunikation der Tiere ist situations- und gegenwartsbezogen. Tiere werden sich wohl kaum erzählen, welche Laune sie vorgestern hatten (was aber nicht heißen soll, sie hätten kein Erinnerungsvermögen).

Wenn wir uns überlegen, was unsere menschliche Kommunikation von der der Tiere unterscheidet, dann werden wir sagen müssen: Es sind sicher die unterschiedlichen Themen. Wir reden »über Gott und die Welt«, wie es treffend heißt. Das trauen wir den Tieren allerdings nicht zu. »Über Gott und die Welt reden« heißt, sich Gedanken machen über die Welt als Ganzes und einen möglichen Urheber der Welt, wobei wir uns Gedanken darüber machen, was dieser Urheber sich wohl dabei gedacht hat, als er die Welt erschuf.

Dieses Thema wird uns später beschäftigen. Halten wir jetzt lediglich fest: Wir können über beliebige, über alle möglichen, also über unendlich viele unterschiedliche Themen sprechen. Unsere Sprache ist ein Werkzeug, das wir ständig weiterentwickeln, d. h., ständig führen wir neue Benennungen für Neuentdeckungen ein und vermehren unseren Wortschatz.

Nun hatten wir festgestellt, daß es viele Sprachen gibt mit unterschiedlich klingenden Wörtern. Aber wir können Texte aus einer Sprache in eine andere übersetzen. Das bedeutet, wir können einen Sachverhalt in unterschiedlichen Sprachen beschreiben, weil die Sprachen unterschiedliche Benennungen für die Dinge in der Welt bereithalten. Die Wörter als Benennungen für die Dinge sind also die Namen, die wir den Dingen gegeben haben, und die sind von Sprache zu Sprache verschieden.

Daher unterscheiden wir die Wörter als Benennungen von dem mit den Wörtern Benannten, dem Begriff von der Sache. Oft machen Leute viele Worte, ohne einen Begriff von der Sache zu haben. Begriffen haben, was ein Ding ist, bedeutet also, wissen, was es mit dem Ding auf sich hat, wie es beschaffen ist, wie es sich verhält, wozu es nütze ist usw. Man kann einen Begriff von einer Sache haben, ohne sie benennen zu können, wie z. B. die kleinen Kinder, bevor sie die Sprache erlernen. Auch Katzen haben gewiß einen Begriff von Rinderfilet, aber ihnen fehlen die Worte, deshalb kann die Werbung behaupten: »Katzen würden Whiskas kaufen.«

Durch die Klärung der Bedeutung von »Begriff« und »Begreifen« sind wir auf die Frage gestoßen, woher denn unser Wissen von der Welt stammt.

Unser Wissen von der Welt haben wir uns, so hatten wir gesehen, selbst erarbeitet, bzw. wir sind noch mitten drin in diesem Erarbeitungsprozeß. Deshalb können wir noch nichts Endgültiges über die Welt in ihrer Gesamtheit aussagen, auch wenn wir uns das sehr wünschen. Denn wir haben bisher keine Grenze der Welt auffinden können, weder eine obere noch eine untere, weder eine vordere noch eine hintere.

Das ist unsere augenblickliche Lage. Aber wir haben schon immer versucht, uns ein Bild von der Gesamtheit der Welt zu machen. Wir wissen nicht, ob andere Lebewesen auf der Erde auch dieses Bestreben haben. Nach unserem vorläufigen Wissen über die Tiere vermuten wir allerdings, daß sie es nicht tun und auch nicht tun können, weil sie nicht den Begriff der Welt als der Gesamtheit alles Existierenden bilden können.

Damit haben wir einen wichtigen Unterschied zwischen uns Menschen und den anderen Lebewesen benannt. Wir fragen nicht nur nach dem Zusammenhang der Dinge, die uns sichtbar umgeben – das tun Tiere auch, indem sie ihren Lebensraum erkunden und sich ihr Revier abstecken –, sondern wir fragen auch nach dem, was hinter dem Horizont ist. Der Horizont ist ja für uns immer die Grenze unserer Welt, d. h. unserer erlebbaren Welt. Nicht von ungefähr wünschen wir beschränkten Mitmenschen, sie möchten ihren Horizont erweitern.

Natürlich besteht ein Unterschied zwischen der Erweiterung meines Horizontes innerhalb einer mir unbekannten Welt, also der Vergrößerung quasi des Reviers, in dem ich mich auskenne und bewege, und dem Nachdenken über die Welt insgesamt, der Vorstellung also, daß die Welt irgendwo eine Grenze besitzt und dahinter nichts mehr kommt.

Genau über dieses Problem können die Menschen nachdenken, d. h., beileibe nicht alle Menschen tun es, aber im Prinzip könnten sie es alle. Das zu tun, also über die Welt in ihrer Gesamtheit nachzudenken, ist von jeher die Hauptaufgabe der Philosophie.

Um das näher erläutern zu können, müssen wir allerdings die am Beginn unserer Philosophie erwähnte, dann aber beiseite gelegte Frage nach dem »Warum« aufgreifen.

Es gibt ein Alter, da stellen kleine Kinder ihren Eltern die berühmten und berüchtigten Warum-Fragen. So hatte ich unsere Philosophie begonnen. Warum stellen die Kinder die Warum-Fragen? Sie wollen offenbar erfahren, wie die Welt beschaffen ist. »Warum ist das Gras grün?« Eine gute Frage. Es könnte ja auch blau sein. »Warum scheint die Sonne?« Eine vortreffliche Frage! Die moderne Physik hat eine komplizierte Theorie über die atomaren Vorgänge im Innern der Sonne entwickelt, die die Sonne zum Leuchten bringen.

Mit dieser Art von Warum-Fragen fragen also die Kinder, fragen wir alle nach der Beschaffenheit der Welt. Unsere Erfahrungswissenschaften versuchen diese Art von Warum-Fragen zu beantworten. Werde ich gefragt, warum irgendwo ein Gebirge vorhanden ist, so greife ich zurück auf eine allgemeine Theorie über die Entstehung von Gebirgen im Zusammenhang der Bewegungen, die sich in der Erdkruste vollziehen, und erzähle dann die individuelle Geschichte des Gebirges. So gibt es z. B. alte Gebirge, die schon fast wieder abgetragen sind, und junge hohe, schroffe Gebirge usw. Finde ich mitten im Hochgebirge Versteinerungen, z. B. von Muscheln, so frage ich mich: »Warum liegen mitten im Gebirge Muscheln, also Gehäuse von Wassertieren?«, oder: »Wie sind die Muscheln hierhergekommen?« Diese Frage hat sich auch Leonardo da Vinci gestellt, aber im Unterschied zur Meinung seiner Zeit, die Muscheln seien Souvenirs aus dem spanischen Wallfahrtsort Santiago de Compostella, die von Pilgern auf ihrem Rückweg verloren worden seien, war Leonardo der Ansicht, das Vorkommen von Muscheln im Gebirge, eingeschlossen im Gestein, sei ein Beleg dafür, daß die Erdoberfläche heftig arbeite, so daß dort, wo ursprünglich Meeresboden war, ein Gebirge sich aufwölben könne. Heute wissen wir, daß Leonardos Erklärung richtig ist. Viele Gesteinsarten in unseren Gebirgen wie Sand- oder Kalkstein sind Ablagerungen vom Meeresboden, die durch Kräfte aus dem Erdinneren in die Höhe gedrückt worden sind.

Die Reihe der Beispiele von Warum-Fragen und ihrer Beantwortungen ließe sich unendlich fortführen. Was uns philosophisch daran interessiert, ist der Sinn der Warum-Fragen. Wir suchen Erklärungen für die Erscheinungen. Und wir sehen es als eine Erklärung an, wenn wir angeben können, wodurch das zu Erklärende verursacht worden ist. Wir suchen die Ursachen. Wir suchen also, wenn wir die Warum-Frage stellen, nach einer kausalen Erklärung der Dinge. Daß alles eine Ursache habe, diese Vorstellung ist die Grundvoraussetzung für unser Fragen.

Denn wir haben bemerkt, daß bestimmte Ereignisse regelmäßig wiederkehren. Aus dieser Erfahrung haben wir den Begriff des Gesetzes entwickelt. Das erleichtert uns die Orientierung in unserer Umwelt. Deshalb sind wir so sehr darauf aus, möglichst viel Kenntnis von den Gesetzmäßigkeiten zu erlangen, nach denen unsere Welt aufgebaut ist und sich verändert.

Als wir uns die Frage gestellt hatten: »Woher stammt unser Wissen?«, hatten wir zur Beantwortung die Entstehung unseres gegenwärtigen Bildes von der Welt geschildert. Wir Menschen machen uns also ein Bild von der Welt, und seit dem Beginn der Neuzeit sind wir damit beschäftigt, besonders genau und kritisch zu forschen, um ein exaktes Bild von der Welt zu erhalten.

9. Zwei Arten von Warum-Fragen

Untersuchen wir einmal, wie die Antworten auf die Fragen aussehen, und nehmen wir das Beispiel von Leonardo mit den versteinerten Muscheln im Gebirge. Als Antwort auf die Frage, warum im Gebirge derartige Überbleibsel von Meeresbewohnern zu finden sind, muß man eine Geschichte erzählen. Man greift also zurück in die Vergangenheit und erklärt, welche vergangenen Ursachen den gegenwärtigen Zustand herbeigeführt haben. Wir nennen eine solche Erklärung kausale Erklärung. Die Ursache ist also zeitlich früher als die Wirkung. Wir hatten bereits bei der Suche nach dem zeitlichen Anfang der Welt dieses Kausalprinzip benutzt.

Warum-Fragen sind also Fragen nach der Ursache von Dingen und zielen darauf ab, den kausalen Zusammenhang der Welt zu erklären. Sie leiten das Gegenwärtige aus dem Vergangenen her, sie fragen daher zurück in die Vergangenheit.

Aber sind alle Warum-Fragen von dieser Art? Keineswegs! Wenn ich einen Freund, der mich besucht, frage: »Warum bist du hier?«, und er gibt zur Antwort: »Weil ich zur Tür hereingekommen bin«, so werde ich, vielleicht belustigt oder auch verärgert, sagen: »Ich will nicht wissen, wie du hierher gekommen bist, sondern zu welchem Zweck du hier bist. Das meinte ich mit warum.« Ich frage also in der Warum-Frage den Freund nach seiner Absicht. Ich gehe davon aus, er ist gekommen, um irgend etwas zu tun – mir etwas zu erzählen, mich um irgend etwas zu bitten usw. Natürlich könnte der Freund antworten: »Ich bin ohne besondere Absicht gekommen. Zufällig kam ich am Haus vorbei, und da kam mir der Gedanke, ich könne einmal hereinschauen.« Aber auch das wäre im weiteren Sinne eine Absicht und eine Erwartung des Freundes gewesen.

Erwartungen und Absichten erstrecken sich in die Zukunft, ebenso Zwecke. Wenn wir jemanden fragen: »Warum tust du dies?«, so fragen wir nach dem Zweck des Handelns, nach dem Ziel, und das ist etwas, was man noch vor sich hat. Im Griechischen heißt »Ziel« *telos*. Wir nennen daher alle Betrachtungen, die sich auf das Ziel einer Handlung, eines Vorganges usw. richten, »teleologisch«, d. h. zielbezogen bzw. zweckbezogen. Der antike Philosoph Aristoteles hat in seinen Betrachtungen über das Verhältnis von Ursache und Wirkung bereits von der Zweckursache gesprochen und sie der Wirkursache gegenübergestellt. Die Wirkursache kennen wir bereits. Die Wissenschaften bemühen sich, den kausalen Zusammenhang der Welt aufzuklären. Deshalb erforschen sie die Wirkursachen.

Aber wer ist zuständig für die Aufklärung über die Zweckursachen? Mit dieser Frage betreten wir ein ganz neues Feld des philosophischen Fragens. Wir stellen die Frage nach dem Sinn der Welt, eine Frage, die für uns Menschen ungeheuer wichtig ist.

VII Die Frage nach dem Sinn

Fangen wir bei uns Menschen an! Wir leben nicht in den Tag hinein, wie das vielleicht die kleinen Kinder tun können, für die »morgen« noch in weiter Ferne liegt, sondern wir werden sehr früh eingebunden in Lebenspläne. Das fängt spätestens an, wenn ein Kind in die Schule kommt, dann beginnt »der Ernst des Lebens«. Was bedeutet das? Das bedeutet: Es ist vorbei mit dem spielerischen Leben. Nun fängt die Arbeit an: die Arbeit des Lernens. Es gibt Zensuren. Vorher wurde alles gelobt. Nun wird plötzlich auch kritisiert. Viele Eltern, die ihr Kind für das schönste, klügste, vortrefflichste hielten, wie das (fast) alle Eltern tun, bemerken plötzlich, daß ihr Kind höchst durchschnittlich ist oder sogar den anderen unterlegen. Das ist sehr bitter für die Eltern, denn wenn ihr Kind dümmer ist als die anderen, dann wird es später weniger erfolgreich sein im Leben als die anderen, wird weniger Geld verdienen, wird weniger glücklich sein usw. So denken sehr viele Eltern. Sie sind ehrgeizig für ihre Kinder, denken an die Karriere ihrer Kleinen, die davon nichts ahnen, und bemühen sich heftig, schon im jüngsten Alter der Kinder, »die Weichen für die Zukunft zu stellen«.

Etwas später im Leben werden die Kinder dann auch selber gefragt, was sie denn im Leben werden wollen. Das ist das Alter, da wollen die Knaben nicht mehr Lokomotivführer oder Baggerfahrer werden, und die Mädchen haben zumeist »Barbie« und ihre »Traumküche«

ohne bleibende seelische Schäden hinter sich gebracht. Sie haben dann zumeist schon einen gewissen Einblick ins Leben bekommen, haben Interessen entwickelt und hoffen, später im Leben einen Beruf ausüben zu können, der ihren Interessen entspricht. Die Kinder wissen dann schon genau, daß sie in naher Zukunft Erwachsene sein werden, sie wissen, daß sie einen Beruf brauchen, um Geld verdienen zu können. Sie wissen schon von der Phase, die nach dem Berufsleben kommt, das Leben als Rentner, aber sie werden sich darüber noch keine Gedanken machen. Nicht alle sind so vorausschauend wie der kleine Junge, der auf die Frage »Was willst du später werden?« antwortete: »Rentner.« An den Tod im Alter schließlich denkt man als junger Mensch sicher noch weniger. Und doch ist das der Gang des Lebens, den wir hier skizziert haben.

Wir wissen alle, daß wir sterblich sind, also eines Tages sterben müssen, und zugleich wissen wir sehr früh, daß das Leben sich nicht einfach so lebt, sondern daß wir durch Arbeit ständig für den Erhalt unseres Lebens sorgen müssen. Die Sorge um die Zukunft begleitet uns durch das Leben hindurch, denn unser Leben ist unsicher. Wir wissen nicht genau, was uns die Zukunft bringt.

Ursprünglich waren die Menschen vollkommen der Natur ausgeliefert. Die Natur schien übermächtig und feindlich zu sein und das Leben beschwerlich, dauernd gefährdet durch drohendes Unheil. Jedenfalls haben die Menschen schon sehr früh so empfunden. Und zugleich haben sich die Menschen gefragt, warum das Leben denn so sein muß, denn sie konnten sich sehr wohl ein schöneres und angenehmeres Leben vorstellen, ein Leben ohne Schmerz und Unglück, ohne Furcht und Mangel, ohne Arbeit, ohne Krankheit, Alter und Tod. Im Alten Testament steht gleich zu Anfang nach der Erzählung von der Erschaffung der Welt eine Geschichte, die den Menschen erklären soll, warum ihr Leben nicht so angenehm ist, wie sie es sich wünschen können.

1. Gott und die Menschen

Diese Geschichte ist die Geschichte vom Sündenfall der Menschen und ihrer Vertreibung aus dem Paradies. Demnach hätten die Menschen ursprünglich ein paradiesisches Leben geführt, aber sich dieses Leben durch ihre eigene Schuld für immer verscherzt. Denn diese beiden ersten Menschen, Adam und Eva, haben ein Gebot Gottes übertreten, sie haben vom Baum der Erkenntnis gegessen, der Erkenntnis des Guten und Bösen, wie es in diesem Mythos heißt, und zur Strafe wurden sie aus dem Paradies vertrieben, sie wurden sterblich, und ihr Leben war fortan mit Mühe und Sorge beladen. Diesen Mythos haben sich die alten Hebräer ausgedacht.

Die Griechen in der Antike haben eine andere Erklärung für die Lage der Menschen gegeben. Ihr zufolge sind die Menschen nicht von den Göttern geschaffen worden, sondern von Prometheus, der nicht zu den olympischen Göttern zählte, sondern ein Abkömmling des Geschlechtes der Titanen war, die von den olympischen Göttern überwunden worden waren. Aus Trotz hatte Prometheus die Menschen geschaffen. Überdies hatte er den Göttern das Feuer gestohlen und den Menschen geschenkt. Die Götter hatten Prometheus dafür bestraft und den Menschen waren sie nicht wohlgesonnen. Deshalb mußten die Menschen immer mit der Mißgunst und dem Neid der Götter rechnen. Allerdings konnten sie versuchen, die Götter durch Opfergaben gnädig zu stimmen. Angesichts der Fülle von Göttern, an die die Griechen glaubten, waren sich die Menschen nicht ganz sicher, ob ihnen bereits alle Götter bekannt waren. Um nicht versehentlich einem Gott nicht zu opfern und ihn dadurch zu erzürnen, hatten die Athener einen Altar, auf dem die Inschrift stand: DEM UNBEKANNTEN GOTT. So mußten alle Götter zufriedengestellt sein. Aber die Griechen waren davon überzeugt, daß man sich auf das Wohlwollen der Götter nicht unbedingt verlassen könne. Deshalb lautet ein kluger Spruch der Griechen, man solle niemanden glücklich preisen, es sei denn, er sei bereits gestorben. Dann kann man nämlich sein ganzes Leben überblicken.

Was können wir philosophisch aus den Mythen der alten Hebräer und Griechen herauslesen? Zunächst einmal eine sehr realistische Beurteilung der Fährnisse des Lebens. Und zum zweiten den Versuch zu erklären, warum das Leben so ist, wie es ist. Zum dritten ist von Gott bzw. von Göttern die Rede. Was bezweckt die Rede von Gott? Wer ist Gott?

2. Können wir über Gott reden?

Hier könnte von seiten der Theologen – das sind Leute, die berufsmäßig über Gott reden – der Einwand kommen: Wie? Du willst über Gott sprechen? Das ist unmöglich! Gott übersteigt das menschliche Denken. Das

Denken des Menschen ist endlich und unvollkommen, es kann das Vollkommene nicht erfassen. Also ist alles, was sich der menschliche Verstand über das Göttliche ausdenkt, hinfällig.

Was soll man auf ein solch massives Argument antworten? Etwas sehr Einfaches: Wenn das so ist, wie die Theologen sagen, dann müssen die Theologen als allererste schweigen – und sich einen anderen Beruf suchen! Aber wir wollen ja nicht schweigen, sondern von Gott reden. Also müssen wir uns ein anderes Argument überlegen.

Denken wir zurück an den Beginn unserer Philosophie! Woher stammen die Wörter? Wir Menschen haben sie gebildet! Und woher stammen die Begriffe? Wir sind ebenfalls die Urheber der Begriffe! Das Wort »Gott« ist von uns Menschen geschaffen. Und was bezeichnet es? Schauen wir uns doch um und fragen wir uns, wen oder was die Menschen in den unterschiedlichen Sprachen, Kulturen und Religionen mit »Gott« oder mit den »Göttern« gemeint haben.

Gott war immer ein Wesen mit Fähigkeiten, die den menschlichen Fähigkeiten überlegen sind, und, was das Wichtigste ist, es waren immer Personen. Ob diese Götter Tiergestalt haben, wie einige ägyptische Götter oder Ganesha, der Elefantengott, der Affengott Hanuman usw. oder Menschengestalt wie die griechischen Götter oder der christliche Gott, alle diese Götter handeln, sie verhalten sich wie Personen, man kann sie – und das spielt in allen Religionen eine wichtige Rolle – erfreuen oder erzürnen oder auch wieder besänftigen. Das macht sie den Menschen prinzipiell ähnlich. Im Alten Testament heißt es: Gott schuf die Menschen nach seinem

Ebenbild. Das ist eine ungeheuer bedeutsame Aussage. Denn sie ermöglicht es dem Menschen, umgekehrt zu behaupten, Gott sei menschenähnlich. Folgerichtig hat im 19. Jahrhundet der deutsche Philosoph Ludwig Feuerbach den Satz des Alten Testamentes umgedreht und behauptet: Der Mensch schuf Gott nach seinem Ebenbild.

Lassen wir die Frage, wer wen geschaffen hat, im Moment beiseite und bleiben wir bei der behaupteten Gleichheit von Gott und Mensch: Sie ist der Schlüssel für alle weiteren Überlegungen. Denn diese Ähnlichkeit zwischen Gott und Mensch ist die Bedingung dafür, daß die Menschen über Gott reden und über Gott urteilen können.

Wir sind gerade dabei, uns einen Begriff von Gott zu machen, also festzulegen, was wir mit dem Wort »Gott« bezeichnen wollen. Wenn wir nun festlegen, Gott sei uns ähnlich, so sagen wir damit: Gott ist kein Tier, Gott ist auch keine Kraft – etwa Elektrizität –, er ist vielmehr wie wir, er ist eine Person, er handelt wie wir, er hat einen Willen, aber – und darin unterscheidet er sich von uns – er ist viel mächtiger als wir, er ist klüger als wir, er weiß alles, während wir Menschen das Wissen mühsam erwerben müssen, kurz: die Fähigkeiten, die wir uns ansatzweise zusprechen, die besitzt er in höchster Vollendung. Dieses Wesen erklären wir zum Urheber der Welt – jedenfalls tun das die drei großen Weltreligionen Judentum, Christentum und Islam. Sie tun das allerdings nicht unabhängig voneinander, vielmehr sind sie auseinander hervorgegangen. Das Christentum ist eine Abspaltung aus dem Judentum, und der Islam hat von beiden Religionen profitiert. Diese Religionen, die jeweils nur einen Schöpfergott annehmen, nennen wir monotheistisch (*monos* ›ein, allein‹; *theos* ›Gott‹) im Unterschied zur polytheistischen (*polys* ›viel‹) Religion der Griechen. Bleiben wir zunächst bei der monotheistischen Variante. Sie ist nämlich auch von einigen griechischen Philosophen vertreten worden.

Im Monotheismus geht es also um die Frage, ob wir die Welt und uns Menschen als das Werk eines weisen Schöpfergottes begreifen können. Das ist übrigens keine Frage für die Erfahrungswissenschaften, denn die Wissenschaften entschlüsseln, wie die Welt funktioniert, sie können aber nicht die Frage beantworten, zu welchem Zweck die Welt da ist.

In der Tat haben die Erfahrungswissenschaftler aus ihren Erkenntnissen einander widersprechende philosophische Schlüsse gezogen. Am Beginn der Neuzeit, als die ersten Erkenntnisse über die Gesetzmäßigkeiten in der Natur bekannt wurden, waren die Forscher begeistert und glaubten, damit einen Beleg für einen immens klugen Schöpfergott gefunden zu haben, einen Gott, der die Welt als eine perfekte Maschine, vergleichbar einer genau gehenden Uhr, geschaffen hat und nun zusehen kann, wie großartig diese Uhr läuft. Diese Vorstellung ist unter dem Namen »Deismus« in die Geschichte eingegangen. Später, als die Wissenschaftler tiefer in die Materie eindrangen, als sie vor allem erkannten, daß die Wirklichkeit nicht geschaffen und seither konstant ist, sondern daß die Formen der Natur, seien es Sternsysteme, seien es die Formen des Lebens, sich auseinander entwickeln, glaubten die Wissenschaftler, ein Schöpfergott sei überflüssig, da die Evolutionstheorie Darwins (s. S. 250) zeige, wie durch das Ineinandergreifen von

Zufall und Gesetz alles entstanden sei. Wenn die Uhr durch Selbsterzeugung (Autopoiese) entstehen kann, dann braucht man keinen Uhrmacher mehr. Also ist die Hypothese, die Vermutung, es gebe einen Uhrmacher (Schöpfer, Urheber usw.) überflüssig. Der mittelalterliche Philosoph William von Ockham (lat.: Occam) hat ein Prinzip aufgestellt, das als »Occam's razor« (›Ockhams Rasiermesser‹) in die Geschichte eingegangen ist, demzufolge überflüssige Aussagen, Vermutungen, Hypothesen usw. ersatzlos gestrichen werden müssen. Dies ist ein Ökonomieprinzip, ein Grundsatz der Sparsamkeit. Unter Hinweis auf »Occams razor« behaupten also die Materialisten unter den Naturwissenschaftlern, Gott sei eine überflüssige Hypothese.

Die Philosophen können es sich allerdings nicht ganz so leicht machen. Es könnte ja immerhin sein, daß der vermutete Schöpfer genau die Prinzipien, die die Naturwissenschaftler entdecken, aufgestellt hat, damit die Welt sich nach ihnen entwickelt.

Die Tatsache, daß es Gesetzmäßigkeiten in der Natur gibt, ist also weder ein Beweis für noch ein Beweis gegen einen Schöpfer. Eine chaotische Welt könnte von einem Gott geschaffen worden sein, und ebenso könnte eine nicht chaotische, gesetzmäßige Welt ohne Schöpfer entstanden sein.

Die für den Philosophen entscheidende Frage ist daher: Hat diese Welt einen Sinn, ein Ziel, das der Mensch akzeptieren kann, läßt sich das Wirken eines weisen Schöpfergottes erkennen, oder passiert einfach alles irgendwie, z. B. als ewiger Wechsel von Explosion und Implosion des Universums.

Beginnen wir wieder bei den Menschen, denn alles

Philosophieren muß vom Menschen ausgehen. Was wäre in den Augen der Menschen ein sinnvolles Ziel der Welt?

3. Gott und das Problem der Weltordnung

Wir hatten bereits den Mythos von der Vertreibung aus dem Paradies erwähnt. Durch den Sündenfall und seine Folgen haben die alten Hebräer sich die Härte ihres Lebens erklären wollen, das sie als ständiges Ringen mit einer feindlichen Umwelt ansahen, nicht ungewöhnlich für ein Volk, das in einer Art Halbwüste sein Leben fristen muß. Als Gegenbild hatten sie die Vorstellung vom verlorengegangenen Paradies, dem Garten Eden.

Was unterscheidet das Paradies von unserer Wirklichkeit? Die Abwesenheit all dessen, was wir als negativ ansehen: Sorgen, Krankheit, Tod, das Böse. Im Paradies gibt es nicht das Fressen und Gefressenwerden, das wir seit Darwin, dem berühmten englischen Naturforscher und Begründer der Evolutionstheorie, als *struggle for life* bezeichnen. Deshalb können Löwe und Lamm – Sinnbilder entgegengesetzter Lebensweisen – friedlich miteinander umgehen. Menschen und Tiere leben im Paradies offenbar vegetarisch. Nicht von ungefähr leben in der Gegenwart viele Menschen vegetarisch, weil sie es verabscheuen, zum Erhalt ihres eigenen Lebens ständig andere Lebewesen vernichten zu müssen, tierisches Leben wohlgemerkt.

Die alten Hebräer haben den Sündenfall als ein Ereignis gedeutet, dessen Folgen nicht rückgängig gemacht werden können: Durch ihr eigenes Verschulden haben die Menschen sich das Paradies und das ewige Leben verscherzt. Ihr Leben ist beschwerlich, sie müssen hart arbeiten, es zu erhalten, und sie müssen sterben. Der Tod ist das absolute Ende. Von einem Weiterleben der Seele nach dem Tod des Körpers ist noch gar keine Rede. Erst unter dem Einfluß der persischen Religion haben die Hebräer ihre religiösen Vorstellungen erweitert. In der persischen Religion wird der Gang der Welt als Kampf zweier entgegengesetzter Prinzipien gedeutet. Ein guter Lichtgott und ein böser Dämon der Finsternis streiten miteinander, der Mensch steht in der Mitte und ist aufgerufen, für das gute Prinzip Partei zu ergreifen und ihm zum Sieg zu verhelfen. Damit ist ein neuer Gedanke in die Religion der Hebräer eingedrungen. Ursprünglich erklärte der Mythos, warum das Leben unabänderlich beschwerlich ist: Die Welt ist, wie sie ist, und wird immer so sein. Durch die Anleihe bei der persischen Religion kommt aber nun Bewegung in den Gang der Welt. Denn der Zustand des Lebens wird gesehen als Ergebnis des Wirkens einer bösen Macht, die überwunden werden kann. Der Vorstellung vom Sündenfall wird damit die Idee einer möglichen Erlösung zur Seite gestellt.

Im Christentum, das ursprünglich aus einer jüdischen Sekte hervorging, sich dann aber zu einer eigenständigen Weltreligion mit vielen unterschiedlichen Konfessionen entwickelt hat, spielt diese Erlösungsidee eine zentrale Rolle. Nach der Lehre der Christen schickt Gott – der Gott der alten Hebräer, von dem die Geschichten des Alten Testamentes handeln – seinen Sohn auf die Welt, um die Menschen zu erlösen. Der Sohn Gottes wird von einer menschlichen Mutter geboren, lebt zunächst unerkannt unter den Menschen in einem unbedeutenden Ort namens Nazareth, tritt an die Öffentlichkeit, verkündet das »Wort Gottes«, sammelt eine große Anhängerschaft um sich und erleidet dann einen tragischen Tod. Er wird von den Juden als Gotteslästerer abgelehnt – kein Wunder, denn in ihrer heiligen Schrift stand nichts von einem Sohn Gottes, dort wurde ein Messias erwartet, ein eher politischer Heilsbringer –, und von den Römern wird er als »Messias«, als politischer Aufrührer, betrachtet und auf die übliche Weise hingerichtet: Er wird gekreuzigt. Nach christlicher Auffassung bedeutet aber gerade das Leiden des Gottessohnes die Erlösung für die Menschheit. Denn Gott wird Mensch, er lebt mit den Menschen als einer von ihnen, er schließt einen engen Bund mit den Menschen, er verkündet ihnen das kommende Paradies. Aber die Menschen müssen dafür auch etwas tun. Sie müssen rechtschaffen leben und sich zu ihrem Gott bekennen. Beim Jüngsten, d. h. dem allerletzten Gericht wird Gott wiederkehren und wird Recht sprechen über die Guten und die Bösen. Dann werden die einen endgültig bestraft und die anderen endgültig belohnt. Die Guten erlangen dann das Paradies wieder, das die Menschen am Beginn der Weltgeschichte verloren hatten.

Das irdische Leben des einzelnen Menschen wird nicht einfach so dahingelebt, sondern es ist die Vorbereitung auf das eigentliche Leben, es ist auch die Prüfung für den Einzelnen, ob er denn würdig ist, in dieses ewige paradiesische Leben einzutreten. Mit der Behauptung, es gebe den oben geschilderten guten Gott – über seinen Gegenspieler müssen wir noch sprechen –, ist zugleich die Existenz einer moralischen Weltordnung postuliert, die unserem Leben einen Sinn verleiht.

Diese moralische Weltordnung bedeutet: es gibt Gebote, die der Mensch befolgen muß. Die christliche Religion hat eine z. B. sehr klare Handlungsanweisung für den einzelnen Menschen. Sie lautet: Liebe deinen Nächsten wie dich selbst, und noch einmal gesteigert: Behandle den geringsten deiner Mitmenschen so ehrerbietig, wie du deinem Gott gegenübertreten würdest.

Wäre das die einzige Botschaft des Christentums an die Menschen gewesen, so könnte man mit Fug und Recht behaupten, das Christentum sei die endgültige Religion, denn über diese Formulierung hinaus ist keine Steigerung des Gebotes der Nächstenliebe mehr möglich. Das Christentum hätte sich damit dem Buddhismus als ebenbürtig erwiesen.

4. Die Mängel bestehender Religionen

Aber leider besteht das Christentum eben nicht aus dieser Maxime, sondern nach dem Selbstverständnis der christlichen Konfessionen bedeutet Christ sein, bestimmte Erzählungen von Gott, seinem Sohn, der Mutter Gottes, dem Teufel usw. für wahr zu halten. Nun ist der Zusammenhang der heiligen Geschichten, die die Christen erzählen, keineswegs besonders überzeugend. Deshalb glaubt sie niemand außer den Christen. Schlimmer noch, die Christen selbst können sich nicht auf eine endgültige Geschichte einigen – seit nunmehr fast zweitausend Jahren. Von der christlichen Lehre her gesehen ist das Christentum ein unaufhörlicher Kampf »bis aufs Messer« zwischen fanatischen Dogmatikern gewesen. Die sogenannte Kirche als politische Institution hat viel

Fleiß darauf verwandt, Häretiker und Ketzer zu verfolgen, vor die Inquisition zu zerren und zu massakrieren.

Wollte jemand, der von außen das Christentum betrachtet, zu dem Schluß kommen, eine Religion, die derart fanatisch und intolerant ist, könne nicht von Gott, sondern müsse ein Werk des Teufels sein, wie könnte man ihm widersprechen?

Das klingt sehr hart, aber die Kritik an der christlichen Religion, die in der Aufklärung, also im 17. und 18. Jahrhundert, von den Philosophen formuliert worden ist, lief genau in diese Richtung. So hat der deutsche Dichter Gotthold Ephraim Lessing in seinem Theaterstück *Nathan der Weise* den Juden Nathan, den Helden seines Dramas, die sogenannte Ringparabel erzählen lassen. Es ist die Geschichte von dem Ring, der innerhalb einer Familie jeweils vom Vater auf den Sohn vererbt wird. Mit dem Ring hat es eine besondere Bewandtnis. Er besitzt die Fähigkeit, seinem Träger Glück zu bringen, ihn den Mitmenschen angenehm zu machen. Als in einer Generation ein Vater drei Söhne hat und sich nicht entscheiden kann, welchem er den Ring vermachen soll, läßt er heimlich den Ring zweimal kopieren und vermacht jedem der Söhne einen Ring. Nach dem Tode des Vaters hält jeder der Söhne sich für den Auserwählten, und, wie nicht anders zu erwarten, entbrennt ein schlimmer Streit zwischen ihnen, wer den echten Ring besitze. Ein von ihnen angerufener Richter zieht sich sehr geschickt aus der Affäre, indem er die Brüder an die Kraft erinnert, die dem echten Ring innewohnt. Und nun müssen die Brüder erkennen, daß keiner ihrer Ringe die bewußte Kraft besitzt. Jeder der Ringe bewirkt lediglich, daß sein Besitzer sich selbst für den Besten hält. Also besitzt keiner der Ringe diese Kraft. Alle drei sind falsch, offenbar ging der echte schon irgendwann früher verloren. Der Rat des Richters an die Brüder: Jeder bemühe sich, nicht als Besitzer eines Ringes, sondern durch seine Taten bei den Mitmenschen Ansehen, Bewunderung und Zuneigung zu erwerben. Wenn das geschehen sei, dann könne man den Fall erneut verhandeln.

In dieser schlichten Erzählung steckt die grundlegende philosophische und moralische Erkenntnis, daß nicht das Für-wahr-Halten von Gottes- und Teufelsgeschichten über den Menschen entscheidet, sondern einzig sein Handeln. Nicht von ungefähr hat Jesus von Nazareth gesagt: »An ihren Werken sollt ihr sie erkennen.«

Mit den Ringen sind die drei miteinander verwandten bereits erwähnten Religionen gemeint, die einander nicht anerkennen können. Der »Sündenfall«, der diese drei Religionen entstellt, ist zuerst in der jüdischen Religion aufgetreten; denn die Juden glaubten allen Ernstes, daß der Schöpfergott zwar alle Menschen geschaffen, aber mit ihrem Stammvater Abraham einen besonderen Bund geschlossen habe, von dem alle übrigen Menschen ausgenommen seien. Dieses Bewußtsein, das »auserwählte Volk« zu sein, hat gewiß den Grundstein für das leidvolle Schicksal des jüdischen Volkes in der Weltgeschichte gelegt.

Die Christen haben das System verändert durch den für die Juden fremden Gedanken, alle Völker müßten missioniert werden, d. h., die Auserwählten kapseln sich nicht ab, wollen nicht unter sich bleiben, sondern die »frohe Botschaft« allen Völkern verkünden. Daß die Juden sich nicht missionieren ließen, haben die Christen ihnen besonders übelgenommen. Deshalb wurden die

Juden im Abendland seit dem politischen und gesellschaftlichen (also nicht religiösen) Sieg des Christentums aus der Gesellschaft ausgegrenzt und immer wieder in unterschiedlichster Weise behindert und verfolgt bis hin zur nicht mehr religiös, sondern »rassisch« begründeten organisierten Vernichtung der Menschen, für die die deutschen Nationalsozialisten in der ersten Hälfte des 20. Jahrhunderts verantwortlich sind.

Die Sünde der Selbstgerechtigkeit, die den Christen in ihrer Überheblichkeit gegenüber den »Heiden« und »Ungläubigen« so sehr zu schaffen macht, hat auch den Islam nicht verschont, aber wenigstens erkennt der Islam die Religionen, aus denen er geschöpft hat, Judentum und Christentum, als verwandte, wenn auch nicht ebenbürtige Religionen an.

Nun kann diese Kritik an der Überheblichkeit der genannten Religionen nicht das ausschlaggebende Argument gegen sie sein. Ein Verteidiger könnte sofort einwenden, daß die Anhänger einer Religion sie falsch deuten und weiterentwickeln, sei eben menschliches Versagen. Damit sei die Lehre als solche noch nicht widerlegt. Dagegen können wir wiederum einwenden, daß die Lehre selbst schon den Defekt, den Fehler also, enthält, den die Anhänger in ihren Taten dann ausleben.

Was aber sind denn die Defekte der drei Religionen?

Erst in unserer Zeit, im Zeitalter der Frauenemanzipation, fällt uns auf, daß in diesen Religionen das Männliche dominiert. Der Schöpfergott ist ganz offensichtlich ein Mann. In einem der Berichte des Alten Testamentes schafft Gott zunächst einen Menschen, Adam, und erst als der nichts mit sich anzufangen weiß, erfindet Gott das zweite Geschlecht, Eva, geschaffen aus einer Rippe

Adams. Mit Eva, die offensichtlich aufgeweckter ist als Adam, erwacht dann auch der Forscherdrang des Menschen, die wissenschaftliche Neugierde, eine der Kardinaltugenden unserer wissenschaftlichen Zivilisation.

Der Renaissancephilosoph Agrippa von Nettesheim hat übrigens diese Geschichte zum Anlaß folgender philosophischer Argumentation genommen: Wer etwas schafft, der hat von Anfang an das fertige Werk vor Augen; das ist, wie wir bereits gelernt haben, eine teleologische Überlegung. Also muß Gott schon am Beginn der Schöpfung an Eva gedacht haben, denn erst mit ihrer Erschaffung war die Welt vollendet.

Das ist ein sehr schönes Lob der Frau, leider hat sich dieser Gedanke in der Religion nicht durchgesetzt. Im Alten Testament wird die Frau als die eigentliche Sünderin – Eva hat den Apfel gepflückt – besonders hart bestraft durch die Bestimmung, fortan solle sie dem Manne untertan sein. Erst im Zeitalter der Frauenemanzipation wird verstehbar, wie differenziert sadistisch der Gott der Juden gewesen ist. Bei den Christen ergeht es der Frau nicht besser. Als Gott seinen Sohn auf die Erde schicken will, sucht er sich als Mutter ein völlig ahnungsloses junges Mädchen aus, das keinen eigenen Willen hat, alles mit sich geschehen läßt, alles Leid erduldet und deshalb dann auch im Himmel einen Platz findet, als Mutter Gottes, aber sie sitzt nicht neben dem »Vater«, sie ist keine Göttin geworden.

In der weltgeschichtlichen Gegenwart, in der wir Menschen uns die Verwirklichung gleicher Rechte für alle Menschen, unabhängig von ihrer Rasse oder ihrem Geschlecht, zum Ziel gesetzt haben, kann keine patriarchalische Religion mehr ernst genommen werden. Nun wird ein Verteidiger dieser Religionen vielleicht einwenden wollen, das Patriarchalische sei eben durch die Antike bedingt gewesen, in der diese Religionen ihre Anfänge haben. Dem wird man entgegnen müssen, daß die heidnische Religion der Griechen eine Fülle von weiblichen Gottheiten kannte und damit fortschrittlicher war als die christliche Religion.

Ihr Göttervater Zeus war nicht der absolute Herrscher, vor allem hatte er seiner Frau Hera gegenüber immer ein schlechtes Gewissen, weil er heimlich hübsche Mädchen verführte.

5. Kritik der Religion durch die Philosophie

Die Götter der Griechen waren sehr menschlich, allzu menschlich, wie wir auch gerne sagen, und deshalb haben die Philosophen sich auch gegen dieses Bild von den Göttern gewandt. Götter, die sich untereinander streiten wie in einer großen Familiensippe, die eifersüchtig, rachsüchtig, mißgünstig und ungerecht sein können, verdienen keine Ehrfurcht. So hat der Philosoph Xenophanes die Götter, wie sie in den Sagen auftreten, abgelehnt, weil sie nichts Göttliches an sich hatten. In der Philosophie wurde daher an die Stelle der vielen Götter, die in der Religion des Volkes weiter verehrt wurden, ein einziger Gott gesetzt, so z. B. hat Sokrates es gelehrt. Von diesem einen Gott konnte man keine Geschichten erzählen, man konnte ihm nur die Welt als sein Werk zuschreiben. Aristoteles hat diesen Urheber der Welt als »Demiurg« bezeichnet, das bedeutet »Meister, Schaffender, Künstler, Schöpfer«. Dieser Demiurg ist Geist, also eine Person, aber all die Eigenschaften, die wir an uns kennen, die unsere Unvollkommenheit ausmachen, Zorn, Wut, Mißgunst, Rachsucht, Ungeduld usw. sind diesem Geist fremd. Er hält sich nicht in den Niederungen unseres irdischen Lebens auf. Er kennt auch nicht Not und Sorgen unserer Existenz, denn er ist vollkommen. Deshalb hat er keine Bedürfnisse, er ist eben nicht bedürftig, sondern aller Dinge mächtig. Das ist kein Wunder, denn er ist der Schöpfer aller Dinge, also der Welt.

6. Das Unendliche und der Anfang

Wieso ist in der Philosophie der Griechen diese Vorstellung von einem Schöpfergott entwickelt worden? können wir uns fragen. Erinnern wir uns an das, was wir oben über die Frage nach dem Anfang bei den Griechen gesagt hatten. Es ergab sich das Problem, daß man beim zeitlichen Zurückfragen in der Welt niemals zu einem absoluten Anfang gelangen kann, denn immer können wir fragen: Und was war davor? Wie ist dieses erste Etwas entstanden, warum und warum gerade zu diesem Zeitpunkt? Das sind die Fragen, die unsere Kosmologen in der Gegenwart nicht beantworten können. Wenn wir nun annehmen, es gäbe einen Schöpfergott, dann behaupten wir, es gebe eine allererste Ursache. Diese Ursache unterscheidet sich von den Ursachen in der *Welt* dadurch, daß sie selbst nicht die Wirkung einer ihr vorausgehenden Ursache sein kann, denn sie soll ja die erste Ursache sein. Alles Seiende in der Welt hat als Ursache etwas anderes, ihm vorausliegendes, alles Seiende ist also bedingt. Eine erste Ursache als Anfang von allem kann ich mir nur vorstellen, wenn diese Ursache auch die Ursache ihrer selbst ist. Die allererste Ursache kann nicht durch anderes bedingt sein. Sie muß unbedingt sein. Man kann auch sagen: Der Schöpfer ist nicht geschaffen, ist also nicht Geschöpf. Ein solches Seiendes, das Ursache seiner selbst ist, hat keinen Anfang, denn die Möglichkeit seines Existierens muß es schon immer gegeben haben. Also muß es schon immer existiert haben. Dieses allererste Existierende, als die Ursache seiner selbst, kann dann die Ursache für die Welt sein, kann also als Demiurg die Welt geschaffen haben (vgl. S. 149). Die Schöpfung als Geschaffenes hat einen Anfang, das schaffende Prinzip hingegen ist ewig. Möglich ist allerdings, daß dieses schöpferische Prinzip oder diese Schöpferperson schon immer tätig gewesen ist, dann läge der Anfang unserer Welt unendlich weit zurück in der Vergangenheit.

Auf jeden Fall kann man aber folgendes aus diesem Gedankengang ableiten: Es ist unmöglich, den Anfang so naiv zu denken, wie das die Physiker in unserem Jahrhundert getan haben; denn der zeitliche Beginn unseres Universums – vorgestellt als der Anfang von allem Existierenden überhaupt – ist ein außergewöhnliches Ereignis, nicht vergleichbar den Ereignisfolgen innerhalb der Welt.

Nun ist es allerdings wichtig, diese Vorstellung eines Demiurgen, also einer tätigen Person, in der rechten Weise zu interpretieren. Es könnte der Eindruck entstehen, als sei durch reines Denken somit bewiesen, daß es diesen Demiurgen auch geben *muß*. Das ist aber keineswegs der Fall.

Was ist nun der Gewinn der ganzen Überlegung? Folgende Erkenntnis: Die Welt kann nicht einfach aus dem Nichts anfangen. Die Philosophen haben diese Erkenntnis mit dem lateinischen Satz ausgedrückt: *Ex nihilo nihil fit* (»Aus Nichts wird nichts«). Der Übergang von Nichts zu Etwas ist grundverschieden vom Übergang von einem Etwas zu einem anderen Etwas.

Aus dem Nichts kann Etwas entstehen, so hatten wir gesehen, wenn dieses Etwas sich selbst verursacht. Dieser absolute Anfang liegt unendlich weit zurück, das ist die Konsequenz aus der Konstruktion eines sich selbst schaffenden Etwas. Ebenso gut könnte man auch formulieren: Dieses Etwas ist ewig.

Wenn man dieses ewig seiende schaffende Prinzip als eine Kraft ansieht, dann muß man daraus schließen, daß die Welt ewig ist, keinen Anfang und kein Ende hat.

Deutet man dieses schaffende Prinzip hingegen als Person, als Schöpfergott also, dann kann unsere Welt einen Anfang und auch ein Ende haben. Warum? Wenn Gott Person ist, dann hat er einen Willen. Nach seinem Willen kann er eine Welt erschaffen, er kann es aber auch lassen. Wir können ihm da keine Vorschriften machen.

Es gibt demnach zwei Möglichkeiten, wie die Welt gedacht werden kann, entweder als ewig, weil ihr ein Veränderungsprinzip zugrunde liegt, oder als nicht ewig, also mit Anfang und Ende. Das ist aber nur vorstellbar, wenn man die Welt als das nicht aktive, also Geschaffene, dem ewigen Prinzip des Schaffens gegenüberstellt. Auch in diesem zweiten Fall braucht man also etwas Ewiges.

Diese erste Möglichkeit haben die Atomisten unter den griechischen Philosophen ergriffen, etwa Empedokles, der annahm, die Ewigkeit der Welt sei gleichzusetzen mit dem ewigen Wechsel der Zustände und dieser Wandel komme zustande durch das Wirken der entgegengesetzten ewigen Kräfte »Liebe« und »Streit«. Wir haben dieses Weltmodell bereits behandelt.

Wenn man diese ewigen Kräfte zu Personen erklärt, dann hat man zwei ewig gegeneinander arbeitende Götter, wie die christliche Religion angenommen hat. Oder man nimmt nur eine personifizierte Kraft an, dann entsteht der Demiurg der Philosophie. Die Christen haben übrigens mit Hilfe eines Mythos vom Abfall eines Teiles der Engel zu erklären versucht, wie dem ursprünglich allein herrschenden Gott ein Gegner entsteht. Lucifer ist, wie sein Name sagt, der ›Lichtträger‹, der durch seinen Abfall zu Satan, dem Herrn des Bösen, der Finsternis usw. wird.

7. Ontologie und Metaphysik

Zurück zur Philosophie. Wir müssen an dieser Stelle zwei Begriffe einführen, die zur Benennung unserer Gedanken wichtig sind. Als erstes den Begriff »Ontologie«. Ontologie ist die »Lehre vom Seienden«. Wir haben uns gerade Gedanken gemacht über das Seiende, d. h. über die Gesamtheit alles Seienden, die wir als »Welt«, »Universum«, »Kosmos« bezeichnen, und wir sind zu dem Ergebnis gelangt, daß das Seiende insgesamt keinen Anfang haben kann. Das Seiende wird nicht und vergeht nicht; was wir als Werden und Vergehen erleben, ist Werden und Vergehen von Zuständen innerhalb des Seienden.

Wir haben uns also mit Ontologie beschäftigt. Ontologie ist nicht eine erfahrungswissenschaftliche Disziplin, sondern eine rein theoretische, ähnlich der Logik und der Mathematik. Der griechische Philosoph Aristoteles hat Gedanken über das Sein des Seienden, wie wir sie gerade formuliert haben, systematisch abgehandelt in einem Werk, das den Titel *Metaphysik* trägt. Ursprünglich war damit gemeint das Buch, das »nach der Physik« kommt. Es war eine Bezeichnung, die vergleichbar wäre der Bezeichnung: Band 2 (oder 3, 4 usw.) der Werke des Aristoteles. Nun kann man aber den Begriff auch mit gutem Grund anders deuten, denn die Metaphysik handelt von Gegenständen, die von anderer Art sind als die Gegenstände der Physik, von Gegenständen, die über die Physik hinausgehen. Die Physik untersucht einzelne Dinge in der Welt, die Metaphysik hingegen die Gesamtheit aller Dinge. Die Physik fragt nach dem Ursprung einzelner Dinge, die Metaphysik fragt nach dem Ursprung des Seienden insgesamt.

Die Metaphysik der Griechen ist für unser gesamtes abendländisches Denken und natürlich für die christliche Religion sehr wichtig geworden; für die christliche Religion, weil mit Hilfe der Metaphysik die Aussagen der Religion über Gott eine theoretische Begründung erhalten haben. Dieser Gebrauch war allerdings ein falscher Gebrauch, denn die Theologen des Mittelalters hofften, mit Hilfe der theoretischen Überlegungen der Metaphysik Gott beweisen zu können. Das ist jedoch eine falsche Vorstellung. Wir haben bereits gesehen, daß die Antwort der Metaphysik lautet: Entweder – oder: Entweder denke ich die Welt als aus sich heraus bewegt und ewig, oder ich denke die Welt als unbewegt und begrenzt, dann brauche ich als Erklärung für die Bewegung in der

Welt den unbewegten Beweger. Zwischen diesen beiden Positionen geht der Streit.

Die christliche Religion hat die griechische Philosophie in Dienst genommen wie eine Dienstmagd, und sie hat das auch so formuliert in der Aussage der mittelalterlichen Theologen: *Philosophia ancilla theologiae* (»Die Philosophie ist die Magd der Theologie«).

8. Der Gott der Philosophen und der Gott der Religion

In der Neuzeit hat die Philosophie sich aus der Bevormundung durch die christliche Religion befreien und wieder eigenständig denken können.

Ich habe schon über den Unterschied zwischen dem christlichen Gott und dem Gott der Philosophen gesprochen. Der christliche Gott ist eine Vaterfigur mit allen positiven und negativen Eigenschaften, die die Vaterrolle enthält: Er liebt, zürnt, straft, verzeiht usw. Man kann sich von ihm Geschichten erzählen über seinen Umgang mit den Menschen, wie es im Alten und Neuen Testament geschieht.

Der Gott der Philosophen dagegen ist keine farbige Persönlichkeit. Über ihn kann man keine Geschichten erzählen außer der einen: Er hat die Welt gemacht als einen nach ewigen Gesetzen wunderbar funktionierenden Kosmos. Er ist der Demiurg, ein genialer Ingenieur, Baumeister usw. Die in der Neuzeit einsetzende Erfahrungswissenschaft erforscht diese Wunderwelt, entdeckt die Gesetzmäßigkeiten und bewundert die »Wunderwerke der Natur bzw. Gottes«.

Deus sive natura ist eine Formel, die im 17. Jahrhundert von dem Philosophen Spinoza verwendet wird. Diese Formel, von Spinoza pantheistisch gemeint, d. h. in der Bedeutung, alles (griech. *pan*) sei göttlich und Gott in allem, enthält übrigens das oben angesprochene »Entweder – oder«. Das heißt: Ich kann mich für die ewige Natur oder für den ewigen Gott entscheiden. Die Philosophen haben sich für die Natur und gegen Gott entschieden, und das hat folgenden Grund: Wenn es nur einen Gott gibt, dann ist er nicht nur der Urheber aller Wunderwerke der Welt, sondern er ist auch verantwortlich für Leid, Unglück, Katastrophen und Tod.

Wie kann man die Existenz des Übels in der Welt erklären, wenn es nur einen einzigen guten Gott gibt? Das ist das Problem der Rechtfertigung Gottes, der »Theodizee«. Wohlgemerkt: Die Juden und die Christen fürchten Gott, deshalb hüten sie sich, mit ihm zu rechten. Die Philosophen hingegen maßen sich an, über Gott zu urteilen. So haben sie die Götter der Antike als Halunken abgeurteilt. In der Neuzeit, in der Aufklärung, wird dieser Prozeß, diesmal gegen den einen Gott, wiederholt.

9. Die Rechtfertigung Gottes

Was kann man denn Gott vorwerfen? Was hat man ihm vorgeworfen? Man hat kritisiert, daß ein allwissender, allgütiger und allmächtiger Gott das Übel in der Welt offensichtlich zuläßt. Von einem allmächtigen Schöpfergott muß man eine Welt ohne Fehler erwarten können. Nun hat der berühmte Philosoph Leibniz den Versuch einer Rechtfertigung Gottes unternommen, indem er behauptete, die Welt sei die bestmögliche, besser gehe es einfach nicht. In dieser Welt sei das Glück maximiert und das Unglück minimiert. Das aber bedeute: Zwar sei es einfach, ein Übel in der Welt aufzuzeigen, aber wenn man versuche, dieses Übel zu beseitigen, dann erzeuge man an einer anderen Stelle der Welt ein viel größeres Übel.

Eine kluge, aber auch problematische Lösung. Denn der Gott als Demiurg war gedacht nach dem Vorbild des genialen Künstlers, der ein vollkommenes Kunstwerk schafft. Der Gott von Leibniz dagegen ist ein Kaufmann, der bei möglichst geringen Kosten ein maximales – aber kein vollkommenes – Ergebnis erzielt.

Es liegt nun an uns, wie wir diesen Gott bewerten wollen. Wenn wir einen ganz strengen Maßstab anlegen, dann müssen wir diesen Gott ablehnen.

Erkennen wir diesen Gott dagegen an, dann müssen wir einräumen, daß Gott nur um einige Grade besser ist als wir. Darauf müssen wir später noch genauer eingehen. Der Vorschlag von Leibniz hat sich nicht durchgesetzt, er ist vielmehr heftig kritisiert worden. Voltaire hat seinen satirischen Roman *Candide oder Der Optimismus* verfaßt, einen Abenteuerroman, dessen Held Candide von einem Unglück ins nächste fällt, aber sein Gefährte Pangloss, Anhänger der Leibnizschen Philosophie, sieht alles optimistisch. Die Deutung, die Leibniz der Welt gibt, wäre somit eine lächerliche Selbsttäuschung des unverbesserlichen Optimisten, der die wirklichen Katastrophen relativiert mit seinem Standardspruch: »Es hätte aber noch viel schlimmer kommen können.« Deshalb hat der Philosoph Arthur Schopenhauer im 19. Jahrhundert folgerichtig die pessimistische Variante dieser Art von Weltbeurteilung ausgesprochen: Die Welt ist die schlechteste aller möglichen. Wäre sie noch ein bißchen schlechter, dann würde sie gar nicht mehr funktionieren.

10. Menschenphilosophie oder Milbenphilosophie?

Im folgenden möchte ich einen satirischen Text von Wilhelm Ludwig Wekhrlin aus dem Jahre 1784 zitieren, der sehr drastisch die Problematik aufzeigt, die in der philosophischen Lösung von Leibniz steckt. Vergegenwärtigen wir uns zuvor, was Leibniz mit seiner Formel erreichen wollte. Er wollte die Vorstellung, es müsse eine moralische Weltordnung und als Garanten dieser Weltordnung einen guten Gott geben, gegen den Angriff verteidigen, das alltägliche unverschuldete Unglück der Menschen beweise, daß es keine solche Ordnung und auch keinen Gott gebe. Der folgende Text trägt die Überschrift:

Monolog einer Milbe
im siebenten Stock eines Edamerkäses

> Auf einem silbernen Teller befand sich einst ein Edamer Käs, und nahe dabei ein Talglicht, welches den Käs bestrahlte. Milben hatten sich, durch die innere Gährung seiner organischen Partikeln, im Käse erzeugt.
>
> Unter ihnen war eine Philosophin, welche dem Ursprung und der Bestimmung des Käses und der Milben nachdachte. Jemand, der den Käs zu essen im Begriff

war, belauschte ihren Monolog mit dem Ohr jener Geniemänner, welche die Sphären singen, die Nerfen stimmen, die Flöhe husten hören.

Man fragt mich nicht, wie Das möglich war. Die Frage über das Wie der Dinge ist oft indiskret, und wir können eher allgemeine Zweifler werden, als sie in jedem Falle beantworten. Genug, dieser Fürwizbeutel vernahm die Milbe so reden.

Wie lieblich duftet dieser Käs! Wie ambrosisch ist dieser Geschmak! Wie nahrhaft diese Speise! Wie bequem meine Wohnung! Eine unermeßliche, durchaus eßbare Welt!

Wie mächtig, wie wohlthätig mus Der seyn, der den Käs machte, ihn für Milben schuf! Unser Seyn war sein Wille, unser Wohlseyn sein Zwek. Denn vom Nuzen eines Dings schliessen wir auf eine Absicht.

Ich gehe weiter: Dieser Käs ist der beste unter allen möglichen. (Der Eigenthümmer hielt ihn für versalzen.) Der Beweis ist simpel. Hätte der Urheber einen beßeren machen können, so würde er ihn vorgezogen haben. Warum sollte er das Vollkommene dem Mittelmäßigen nachsezen!

Jener glänzende Körper, der aus ungemessener Ferne meinen Käs bestrahlt (Hier lächelte die Milbe gegen das Talglicht.) was kan er seyn, als unsere Laterne? Wie erquikend, wie wohltätig ist sein Licht! Wie anpassend der Organisation meiner Augen! Ja, das Licht ist um der Milben willen gemacht!

Glückliche Milben! Ihr seid Mittelpunkt – Endzweck aller Kombinationen der Welt. Euch erfreuet das Licht, Euch duftet der Käs, Euch laden seine fetten Partikeln zum Genus ein.

Aber eben darum, weil Milben der Zwek sind, dem die Natur alle ihre Werke, als Mittel, subordinirt hat; eben darum, erhabene Milben, ist diese ephemerische Existenz nicht das ganze Erbtheil, welches die Natur euch beschieden hat.

Sollte sie nicht ewige Zweke lieben? Sollte der Zirkel der Allnatur ohne seinen Mittelpunkt, worauf alle Strahlen sich beziehen, bestehen können? Nimmermehr! Milben: ihr seid zu den erhabensten Aussichten bestimmt. Eure Existenz; in der Höle des Käses ist nur der rosenfarbne Morgen eines schönen Tags, dessen Mittag eurer wartet.

Die sublimen Gedanken, welche izt meinen Geist beschäftigen, sind mehr als Wirkungen meiner Organisation. Es ist wahr, ich kenne meinen Körper, die innere Natur seiner Elemente, die Art ihrer Zusammensetzung beinah gar nicht. Aber dennoch kan ich a priori bestimmen, welche Wirkungen aus dieser Zusammensetzung möglich sind, und welche nicht.

So eben sollte die Rednerin von der Zukunft weissagen, und die Natur der Käse, welche sie künftig bewohnen, und zum Theil essen würde, auf unzählichen, wie sie meynte unumstößlichen, Grundbegriffen der Milbenmetaphysik zu demonstrieren beginnen, als der Zuhörer, vom Mitleid über ihre Mühe gerührt und um ihr eine langwührige Reihe Syllogismen zu erspahren, die Rednerin sammt dem Katheder worauf sie stand, in den Mund stekte und verschlang.

Man sagt, sie habe noch zwischen den Zähnen des Würgers behabtet, ihre Erhaltung, ihr Wohl sey der Endzwek der Natur.

Wenn wir uns fragen, was uns an dem Text belustigt, so könnte man sagen: Es ist schon lächerlich, daß eine Milbe so hochgestochen philosophiert und in aberwitziger Verkennung der Wirklichkeit sich einbildet, der Käse sei für sie geschaffen. Deshalb können wir die Milbenmetaphysik nicht ernst nehmen.

Aber es ist doch die Leibnizsche Philosophie, die die Milbe vorträgt. Ist diese Philosophie lächerlich, weil die Milbe sie ausspricht? Und ist diese Philosophie nicht mehr lächerlich, wenn Menschen sie vertreten? Denken wir an die oben erzählte Geschichte von Professor Universum. Der Käse-Esser, der schließlich aus Mitleid, »um ihr weiteres Philosophieren zu ersparen«, die Milbe verspeist, ist in der Rolle des Professor Universum. Was aber, wenn wir Menschen nun selber von einem Professor Universum belauscht würden, der sich über unsere Idee verwundert, das Universum sei für uns geschaffen worden?

11. Für wen ist die Welt die beste aller möglichen?

Das ist nur eine Seite der Aussage von Wekhrlin. Die Milbe ist nur ein Beispiel. Kann nicht jedes Lebewesen, vorausgesetzt, es kann philosophieren, Anhänger der Leibnizschen Philosophie sein? Muß nicht der Löwe seinem Schöpfer dafür danken, daß er für ihn die Lämmer erschaffen hat, muß nicht der Fuchs sich über die Gans freuen, der Storch über die Frösche, die Frösche über die Heuschrecken, die Heuschrecken über die von Menschen angelegten Felder, die sie kahlfressen können? Gewiß freuen sich auch die Zecken und die Schnupfenbazillen über den Menschen. Für welches Lebewesen ist also die Welt die beste aller möglichen? Für alle offensichtlich, denn alle leben ja. Daraus folgt allerdings, daß die Welt offensichtlich für kein Lebewesen in besonderem Maße geschaffen wurde, auch nicht für den Menschen.

Der Philosoph Platon erzählt in seinem Dialog *Protagoras* einen Mythos über die Erschaffung der Tiere und Menschen: Epimetheus, der Bruder des Prometheus, erhält die Aufgabe, die einzelnen Lebewesen mit Eigenschaften zu versehen. Epimetheus macht sich natürlich Gedanken darüber, wie die Welt der Lebewesen funktionieren und im Gleichgewicht sein könne. Weil er die Raubtiere mit starken Zähnen und Krallen ausstattet, gibt er den Beutetieren zum Ausgleich unterschiedliche Verständigungs- oder Fluchtmöglichkeiten. Die einen sind stark gepanzert oder haben Hörner, andere sind sehr leichtfüßig und können weglaufen oder wegfliegen, manche können ausgezeichnet klettern, andere sich ausgezeichnet verstecken oder verstellen. Die einen sind durch ihre Größe geschützt, andere durch ihre Kleinheit usw. Aber als Epimetheus sich dem Menschen zuwendet, sind alle Gaben der Natur schon vergeben. Der Mensch bleibt nackt und schwach. Da hilft Prometheus, indem er dem Menschen die Intelligenz verschafft, seine körperlichen Nachteile auszugleichen: Er stiehlt den Göttern die technische Kunstfertigkeit, die Hephaistos und Athene verwalten, das Feuer und von Zeus die Staatskunst.

Durch diese Fähigkeiten hat der Mensch sich zum erfolgreichsten aller ihm bekannten Lebewesen entwickeln können. Wir erzählen heute immer noch diese Geschichte, aber nicht mehr unter dem Titel »Mythos«, sondern als »Wissenschaft«.

Statt »Epimetheus« sagen wir »Evolution«, wir sprechen von »ökologischer Nische« und meinen damit die oben beschriebenen Überlegungen des Epimetheus. Der Mensch ist für uns ein »Mängelwesen«, seine technischen und organisatorischen Fähigkeiten sind »Kompensationen« seiner »Organminderwertigkeit«.

Neue Vokabeln also für eine alte Erzählung. Aber was sagt uns denn die neue und zugleich doch alte Erzählung?

Sie besagt, daß das Leben auf dieser Welt, um sich erhalten zu können, immer wieder Leben verbrauchen muß. Es ist die Geschichte des Gleichgewichtes von Fressen und Gefressen werden. Jedes Lebewesen findet sein Auskommen, auch der Mensch. Von Natur aus eher schwächlich ausgerüstet, hat er durch seine Findigkeit sein Leben immer sicherer und angenehmer zu machen gesucht.

In der Vorstellung vom Paradies hatten die Menschen von einer Welt geträumt, in der die Lebewesen sich nicht gegenseitig verschlingen müssen, um zu überleben, in der der Mensch keine Not leidet und nicht im Kampf und mit mühseliger Arbeit sein Leben fristen muß.

Im Vergleich zu diesem Ideal mußten sie die Wirklichkeit, in der wir leben, als eine Art Strafe empfinden. Das Elend verschwindet aber nicht als Elend durch die Behauptung, der gegenwärtige Weltzustand sei der bestmögliche.

Es bleibt also folgendes Problem: Gemessen an unserem *Ideal einer absolut vollkommenen Welt ist die beste-*

hende Welt unvollkommen. Von einem vollkommenen allmächtigen Schöpfer müssen wir aber erwarten können, daß er eine vollkommene Welt erschafft.

Der Verteidigungsversuch, den Leibniz unternommen hatte, ist also mißglückt. Denn wir müssen uns folgendes vor Augen halten: Wenn der Schöpfergott eine Welt erschafft, in der das Gute und das Böse zusammengehören – alles Lebendige muß, um sich zu erhalten, anderes Leben zerstören –, welche Gesetze soll dieser Gott uns denn dann geben? Kann er uns dann noch rigorose Vorschriften machen oder müßte er uns sagen: Seid so gut wie möglich und seid nicht schlechter, als zum Überleben nötig! Denn eines ist klar: Daß wir egoistisch handeln, ist nicht unsere besondere Bosheit, unsere Sündhaftigkeit, sondern ist Folge der Weltkonstruktion, die uns wie alle anderen Lebewesen zwingt, wenn wir unser Leben erhalten wollen, anderes Leben als Mittel dafür zu benutzen. Im Paradies hätten wir keinen Grund, aus Gründen der Lebenserhaltung Egoisten zu sein. Wir müßten uns dann schon eine Lust am Bösen einfallen lassen, eine Freude an Unglück und Schmerz der anderen. Das wäre dann das wirklich Böse.

Welche Erkenntnis können wir aus der mißglückten Theodizee von Leibniz gewinnen?

Es hat sich offensichtlich herausgestellt, daß wir unsere Welt, den Wechsel der Erscheinungen, nicht erklären können, wenn wir nur *ein* Prinzip oder nur *eine* Kraft zugrunde legen. Wir benötigen Kraft und Gegenkraft, um die Wirklichkeit beschreiben zu können. Wir können diese Kräfte benennen: Liebe und Streit (Empedokles) oder positive und negative Ladung, Anziehung und Abstoßung, oder wir sagen: Gott (= guter Gott, aufbauender erschaffender Geist) und Teufel (= böser Gott, vernichtender, verneinender Geist).

Das Paradies ist demgegenüber die Vorstellung einer nur von der einen Kraft beherrschten Welt, einer Welt, in der nur aufgebaut und bewahrt wird.

Unsere Welt ist offenkundig nicht dieses Paradies. Aber kann es denn ein Paradies geben? Der Mythos von Gott und Teufel hat die Möglichkeit des Paradieses als Hoffnung für die Zukunft verkündet, wenn wir Menschen daran mitwirken. Leibniz hat dagegen mit der Behauptung, die existierende Welt sei die beste aller möglichen, zugegeben, daß es das Paradies nicht geben kann. Daher hat er uns aufgefordert, das Bestehende als gut anzuerkennen, weil besseres nicht möglich ist.

Das ist als Ergebnis enttäuschend. Was ist denn dann der Sinn dieser unvollkommenen Welt, was verändert sich, wenn wir sie mit Leibniz schönreden oder mit Schopenhauer schlechtreden? Was bedeutet das für unsere Vorstellung von Gott?

12. Die Welt ohne Gott

Seit der Kritik an Leibniz' Versuch einer Rechtfertigung Gottes ist »Gott« als Thema aus der abendländischen Philosophie allmählich verschwunden. Aber etwas ist wichtig festzuhalten: Die Philosophen haben sich nicht aus Bequemlichkeit von Gott abgewandt, sondern weil sie ihn nicht mehr als Vorbild anerkennen und verehren konnten. Damit hat sich die Geschichte des Denkens wiederholt: Die griechischen Philosophen haben die olympischen Götter abgeschafft und zu Menschenwerk erklärt, weil sie sie verachteten. In der Aufklärung hat sich die Philosophie mit dem einen allmächtigen und allgütigen Gott auseinandergesetzt, nach dem christlichen Motto »An ihren Werken sollt ihr sie erkennen« sein Werk, die Welt, beurteilt und für ungenügend befunden.

Aber was machen die Menschen, wenn sie Gott abschaffen, wenn sie aus moralischen Gründen nicht mehr an ihn glauben können, weil sie die Frage nicht beantworten können: Warum läßt der gute Gott das Böse, das Unheil zu?

Erinnern wir uns an das Thema unseres Kapitels. Wir haben uns mit der Frage nach dem Sinn beschäftigt. In der Vorstellung, es gebe einen guten Gott und, da Gott der oberste Gesetzgeber ist, eine moralische Weltordnung, hatten die Menschen eine zufriedenstellende Antwort gefunden. Sie konnten sich geborgen fühlen in der Vorstellung, daß alle ihre Mühen, das Unheil, das ihnen im Leben widerfahren kann, der Tod schließlich, aufgewogen werden durch das »ewige Leben«, ein Zustand, in dem das Leben glücklich sein kann, weil es frei ist von Sorge.

Wenn dieser Gott aber nun verschwindet, dann müssen die Menschen, gleichgültig wie viele sie auch sein mögen, sich vorkommen wie verlassene Kinder. Der Dichter Jean Paul hat einen Roman geschrieben, den *Siebenkäs*. In diesem Buch hat der Romanheld, eben der »Siebenkäs«, einen schrecklichen Traum. Er träumt, der tote Christus sitze auf dem Weltgebäude und verkünde den Menschen, er habe Gottvater nicht gefunden, sein Kreuzestod sei vergeblich gewesen.

Diese Vorstellung ist für ihn so furchtbar, daß er sie schnell als einen Alptraum beiseite schiebt und sich einredet, das könne gar nicht sein, weil es nicht sein darf.

Und in der Tat, uns wäre wohler, wenn wir einen weisen Schöpfergott beweisen könnten, denn dann könnten wir sagen, die Welt hat einen Sinn, weil sie das Werk eines klugen Geistes ist, der, weil er die Macht dazu hat, eine objektive moralische Weltordnung aufgestellt hat.

Zu dieser Vorstellung paßt übrigens sehr gut die in einigen Religionen überlieferte Vorstellung, die Gesetze der Menschen seien von Gott gegeben. So hat ja Moses die zehn Gebote von Gott erhalten, ebenso wie lange vor ihm der babylonische Herrscher Hammurabi.

Wenn wir uns aber nicht auf eine moralische Weltordnung berufen können, dann müssen wir uns die Gesetze unseres Zusammenlebens als Menschen selber geben. Dadurch, daß Gott nicht existiert, gewinnen wir Menschen eine absolute Freiheit, wir können uns nun ohne Furcht vor göttlicher Strafe für das Gute oder das Böse entscheiden. Wenn Gott nicht existiert, dann treten wir quasi an seine Stelle, denn auch Gott muß sich ja überlegen, ob er guter oder böser Gott sein will. Das ist also die Aufgabe, vor der der Mensch steht, wenn er nicht an eine natürliche sittliche Weltordnung glaubt: Er muß sich aus eigener Einsicht und in eigener Entscheidung eine sittliche Ordnung vorgeben, sich aus eigener Vernunft Gesetze geben.

Das ist eine schwierige Aufgabe. Bevor ich im folgenden die philosophischen Bemühungen um die Frage nach dem richtigen Handeln vorstelle, will ich aber noch als Abschluß des bisherigen Themas schildern, welche Folgen der Zweifel an Gott für das philosophische Denken in Neuzeit und Gegenwart gehabt hat.

13. Die Folgen für die Wissenschaften

Das Scheitern der Theodizee hat für unsere Wissenschaften eine Spaltung zur Folge gehabt. Am Beginn der Neuzeit waren die Erfahrungswissenschaften wie Astronomie und Physik – auch wenn sie sich gegen die Kirchenmeinung wandten – immer noch eingebunden in eine allgemein akzeptierte Vorstellung von einem Schöpfergott. Nach dem Scheitern dieser Idee werden die Erfahrungswissenschaften atheistisch. Im 18. Jahrhundert und stärker noch im 19. Jahrhundert breitet sich der Materialismus aus: die Vorstellung, alles Wirkliche bestehe aus materiellen Bausteinen, und die Wissenschaft habe die Aufgabe, die Beziehungen zwischen diesen Gebilden zu beschreiben und die Gesetzmäßigkeiten aufzufinden, nach denen alle Begebenheiten geschehen. Als Programm für die Erfahrungswissenschaften kann man dem zustimmen, aber der Materialismus ist zu einer Philosophie geworden, zu einer beschränkten Philosophie. Denn diese Philosophie, die sich selbst auch mit dem Namen Positivismus bezeichnete, behauptete, nur dasjenige, was positiv, d. h. als Materie gegeben sei, sei wirklich. Das »Geistige« konnte für die Positivisten nur dann existieren, wenn es auf »Materielles« zurückführbar war. Aber das ist keineswegs so ohne weiteres möglich. Deshalb hat der berühmte Naturforscher Ernst Haeckel im vergangenen Jahrhundert die böse Bemerkung formuliert, Gott sei ein gasförmiges Wirbeltier. Dabei hat er auf das Problem aufmerksam machen wollen, das entsteht, wenn man versucht, sich Gott als allmächtige und allgegenwärtige Person mit menschlichem Aussehen vorzustellen. Folgerichtig haben die Positivisten erklärt,

»Gott« sei ein sinnloses Wort, weil diesem Wort kein experimentell auffindbarer Gegenstand entspreche, und folglich sei die Metaphysik unsinnig, weil sie sich mit Scheingrößen beschäftige. So haben sich die Erfahrungswissenschaften als reine Tatsachenwissenschaften verstanden, die die Welt ursächlich erklären können, aber keinerlei Aussage über Sinn und Zweck der Welt und Sinn und Zweck unseres menschlichen Daseins und Handelns machen können.

14. Die Rettung des Vollkommenen in den Künsten

Aber welche Wissenschaft beschäftigt sich mit der Frage nach dem Sinn? Es sind die »Geisteswissenschaften«, die sich mit dieser Frage auseinandersetzen. Die Geisteswissenschaften haben ihren Namen erhalten, weil sie sich mit den Werken des menschlichen Geistes befassen. Werke des menschlichen Geistes sind: Kunstwerke, und dazu zählen Malerei und Plastik, Musik, Dichtung (Literatur), philosophische Denkgebäude und architektonische Bauwerke, technische Meisterwerke wie Maschinen, wissenschaftliche Theorien, aber auch geschichtliche Taten.

Man hatte sich den Schöpfergott als genialen Baumeister, Maler, Bildhauer, Techniker, Wissenschaftler usw. vorgestellt. Wenn Gott aber nun nicht existiert, dann gibt es immer noch geniale menschliche Baumeister, Maler, Bildhauer ... Wenn wir die Welt nicht mehr als das Werk des genialen Schöpfergottes preisen können, sondern sie nur noch als gesetzmäßigen Ablauf von Ereignissen – positiven wie negativen – sehen, dann wollen wir wenigstens im Bereich der künstlerischen kulturellen Leistungen der Menschen etwas Unvergängliches, Sinnvolles und Wertvolles sehen.

In den Kunstwerken hoffen wir diejenige Vollkommenheit, den absoluten Wert, zu finden, der in der äußeren Welt nicht vorhanden zu sein scheint. Deshalb bauen wir Tempel, in denen die Kunstwerke verehrt werden können, »Museen« genannt, oder auch »Musentempel«. Mit diesem ungebräuchlichen und ein wenig affektiert klingenden deutschen Wort wird der Gedanke bezeichnet, daß unser Museum hervorgegangen ist aus dem Museion, dem antiken Tempel, in dem die Musen, Göttinnen also, verehrt wurden.

Wir verehren die großen Kunstwerke so enthusiastisch, weil sie für uns der Beweis sind, daß es doch möglich ist, etwas Vollkommenes zu schaffen, und zwar quasi aus dem Nichts, ähnlich wie wir dem Schöpfergott die *creatio ex nihilo*, die Schöpfung aus dem Nichts, zugesprochen haben. Denn am Anfang ist das Blatt Papier wüst und leer, aber am Ende ist die Partitur geschrieben, der philosophische oder wissenschaftliche Gedanke formuliert, die Zeichnung erst vollendet. Und das Blatt Papier, Materialwert ein Pfennig, ist ungeheuer wertvoll geworden, weil Rembrandt, Beethoven, Einstein oder Joseph Beuys es verändert haben.

Die Römer in der Antike hatten eine großartige Idee. Sie bauten ein Gebäude, in dem sie Statuen aller ihnen bekannten Götter aufstellten. Dieses Gebäude heißt Pantheon. In Paris gibt es ebenfalls ein Pantheon, dort haben alle die Menschen einen Platz gefunden, die wegen ihrer geistigen Leistungen zu den »Unsterblichen« gezählt werden. Natürlich muß man als Mensch gestorben sein, um »unsterblich« genannt zu werden, um durch ein Standbild oder eine Namensgebung »verewigt« zu werden.

Verzichten wir auf weitere Beispiele und halten wir folgendes fest: Die Menschen haben den Verlust Gottes verschmerzt, denn sie haben die Vorstellung des »Göttlichen« bewahrt. Aber das »Göttliche« ist etwas, was *Menschen* anstreben. So muß sich die Lehre von Gott, die Theologie, in die Lehre vom Menschen, die »Anthropologie«, umwandeln.

Der Philosoph Ludwig Feuerbach hat im vergangenen Jahrhundert diese Umwandlung sehr einprägsam formuliert. Er ist ausgegangen von dem biblischen Satz: »Gott schuf den Menschen nach seinem Ebenbild«, und hat ihn umgedreht: »Der Mensch schuf Gott nach seinem Ebenbild.« Das klingt sicher in den Ohren von gläubigen Christen gotteslästerlich, aber es ist nur konsequent. Aus der Mathematik wissen wir, daß man eine Gleichung von links nach rechts, aber auch von rechts nach links lesen kann. In der Formulierung vom Ebenbild steckt die *Gleichheit*, und als die Menschen anfingen, sich kritisch mit Gott auseinanderzusetzen, da haben sie bereits von ihrer Gleichheit Gebrauch gemacht. Feuerbach hat etwas formuliert, was die Menschen offenbar schon immer praktiziert haben.

15. Die Frage nach dem Glück des Menschen

Ich habe schon erwähnt, daß die Menschen, wenn sie nicht an einen Gott glauben können, sich in dieser Welt verlassen fühlen müssen. Sie wissen, daß sie geboren werden, leben und sterben. Sie kommen aus dem Nichts, sind, ohne daß sie gefragt wurden, auf einmal da, nämlich im Leben, müssen sich in alle Zwänge des Lebens fügen, machen Pläne, die vielleicht glücken, vielleicht scheitern, sind in ständiger Sorge um den Erhalt ihres Lebens, haben Angst vor dem Tode, trauern um den Verlust von Menschen, die sie kannten, und eines Tages müssen sie sterben und verschwinden wieder ins Nichts.

Das ist keine schöne Geschichte, die da erzählt wird. Ohne ein glückliches Ende. Gott hatte ja in der Religion die Funktion, ein glückliches Ende des Abenteuers »Leben« zu ermöglichen durch Trost, durch Erlösung, durch die Gewißheit einer ewigen Seligkeit. »Ende gut, alles gut«, in dieser bekannten Redensart ist die Vorstellung der Menschen ausgedrückt, daß durch einen dauerhaften glücklichen Endzustand alle vorangegangenen Mühen, Schmerzen und Widrigkeiten aufgewogen werden. Deshalb haben fast alle Geschichten, die Menschen sich erzählen, aufschreiben, die sie in Filmen vorführen, ein Happy-End. Nur ganz wenige der Geschichten enden anders, die Trauerspiele, die Tragödien, und zumeist die Geschichten des wirklichen Lebens.

Hinzu kommt, daß alle Menschen, solange sie leben, ihr Ende noch nicht kennen. Diese Unsicherheit nagt an ihren Glücksempfindungen, und deshalb haben die Griechen im Altertum den weisen Ausspruch geprägt, man solle niemand glücklich nennen, es sei denn, er sei bereits gestorben und man wisse, daß sein Ende friedlich war.

Darüber hinaus haben sie Überlegungen angestellt, wie man das Schicksal, d. h. also die nicht dem Menschen in die Hand gegebenen Zufälle des Lebens, erträglich machen kann.

16. Antike Glückstheorien und moderne Existenzphilosophie

Eine wichtige Erkenntnis der Griechen war, daß das Glück, das die Menschen suchen, nicht nur von den äußeren Ereignissen abhängt, sondern auch von den Wünschen und Erwartungen der Menschen. Wer übertriebene Wünsche hat, der wird eher enttäuscht als derjenige, der bedürfnislos ist. Aus der Antike sind uns eindrucksvolle Beispiele von Bedürfnislosigkeit überliefert, so die Geschichte von Diogenes, der in einem alten Faß lebte und den Weltherrscher Alexander den Großen verblüffte. Als der ihm nämlich anbot, er werde ihm einen Wunsch erfüllen, antwortete Diogenes: »Dann geh mir bitte aus der Sonne.«

Berühmt geworden sind auch die Stoiker, die der Ansicht waren, man könne das Unglück vermeiden, wenn man sich selbst und seine Wünsche und Leidenschaften vollkommen in der Gewalt habe. Den Zustand, den sie anstrebten, nannten sie Apathia. Unser Wort »apathisch« (»frei von Leidenschaften, teilnahmslos«) ist davon abgeleitet. Wer teilnahmslos ist, der ist zumindest nicht unglücklich, weil er nicht enttäuscht werden kann. Man könnte sagen, daß die Stoiker eine Seelenruhe als Glück anstrebten, indem sie sich weigerten, das normale »Spiel des Lebens« mitzuspielen. Sie wollten alles selbst bestimmen, auch das Ende ihres Lebens. Von vielen ist uns daher berichtet, daß sie ihrem Leben freiwillig ein Ende setzten, quasi als endgültiger Beweis, daß nicht *sie dem Leben* unterworfen sind, sondern *das Leben ihnen*. Das Wort »stoisch«, von der Lebensauffassung der Stoiker hergeleitet, kennzeichnet daher für uns heute noch die Haltung einer Person, die durch nichts zu erschüttern ist und alles mit »stoischem Gleichmut« erträgt.

Epikur hingegen, und das hat ihm Kritik und Feindschaft der Stoiker eingetragen, vertrat die Ansicht, der Mensch solle versuchen, alles Schöne, was das Leben zu bieten habe, maßvoll zu genießen und sein Leben zugleich so bescheiden einzurichten, quasi im Verborgenen lebend fern von den großen Ereignissen, daß er sein privates Glück finden könne, unbehelligt von den Wechselfällen der Politik und der Gesellschaft.

Das sind also die beiden unterschiedlichen »Glückslehren«, die uns aus der Philosophie der Antike überliefert sind. In beiden Fällen geht es um die Bewältigung des rein diesseitigen Lebens.

Nun können wir uns fragen, welche Gedanken denn in der neuzeitlichen Philosophie nach dem Ende der Berufung auf einen Schöpfergott über das Leben und seine Probleme gedacht worden sind. Tatsächlich haben die Philosophen nach dem Verschwinden Gottes aus ihren Theorien sich mit der Philosophie des Lebens auseinandersetzen müssen. Dieses Denken hat unter dem Namen »Existenzphilosophie« im 19., vor allem aber in unserem Jahrhundert eine wichtige Rolle gespielt. Als sein Begründer gilt der Däne Sören Kierkegaard. Aber er war nun gerade nicht Atheist, vielmehr hatte er das Unglück, an einen Gott zu glauben, vor dem er sich fürchtete. Und zwar lebte er in der Angst, Gott könne ihn möglicherweise für die Vergehen seines eigenen Vaters bestrafen.

Das ist eine schreckliche Vorstellung, noch viel unangenehmer als die Schicksalsvorstellung der alten Griechen, denn das *fatum*, das Schicksal, ist bekanntlich blind. Es schlägt irgendwie zu und trifft den einen, den anderen verschont es. Dahinter steckt kein System, kein Plan. Wer getroffen wird, der hat Pech gehabt. Er wird über sein Unglück klagen, aber er hat *einen einzigen* Trost in seinem Unglück: Es ist nicht auf persönliches Verschulden zurückzuführen. Kierkegaard hingegen fürchtete die Rache eines sadistischen Gottes, der mit System, aber durchaus versteckt, darauf aus sein könnte, ihn zu vernichten. Das Bewußtsein, nicht einem »blinden Fatum«, sondern einer allmächtigen Person ausgeliefert zu sein, die nicht der freundliche Schöpfergott der Neuzeit, sondern der willkürlich handelnde und strafende Gott der alten Hebräer war, hat Kierkegaard in die tiefste Verzweiflung gestürzt und sein ganzes Leben vergiftet. Von dieser Verzweiflung handeln seine Werke, die so bezeichnende Titel tragen wie *Der Begriff Angst*, *Furcht und Zittern*, *Die Krankheit zum Tode*.

Wenn man Kierkegaards Problem mit seinem Gott beiseite läßt, dann kann man seine Schriften lesen als die Klage eines Unglücklichen über das Leben, das dem Menschen als eine fremde Macht gegenübertritt, der gegenüber er hilflos ist. Genau dieses Problem haben dann andere Existenzphilosophen im 20. Jahrhundert zum Hauptthema ihres Philosophierens gemacht. Sie haben von der »Geworfenheit in das Da« gesprochen, damit meinten sie, daß niemand gefragt wird, ob er in das Leben treten will. Dieser »Geworfenheit« ins Leben stellten sie den »Entwurfscharakter« des Lebens selbst gegenüber. Damit meinten sie, daß der Mensch, indem er Pläne schmiedet, einen Lebensentwurf aufstellt. Zumeist muß der Mensch diesen Entwurf im Verlauf seines Lebens ändern, vielleicht scheitert er auch vollkommen. Sich diese Gefährdung des Lebens in jedem seiner Stadien vor Augen halten zu müssen, stimmt nicht fröhlich. Vielleicht kann man sogar nur zufrieden werden, wenn man nicht daran denkt. Deshalb hat der Dichter Gottfried Benn den bösen Spruch geprägt: »Dumm sein und Arbeit haben, das ist das Glück.«

17. Glück durch Dummheit?

Wenn man sich unser gegenwärtiges Leben anschaut, dann möchte man Benn zustimmen. Die Menschen lenken sich – oder werden abgelenkt – durch eine unvernünftige Geschäftigkeit im Beruf wie in der Freizeit vom Leben ab und suchen ihr Glück fast ausschließlich im Konsum, sie müssen ganz viele Dinge haben und hoffen, jemand zu sein, wenn sie Jeans (und anderes) einer bestimmten »Nobelmarke« tragen. Doch: wenn sie mehr im Kopf hätten, bräuchten sie weniger in ihre Hosen zu investieren.

Die Philosophen, sowohl die Existenzphilosophen wie die Kulturkritiker unter den Philosophen haben dieses Problem gesehen und ausführlich unter dem Stichwort »Entfremdung« abgehandelt. »Entfremdung« soll heißen: Der Mensch hat sich seinem Wesen, seiner Bestimmung, entfremdet und sucht sein Glück in der falschen Richtung, in falschen Lebensentwürfen.

Doch was ist denn die Bestimmung des Menschen? Wir sind wieder bei der Grundfrage des vorliegenden Kapitels. Und wir hatten gesehen: Wenn die Bestimmung des Menschen nicht von außen – etwa durch Gott oder die Natur – vorgegeben ist, dann muß der Mensch sie sich suchen.

Den Menschen darüber aufzuklären, was es mit seiner Existenz auf sich hat, das war auch das Anliegen der Existenzphilosophie. Und was folgt aus der Analyse der menschlichen Existenz in ihrer Verletzlichkeit durch das Schicksal? Die Philosophen des 20. Jahrhunderts haben im Prinzip keine besseren Antworten gefunden als die antiken Philosophen, aber sie haben die Tragik des menschlichen Loses höchst wortreich beschrieben und unermüdlich herausgestellt, wie heroisch der Mensch sich verhält, wenn er angesichts der festgestellten Sinnlosigkeit der Welt seinem Leben einen Sinn gibt, den er vor sich und den Mitmenschen rechtfertigen kann.

VIII Die Suche nach der richtigen Gesellschaftsordnung

Damit sind wir bei dem letzten Problem, das uns beschäftigen soll, der Frage, wie der Mensch sein Handeln in der Welt begründen kann, wenn er sich dabei nicht auf eine vorgegebene moralische Weltordnung berufen kann. Mit dieser Frage beschäftigt sich die Praktische Philosophie, und diese Frage ist viel wichtiger als die Frage nach den Grenzen unserer Welterkenntnis, denn sie betrifft unser friedliches oder unfriedliches Zusammenleben als Menschen.

In der Gegenwart glauben viele Menschen, gerade diese Frage nach den Regeln des menschlichen Zusammenlebens lasse sich nicht zufriedenstellend beantworten, im Unterschied zu den Fragen, die sich die Wissenschaften stellen.

Als Beweis führt man die Geschichte an. Tatsächlich können wir aus der Geschichte lernen, daß die Menschen in ihrer bisherigen Geschichte sich immer wieder bekämpft und umgebracht haben. Ganz besonders intensiv haben sie das in unserem Jahrhundert getan, und sie haben sich aus den unterschiedlichsten Gründen vernichtet. Gerade haben wir im Jahr 1989 ein weltgeschichtliches Ereignis erlebt, das Ende einer vierzigjährigen Spaltung Europas in zwei einander bekämpfende politische Lager. Die beiden Gegner waren auf der einen Seite die sogenannte bürgerlich liberale Gesellschaft, die Eigentum des einzelnen und freien Markt auf ihre Fahnen geschrieben hatte, und auf der anderen Seite die kommunistische Gesellschaft, die den Menschen ein freies und glückliches Leben in einer anderen Wirtschafts- und Eigentumsordnung versprochen hatte. Diese beiden Systeme bekämpften und bedrohten sich gegenseitig mit einem Krieg, der der letzte auf der Erde gewesen wäre, wenn er ausgebrochen wäre. Aber da die Waffen, die man eingesetzt hätte, alles Leben vernichtet hätten, haben beide Seiten diesen Krieg nicht zu führen gewagt, und somit ist aus der Drohung mit dem apokalyptischen Krieg, der den Weltuntergang bedeutet hätte, ein relativ stabiler Friede entstanden.

Nachdem der große, nur als Drohung existierende Krieg beendet ist – nach dem Zusammenbruch der kommunistischen Systeme in Europa –, entstehen plötzlich neue Kriege, Bürgerkriege, die uns rat- und hilflos machen.

Blicken wir zurück auf den Zweiten Weltkrieg und das »Tausendjährige Reich«, so nehmen wir Verbrechen wahr, den organisierten Völkermord, die es in dieser Konsequenz in der gesamten vorangegangenen Weltgeschichte noch nicht gegeben hatte. Gehen wir beliebig zurück in der Weltgeschichte, immer werden wir auf Kampf und Krieg stoßen. *Polemos pater panton* (»Der Krieg ist der Vater aller Dinge«), hat der antike Philosoph Heraklit gesagt, und er meinte damit nicht nur die Kriege der Menschen, sondern er wollte damit das Prinzip kennzeichnen, nach dem alles in der Welt abläuft. Das Weltgeschehen entsteht durch das Zusammen- bzw. Gegeneinanderwirken unterschiedlicher Kräfte. Das ist eine Vorstellung, über die wir bereits ausführlich gesprochen haben.

Aber was ist die Rolle des Menschen in diesem Weltkampf? Fügt er sich in seinen Handlungen in dieses Prinzip ein oder hat er andere Wünsche?

1. Woher stammt das sittliche Bewußtsein der Menschen?

Am besten fangen wir wieder mit den alten Mythen an, denn in ihnen finden wir kluge Gedanken der Menschen über sich selbst. In der Erzählung vom Paradies ist es die Schlange, die Eva nötigt, von der verbotenen Frucht zu essen, mit dem Hinweis, dann würden die Menschen wie Gott, sie erwürben die Erkenntnis des Guten und Bösen. Adam und Eva essen den Apfel, und in der Tat, sie erwerben die Erkenntnis von Gut und Böse, denn sofort wird ihnen bewußt, daß sie ein Gebot Gottes übertreten haben, und sie fühlen sich schuldig.

Was steckt in dieser Geschichte an menschlicher Selbsterkenntnis? Das Wissen darum, daß der Mensch in allen seinen Handlungen immer im Spannungsfeld zwischen dem steht, was er gerne tun möchte, weil es für ihn vorteilhaft ist, und dem, was er tun sollte, weil es moralisch geboten ist. Es ist also immer für jeden einzelnen Menschen ein Konflikt möglich zwischen seinem Eigennutz und der sittlichen Ordnung, die ihm Vorschriften macht, die ihm bestimmte Handlungen verbietet. Woher stammt diese sittliche Ordnung?

2. Die Entstehung der Moral nach Kritias

Eine sehr kluge Antwort hat der antike Philosoph Kritias gegeben, ein Verwandter Platons. Von ihm ist folgender Text überliefert:

> Es gab einmal eine Zeit, da war das Leben der Menschen jeder Ordnung bar, ähnlich dem der Raubtiere, und es herrschte die rohe Gewalt. Damals wurden die Guten nicht belohnt und die Bösen nicht bestraft. Und da scheinen mir die Menschen sich Gesetze als Zuchtmeister gegeben zu haben, auf daß das Recht in gleicher Weise über alle herrsche und den Frevel niederhalte. Wenn jemand ein Verbrechen beging, so wurde er nun gestraft. Als so die Gesetze hinderten, daß man offen Gewalttat verübte, und daher nur insgeheim gefrevelt wurde, da scheint mir zuerst ein schlauer und kluger Kopf die Furcht vor den Göttern für die Menschen erfunden zu haben, damit die Übeltäter sich fürchteten, auch wenn sie insgeheim etwas Böses täten oder sagten oder (auch nur) dachten. – Er führte daher den Gottesglauben ein:
> Es gibt einen Gott, der ewig lebt, voll Kraft, der mit dem Geiste sieht und hört und übermenschliche Einsicht hat; der hat eine göttliche Natur und achtet auf dies alles. Der hört alles, was unter den Menschen gesprochen wird, und alles, was sie tun, kann er sehen. Und wenn du schweigend etwas Schlimmes sinnst, so bleibt es doch den Göttern nicht verborgen. Denn sie besitzen eine übermenschliche Erkenntnis.
> Mit solchen Reden führte er die schlaueste aller Lehren ein, indem er die Wahrheit mit trügerischem Worte verhüllte. Die Götter, sagte er, sie wohnen dort, wo es die Menschen am meisten erschrecken mußte, von wo, wie er wußte, die Angst zu den Menschen hernieder-

kommt wie auch der Segen für ihr armseliges Leben: aus der Höhe da droben, wo er die Blitze zucken sah und des Donners grauses Krachen hörte, da, wo des Himmels gestirntes Gewölbe ist, das herrliche Kunstwerk der Zeit, der klugen Künstlerin, von wo der strahlende Ball des Tagesgestirns seinen Weg nimmt und feuchtes Naß zur Erde herniederströmt. Mit Ängsten solcher Art schreckte er die Menschen und wies so passend und wohlbedacht der Gottheit an geziemender Stätte ihren Wohnsitz an und tilgte den ungesetzlichen Sinn durch die Gesetze.

Wir müssen uns nicht darüber den Kopf zerbrechen, ob die Menschen in einem Urzustand wirklich total gesetzlos – »wie die Raubtiere« – gelebt haben. Sicher war es nicht so, im übrigen leben auch die Raubtiere nach Regeln. Was den Text bemerkenswert macht, ist folgende Überlegung: Wenn alle Menschen völlig egoistisch miteinander umgingen, jeder mit Gewalt seine Wünsche durchsetzte, dann könnte es kein Zusammenleben der Menschen geben. Statt dessen herrschten Mord und Totschlag. Der Mensch muß sich daher ganz bewußt Gesetze geben. Er muß sich die Handlungsmöglichkeiten verbieten, die ein friedliches Zusammenleben unmöglich machen. Er muß also seinen Mitmenschen respektieren als jemanden, dem die gleichen Rechte zustehen, die er sich selbst zubilligt. Also muß man das Leben der anderen achten, ihren Besitz und ihre Interessen. Man muß einen Ausgleich der Interessen herstellen. Dann kann eine Gemeinschaft funktionieren, und zwar eine Gemeinschaft, die über die Größe einer Familie oder einer Horde hinausreicht.

Das sind nämlich Gemeinschaften, in denen alle Mitglieder miteinander verwandt sind und sich intensiv kennen. In solchen Horden bilden sich Umgangsweisen und Rangordnungen, die auf Sympathie, Freundschaft, Mutter-Kind-Beziehungen usw. beruhen. In kleinen überschaubaren Gruppen können Tiere, die uns nahe verwandt sind, wie etwa die Affen, und Menschen friedlich miteinander leben, weil sie ein starkes Zusammengehörigkeitsgefühl besitzen als eine Großfamilie, aber damit ist kein Staat zu machen. In der philosophischen Diskussion nennt man diese Regeln des Zusammenlebens in solchen kleinen Gruppen »Verwandtschaftsethik«. Wenn man aber eine Gemeinschaft anstrebt, die über die Größe eines Familienclans hinausreichen soll, dann genügen solche Regeln und Verwandtschaftsbeziehungen nicht mehr, denn dann hat man es mit Fremden zu tun. Das Leben in einer Horde bedeutet auch, daß es Nichtmitglieder der Horde gibt. Denen gegenüber verhält man sich anders. Man empfindet sie als Konkurrenten oder Feinde und wehrt sie ab, vertreibt sie, tötet sie sogar, wie wir das aus der Beobachtung von Menschenaffen inzwischen festgestellt haben. Daß wir Menschen das können, wußten wir ja schon immer.

Man muß also die Verwandtschaftsethik überwinden und durch eine allumfassende, »universalistische« Ethik ersetzen. An die Stelle der kleinen Gruppe, in der man lebt, tritt in einer universalistischen Ethik die ganze Menschheit.

Wenden wir uns dem Text von Kritias wieder zu. Er spricht von den Menschen insgesamt, d. h., er will dieses Problem beschreiben, das für die Menschen besteht im Hinblick auf ihr Verhalten beliebigen anderen Menschen gegenüber, mit denen sie nichts verbindet, z. B. keine

Freundschaft. Die Gesetze, die die Menschen sich geben, regeln das Verhalten des einzelnen jedem beliebigen anderen gegenüber. Wenn wir uns die zehn Gebote der alten Hebräer anschauen und die drei wichtigsten Verbote: Lügen, Stehlen, Töten, betrachten, so erkennen wir: Es geht darum, den anderen, wer er auch sei, zu achten, ihn nicht zu verletzen, geschweige denn zu töten. Wenn alle Menschen diese Gesetze befolgen, dann können sie friedlich miteinander leben.

Es ist also ganz einfach anzugeben, was die Menschen als das Gute angesehen haben: Die Befolgung der schlichten Regel, daß man die anderen so behandeln soll, wie man selbst behandelt werden möchte. Es gilt also nicht das Recht des Stärkeren, es gibt keine Rangordnung unter den Menschen mit unterschiedlichen *Vorrechten*, die sich in Rangordnungskämpfen herausbilden, sondern die Gebote gelten für alle in gleichem Maße. »Du sollst nicht begehren deines Nächsten Hab und Gut«, heißt es, und der Nächste ist der, der zufällig mein Nachbar ist, Verwandter, Freund, Fremder, Reicher oder Armer, Mann oder Frau. Er ist Mensch, und deshalb hat er Anspruch auf eine entsprechende Behandlung.

Nun ist es leicht zu sagen: Das ist ja schön und gut, aber die Menschen handeln doch zumeist gar nicht so altruistisch, d. h. auf den andern Rücksicht nehmend, wie die Gebote es fordern, sondern im wesentlichen egoistisch.

Das ist, was das Verhalten der Menschen anlangt, richtig beobachtet, aber: Gebote sind keine Theorien über das Verhalten, sondern sie sind Anweisungen zum richtigen, d. h. guten Handeln. Das Gebot »Du sollst nicht töten« gilt auch dann, wenn die Menschen, z. B. im Bürgerkrieg, sich plötzlich gegenseitig umbringen. Nicht das Gebot ist damit falsch und widerlegt, sondern die Menschen handeln falsch.

3. Die Funktion des Götterglaubens nach Kritias

Zurück zu Kritias! Das Recht soll in gleicher Weise über alle herrschen, das ist der Sinn der Gesetze, aber die Menschen sind zumeist doch Egoisten, also handeln sie heimlich gegen die Gesetze, die sie öffentlich anerkennen. Das ist offensichtlich eine Schwäche der menschlichen Natur, daß das erkannte Gute im Handeln des einzelnen dem Egoismus weichen muß. Also übertritt man die Gesetze heimlich. Da aber, so Kritias, hat ein kluger Kopf die Religion erfunden, die Furcht vor den Göttern. Das bedeutet, der kluge Kopf hat behauptet, die sittliche Ordnung, die die Menschen sich gegeben haben, sei in Wirklichkeit Wille der Götter, sei also die sittliche *Welt*ordnung, wer also gegen die Gesetze verstoße, verstoße gegen die Weltordnung und werde bestraft werden, da man den allgegenwärtigen Göttern nichts verheimlichen könne.

Damit hat Kritias der Religion und den Göttern eine wichtige innerweltliche Funktion zugeschrieben: die egoistischen Menschen unter Androhung von Strafe zum Guten zu zwingen. Dieses Argument ist von vielen Denkern vertreten worden: Religion sei nötig, um die Menschen vom Bösen abzuhalten. In der frühen Neuzeit hat der französische Philosoph Pascal die berühmte »Pascalsche Wette« formuliert, er gab den Egoisten zu bedenken, daß sie nicht vorschnell Atheisten sein sollten, denn wenn es Gott gäbe und sie folglich bestraft würden, dann hätten sie um kleiner Vorteile im Diesseits willen die ewige Verdammnis als größtmöglichen Verlust gewählt, und das sei ein schlechtes Geschäft.

Als es in der Zeit der Aufklärung, im 18. Jahrhundert, um die Toleranz und die Freiheit des Bekenntnisses ging, waren die Atheisten als Gottlose zunächst von der Freiheit ausgenommen, weil man fürchtete, sie könnten keine guten Menschen sein, weil sie nicht an eine sittliche Weltordnung glaubten.

Erst als die Menschen an Gott irre wurden – so hat Voltaire, auf den der Satz zurückgeht »Wenn es Gott nicht gäbe, dann müßte man ihn erfinden«, nach dem schrecklichen Erdbeben von Lissabon von 1755 an Gott zu zweifeln begonnen –, da haben sie den Atheismus vom Vorwurf der Gesetzlosigkeit freisprechen müssen. Wir haben bereits ausführlich dieses Thema behandelt, deshalb mag das genügen.

Kritias hat offensichtlich mit seinem knappen Text etwas sehr Richtiges gesagt: In der Antike erhalten eine Reihe von Gesetzgebern die Gesetze von ihren jeweiligen Göttern.

4. Wie begründen die Menschen ihre Gesetze?

Aber kehren wir zur philosophischen Frage nach dem Guten zurück. Die Menschen geben sich Gesetze, um ihr Zusammenleben regeln zu können. Die Gesetze haben also einen Sinn. Ihre Befolgung soll zu einem Zustand der menschlichen Gemeinschaft führen, der friedlich ist, in dem jeder zu seinem Recht kommt usw.

Die Gesetze sind gut, wenn ihre Befolgung zu einem guten Ergebnis für die Menschen führt. Wenn die Menschen mal die Wahrheit sagten, mal aber lögen, dann könnte kein Mensch mehr den Worten seines Mitmenschen trauen. Also: Du sollst nicht lügen! Aber wenn ein todkranker Mensch mich flehentlich bittet, ihm zu bestätigen, daß er wieder gesund wird, tue ich ihm etwas Gutes, wenn ich ihm die vernichtende Wahrheit sage: »Nein, mein Freund, du mußt sterben«? Darf oder muß ich um der Wahrheit willen einem Verzweifelten die Hoffnung nehmen? Wenn ich einen Menschen nur dadurch vor dem Verhungern bewahren kann, daß ich den Besitz eines anderen antaste, was bedeutet dann das Gebot: Du sollst nicht stehlen? Und schließlich, wenn nur ich in der Lage bin, das Leben einer Vielzahl von Menschen zu retten, indem ich einen Tyrannen umbringe, z. B. Adolf Hitler töte, wie verhalte ich mich zu dem Gebot: Du sollst nicht töten?

Es gibt offensichtlich Situationen, in denen die unbedingte Befolgung von Geboten zu Folgen führt, die wir nicht gutheißen können. Wir geraten also in einen Konflikt und müssen uns die Frage stellen: Gelten die moralischen Gebote unbedingt? Oder gibt es Situationen, in denen wir uns über diese unbedingten Pflichten hinwegsetzen dürfen oder gar müssen?

Über diese Frage ist ein philosophischer Streit entbrannt, der bis in die Gegenwart geführt wurde.

5. Deontologen gegen Teleologen

Auf der einen Seite standen die sogenannten Deontologen, die Vertreter einer Pflichtenethik, auf der anderen Seite die Teleologen, die nach den Folgen der Gebote und Regeln fragten. Die reinen Deontologen gingen davon aus, daß alle Pflichten absolute Pflichten seien, die keine Ausnahmen zuließen.

Kant, sonst ein kluger Philosoph, hat als Deontologe ein haarsträubendes Beispiel vorgeführt: Wenn zu mir ein von einem Mörder Verfolgter kommt und mich bittet, ihn zu verstecken und den Mörder durch eine falsche Auskunft in die Irre zu führen, dann muß ich ihn abweisen, weil ich nicht lügen darf. Zu dieser Haltung gibt es einen lateinischen Ausspruch: *Fiat iustitia, pereat mundus* (»Gerechtigkeit muß sein, mag darüber auch die Welt zugrunde gehen«).

Was kann man dem Deontologen vorwerfen? Er weigert sich, eine Rangfolge der Gebote und Pflichten aufzustellen. Die Folgen seiner Handlungen sind ihm gleichgültig. Er glaubt, gerechtfertigt zu sein, wenn er alle Pflichten buchstabengetreu erfüllt. Die lautere Gesinnung ist ihm der einzige Maßstab seines Handelns. Deshalb bezeichnet man solche Personen auch als Gesinnungsethiker. Der Gesinnungsethiker macht es sich aber zu einfach. Er glaubt, mit seinem Pflichtenheft unter dem Arm käme er unbehelligt durchs Leben. Aber er übersieht oder will nicht sehen, daß er mit seinem guten Gewissen die größten Katastrophen hervorrufen kann.

Die Teleologen haben anders argumentiert. Sie haben richtig erkannt, daß die Gebote das Ziel haben, einen lebenswerten Zustand des Zusammenlebens der Menschen zu ermöglichen. Sie haben deshalb die Handlungen der Menschen nach den Folgen beurteilt und sind zu dem Schluß gelangt: Eine Handlung ist dann erlaubt, wenn ihre Folgen gut sind. Nun hat jede Handlung eine Reihe von Folgen. Zunächst einmal die Folgen für den Handelnden selbst. Das sind die von ihm beabsichtigten Folgen, sonst würde er ja die Handlung gar nicht ausführen. Diese Folgen sind als beabsichtigte Folgen zumeist gute Folgen. Jeder Mensch ist gern gut zu sich. Wir kennen alle diese stehende Redensart: Und dann hab ich mir etwas Gutes getan / dann war ich gut zu mir.

Aber die Handlungen eines Menschen haben auch Folgen für die Mitmenschen. Ob man die Handlung als »gut« oder »schlecht« bezeichnen muß, ist abhängig von den Folgen für die Mitmenschen. Wenn ein Egoist behauptete, er sei immerhin zu einem Menschen gut, nämlich zu sich selber, dann würden wir ihm zustimmen und sagen, das sei ja gerade die Definition des Egoisten, nur an sich selbst zu denken. Es komme aber darauf an, in seinen Handlungen an die anderen zu denken, also altruistisch zu handeln, das ist die Definition einer guten Handlung.

Wer sich also den Besitz eines anderen aneignet, der hat sich etwas Gutes getan, einen Vorteil verschafft, den er sogar exakt messen kann, nämlich den Wert des Besitzes, aber dem anderen hat er ebensoviel Schaden zugefügt.

Diese Vorstellung, Nutzen und Schaden einer Handlung für alle von ihr Betroffenen gegeneinander aufzurechnen, um sie beurteilen zu können, ist unter dem Namen Utilitarismus bekannt (lat. *utilis* ›nützlich‹). Die Utilitaristen haben eine Formel als Richtschnur des

Handelns entwickelt, die auf den ersten Blick einleuchtet. Es geht um »das größtmögliche Glück der größtmöglichen Zahl«.

Jetzt muß man nur noch die Glücks-Unglücks-Bilanz jedes einzelnen berechnen, alles zusammenrechnen und schauen, was dabei herauskommt. Das tut auch jeder kluge Kaufmann. Er rechnet seine Ausgaben gegen seine Einnahmen und schaut, ob von seinen Einnahmen etwas übrigbleibt. Je mehr er als Profit erzielt, um so klüger hat er gehandelt. Gerät er dagegen ins Minus – die Ausgaben sind höher als die Einnahmen –, schreibt er also rote Zahlen (Rot ist ja eine Warnfarbe), dann »handelt« er unvernünftig.

Die Utilitaristen sind sozusagen »Buchhalter des Glücks« geworden. Daraus hat sich in der Gegenwart eine höchst beeindruckende philosophische Versicherungsmathematik entwickelt.

6. Wie berechnet man das Glück?

Den Grundstein dazu hat der englische Philosoph Jeremy Bentham vor etwa 200 Jahren gelegt, indem er einen Glücks-Kalkül oder »hedonistischen Kalkül« entwickelte. Seine Vorstellung ging dahin, man müsse das durch eine Handlung beabsichtigte Glück mathematisch berechnen können. Dazu muß man sich etwas einfallen lassen, man muß z. B. einen über längere Zeit andauernden bescheidenen Glückszustand vergleichen mit einem kurzen aber intensiven Glückszustand, man muß sich fragen, welche weiteren Folgen zu erwarten sind, z. B. muß man den Kater nach dem Alkoholrausch bedenken.

Man muß die Nähe oder Ferne des beabsichtigten Glückszustandes sowie die Sicherheit oder Unsicherheit berücksichtigen, mit der das Erwartete auch eintritt.

So müßte sich für jeden von einer Handlung Betroffenen seine ganz persönliche Nutzen-Schaden-Bilanz aufstellen lassen, denn die Geschmäcker sind durchaus verschieden: Der eine möchte die Welt erobern, der andere vor seinem Faß in der Sonne sitzen und von dem Welteroberer nicht gestört werden.

Bentham hat keine Rangordnung der Freuden aufgestellt, sondern es dem einzelnen überlassen, seine ganz persönlichen Wertungen einzubringen. Auf diese Weise kann man endlich Äpfel mit Birnen vergleichen – was angeblich unmöglich ist, sonst würden Politiker es sich nicht ständig vorwerfen –; man kann aber auch behaupten, wie es die Werbung tut, ein bestimmter Fruchtjoghurt sei so gut wie ein kleines Steak, und man könnte sogar noch weiter gehen und den Wert einer Beethoven-Sinfonie in Steakeinheiten ausdrücken. Dem ebenfalls englischen Philosophen John Stuart Mill war diese Unterschiedslosigkeit zuwider, deshalb setzte er fest, die Genüsse des Leibes seien niedriger einzustufen als die geistigen Freuden. »Lieber ein unglücklicher Sokrates als ein glückliches Schwein«, so hat er formuliert. Wenn er gewußt hätte, wie unglücklich in unserer Zeit die Schweine, die Kühe, die Hühner, kurzum alle Tiere, die wir gnadenlos ausbeuten, geworden sind, er hätte einen Vergleich zwischen Menschentypen gewählt. Gefruchtet hat sein Appell wenig. Zunächst denken die Menschen in der Reihenfolge Essen, Kleiden, Wohnen, Reisen an ihre leiblichen Bedürfnisse, erst dann kommen Bildung und Kultur.

Aber kehren wir zur Formel vom »größtmöglichen Glück der größtmöglichen Zahl« zurück, der Maxime der Utilitaristen. Lenken wir unsere Aufmerksamkeit noch einmal auf den Gott von Leibniz zurück. Wir können ihn nun bezeichnen als das, was er ist. Leibniz' Gott ist Utilitarist, ein heilloser Rechner, der, um einen Überschuß an Glück zu erzielen, Unglück in Kauf nimmt, das dem Glück fast die Waage halten kann. Aus diesem Grund hatten die Philosophen sich von ihm losgesagt. Wenn wir als Menschen – und wir bilden uns ja nicht ein, vollkommen wie Gott zu sein – als Utilitaristen handeln, dann müssen wir uns natürlich fragen, wie hart *wir* dann rechnen wollen.

Für den Utilitaristen und für jeden klugen Menschen ist es kein Problem anzuerkennen, daß man, wenn man damit ein Menschenleben bewahren kann, selbstverständlich lügen darf (oder könnte man dazu sogar verpflichtet sein?), denn das Leben eines Menschen stellt zweifellos ein höheres Gut dar, als die Maxime des die Wahrheit-Sagens. Ebenso würden wir es rechtfertigen, wenn jemand gegen die Eigentumsordnung verstößt, um einen Menschen zu retten. Wie steht es aber mit der Aufrechnung von Menschenleben gegeneinander? Dürfte man neunundneunzig Menschen opfern, um hundert zu retten? Im normalen Leben tauchen solche Situationen nicht auf, aber im Krieg z. B. und sicher auch bei Katastrophenfällen. Die Methode des Rechnens führt auch hier zu einem klaren Ergebnis, aber es stellt uns in unserem Empfinden für das Gute nicht zufrieden. Wir können eine Welt, die zu 49% aus Übel und zu 51% aus Glück besteht, nicht als große Schöpfung loben, und ebenso beurteilen wir unsere Handlungen. Daß Glück auf der einen Seite durch Leid auf der anderen Seite erkauft werden sollte, erscheint uns nicht als gutes Prinzip, sondern als ein Kompromiß, dem zufolge man aus dem Schlechten noch das Beste machen sollte.

Allerdings handeln die Menschen in der Gesellschaft und ganze Gesellschaften sowie Regierungen fast immer utilitaristisch. Dazu einige Beispiele: Alle Menschen sind entsetzt über die Greuel des Bürgerkriegs auf dem Balkan und wünschen, daß die Vereinten Nationen eingreifen. Die Menschen haben Mitleid mit den Opfern und fordern energische Maßnahmen, um Frieden und Humanität wieder herzustellen. Die Politiker dagegen berechnen die Kosten eines solchen Einsatzes und kommen zu dem Ergebnis, daß das Friedenstiften ihnen zu teuer und auch zu gefährlich ist. Also verfolgen sie eine halbherzige Politik, sie lavieren hin und her, versuchen, ein bißchen human zu sein – aber eben kostenbewußt. Das fällt ihnen um so leichter, als diejenigen Menschen, die im Bürgerkrieg sterben, Bürger eines fremden Staates sind.

Ein anderes Beispiel: Regierungen in den modernen Staaten haben eine Menge von Aufgaben zu bewältigen, die Geld kosten. Dieses Geld besorgen sie sich über Steuern. Ein großer Teil der Ausgaben fließt in die Sozialpolitik, in die Unterstützung der Armen, in heutiger gängiger Sprache: der sozial Schwachen.

Nun kann eine Regierung sich die Frage stellen, ob das Geld bei den Armen sinnvoll angelegt ist. Denn was tun die Armen? Sie brauchen das Geld, um ihren Lebensunterhalt besser bestreiten zu können, also verbrauchen sie es. Aber wenn man nun das Geld den Reichen gibt. Werden die mehr verbrauchen? Nein! Sie werden das Geld irgendwie arbeiten lassen, d. h. in Wertpapieren anlegen oder in ihre Fabrik stecken. Damit kurbeln sie die Wirtschaft an, und zwar stärker als die Armen.

Es kann also folgendes Paradox entstehen: Eine Gesellschaft kann insgesamt reicher werden, wenn man in ihr die Ungleichheit der Menschen erhöht.

Das widerspricht unseren Vorstellungen von Gerechtigkeit. Aber die gutgemeinte Formel vom größtmöglichen Glück der größtmöglichen Zahl läßt die Deutung zu, weil bei der Aufrechnung von Nutzen und Schaden nur das Endergebnis interessiert, nicht die Verteilung auf die einzelnen Mitglieder der Gesellschaft.

Diese Rechnerei kann man natürlich beliebig weitertreiben. Bekannt ist inzwischen das berühmte Beispiel des überfüllten Rettungsbootes. Einer der Insassen muß es verlassen und sich dem sicheren Tod überantworten, damit die anderen überleben können. Und nun beginnt die Rechnerei, welchen der Insassen man über Bord werfen soll: den jungen Menschen, der noch viel Leben vor sich hat; den Alten, der nur noch wenig zu erwarten hat; die junge Mutter mit Kind, den Clochard oder den Nobelpreisträger?

Da das Leid für jeden, den es trifft, das gleiche ist, nämlich der Verlust seines Lebens, muß man irgendwie den Wert der Einzelnen in Hinsicht auf die Gesamtheit der Bootsinsassen bestimmen. Der Clochard und der Alte haben dann schlechte Karten, gut steht die junge Mutter mit Kind da, auch der junge Mann. Und was macht man mit dem Nobelpreisträger? Der hat doch schon geforscht, was kann man von dem noch erwarten? Sehr viel! Die Statistik hat bewiesen, daß es viel leichter ist, wenn man Nobelpreisträger ist, einen weiteren Nobelpreis zu erwerben, als den ersten Nobelpreis zu erlangen. Also auf keinen Fall Nobelpreisträger über Bord werfen!

Aber etwas ist an dieser Rechnerei unangenehm: Da wird unter Nützlichkeitsgesichtspunkten über Menschen geurteilt, und der Nutzloseste wird aus dem Boot geworfen. Wenn ich mit Studenten dieses Problem von *life-boat-ethics* besprochen habe, dann waren nur wenige für die Rechnerei, die meisten zogen es vor, das Los entscheiden zu lassen und damit den Zufall oder das Schicksal oder Gott. Der Vorteil dieses Verfahrens? Man muß nicht über Wert oder Unwert eines Menschen befinden! Einmal habe ich eine ungewöhnliche Antwort erhalten mit der Frage: »Und wenn sich jemand freiwillig für die anderen opfert?« Das klingt ganz fremd und antiquiert in den Ohren des postmodernen Konsummenschen, aber das waren ja auch Studenten in Magdeburg, die waren noch im Sozialismus aufgewachsen und sollten nun die bürgerliche individualistische Wertordnung kennenlernen.

Diese Beispiele dürften genügen, um die Schwächen der utilitaristischen Formel zu zeigen. Das Problem der Gerechtigkeit kann mit dieser Formel nicht gelöst werden.

7. Kritik und Synthese

Nun haben wir also zwei *reine* Verhaltensmaximen, die einander auszuschließen scheinen: die deontologische Ethik, die Vorstellung von den absoluten Pflichten, die zu erfüllen sind, egal, welche Folgen daraus erwachsen, und die utilitaristische (teleologische) Ethik, die vor lauter kluger Berechnung die Gerechtigkeit und damit das Gute verfehlt. Wir müssen versuchen, aus den beiden unterschiedlichen Konzepten etwas Vernünftiges zu machen. Wir suchen also eine Synthese. Den Gesinnungsethiker müssen wir zwingen, die Folgen seines Handelns *auch* zu bedenken, und dem Utilitaristen müssen wir klarmachen, daß das Rechnen an Grenzen stößt. Es gibt Werte, z.B. das Leben eines Menschen, die nicht für das Rechnen zur Verfügung stehen dürfen. Und wir dürfen niemandem das Lebensnotwendige nehmen, weil wir berechnet haben, daß wir damit an anderer Stelle einen großen Gewinn machen können, der statistisch gesehen die Gesellschaft insgesamt reicher werden läßt.

Als Ergebnis können wir folgendes festhalten: Die Regeln, auf deren strikter Einhaltung der Deontologe pocht, sind nicht willkürlich gegeben, sondern sie haben einen Sinn, nämlich das Verhalten der Menschen nach dem Prinzip der Achtung vor dem Mitmenschen zu regeln. Deshalb muß man die Regeln befolgen. Es gibt aber Situationen, da muß man sich die Frage stellen, ob die buchstabengetreue Befolgung zu verantworten ist. In der Diktatur unter Hitler haben einige der Offiziere, die auf Hitler vereidigt waren, sich die Frage gestellt, ob sie diesen Gefolgschaftseid brechen dürfen oder ob sie dem Eid getreu alle schlimmen Anweisungen des Tyrannen ausführen müßten. Sie haben sich für das Attentat entschieden und damit das moralisch Richtige getan.

Die einfache Maxime, daß wir die anderen Menschen so ehrerbietig und würdig behandeln sollen, wie wir selbst behandelt zu werden wünschen, ist eindeutig. Aus ihr lassen sich Regeln ableiten, die ebenfalls relativ einfach sind. Die alten Hebräer kamen ursprünglich mit zehn Geboten aus. Aber unser Leben ist so vielfältig, es gibt so viele unterschiedliche Situationen, daß unser Regelwerk, wenn es schriftlich niedergelegt wird, sehr schnell anschwillt. Es spricht allerdings für die Eindeutigkeit der »Idee des Guten«, wie man diese Maxime auch nennen kann, daß die Menschen sich auf die Straße trauen und miteinander friedlichen Umgang pflegen, ohne vorher alle Gesetze gelesen zu haben, die in einer Gesellschaft als kodifiziertes, d. h. niedergeschriebenes Recht gelten.

Das Prinzip des Altruismus ist einfach und allgemein verständlich und anwendbar, trotzdem scheint – ich habe bereits davon gesprochen – sich in Geschichte und Gegenwart zu zeigen, daß das Gegenteil geschieht: Die Menschen gehören unterschiedlichen Gesellschaftskonzeptionen an, d. h., sie halten völlig unterschiedliche Ideen einer guten Gesellschaft für richtig und bekämpfen sich bis aufs Messer.

Wenn das Gute so einfach zu erkennen ist, wieso handeln dann die Menschen nicht entsprechend? Um das zu erklären, bedarf es eines Abrisses der Geschichte unserer Bemühungen um die richtige Gesellschaftsform. Ich beschränke mich dabei wieder auf unsere abendländische Tradition. Bereits in der Antike haben sich Philosophen darüber Gedanken gemacht, wie die Menschen friedlich in einer Gemeinschaft zusammenleben können, in der Gerechtigkeit herrscht.

8. Die Idee des besten Staates

Platon hat zwei umfangreiche Werke über die beste Staatsform verfaßt. In seinem ersten, betitelt *Politeia* (*Der Staat*), hatte er sich vorgenommen, den bestmöglichen Staat zu beschreiben. Das erschien ihm wichtig angesichts der Wirrnisse seiner Zeit. Denn die griechischen Staaten führten gegeneinander Krieg, den sogenannten Peloponnesischen Krieg zwischen Athen und Sparta und ihren jeweiligen Verbündeten, der mit Unterbrechungen dreißig Jahre dauerte und mit der Niederlage Athens endete.

Als Ursache für Kriege erkannte Platon die Habsucht der Menschen und der Staaten – wir würden modern von Imperialismus sprechen.

Platon kam daher zu dem Schluß, der beste Staat sei ein selbstgenügsamer Staat, eine Gesellschaft also, deren Mitglieder nicht immer reicher werden wollen, sondern zufrieden sind mit einem gleichbleibenden Zustand zwischen arm und reich. Eine solche Gesellschaft weckt nicht die Gier der Nachbarn. Außerdem dachte sich Platon dieses Staatswesen sehr wehrhaft. Entsprechend dem Seelenvermögen des Menschen – Weisheit, Tapferkeit und Begierde – sollte die Gesellschaft in drei Klassen eingeteilt werden. Über den Handwerkern und Bauern rangierten die Wächter, eine militärische Elite, deren Mitglieder in Ausscheidungswettkämpfen ermittelt wurden. Diese Krieger sollten kein Privateigentum besitzen, alles zum Leben Notwendige wird ihnen von der Gemeinschaft zur Verfügung gestellt. An der Spitze des Staates steht der Beste, der Weiseste, der Philosophenkönig.

Das Prinzip dieses Staatswesens ist folgendes: Alle sollen nicht für sich persönlich, sondern für den Staat arbeiten. Der Staat gibt ihnen dann ihren Anteil. Alle sind Diener des Staates, auch der Herrscher. Es gibt keinen Eigennutz, vielmehr werden alle auf diesen Staat hin erzogen, der sogar noch festlegt, wer wen heiraten darf und wie viele Nachkommen gezeugt werden dürfen, nämlich nur so viele, daß die Bevölkerungszahl konstant bleibt. Da die Rollen, die die Menschen in diesem Staat übernehmen müssen, von ihren Begabungen abhängen, muß man versuchen, die von der Natur willkürlich verteilten Eigenschaften zu optimieren: Krieger dürfen nur mit Kriegerinnen Nachkommen haben, damit die gewünschten Fähigkeiten sich vererben und – wie bei der Tierzucht auch – sich verstärken.

Nun war Platon einsichtig genug zu erkennen, daß auf die Dauerhaftigkeit eines anerzogenen absoluten Altruismus kein Verlaß ist. Am Ende der *Politeia* beschreibt er, warum dieser beste Staat nicht dauerhaft sein kann. Man kann sich nicht unbedingt auf die geforderte Vortrefflichkeit der Akteure verlassen. Zunächst lassen die Herrscher die geforderte Weisheit vermissen. Vom Philosophenherrscher muß man die größten Tugenden und Fähigkeiten verlangen. Wenn der Herrscher seine Herrschaft nicht mehr als Verpflichtung und Bürde wahrnimmt, sondern aus Ehrgeiz und sich selbst zum Ruhme herrschen will, dann hat ihn der aus dem Staat ferngehaltene Egoismus ergriffen, und über kurz oder lang werden alle Egoisten sein. Damit verwandelt sich der beste Staat zurück in den Normalstaat, den Staat der egoistischen Interessen.

Deshalb hat Platon unter dem Titel *Nomoi* (*Die Ge-*

setze) den zweitbesten Staat entworfen. Weil er eingesehen hat, daß man den Menschen nicht auf Dauer ihr Eigeninteresse verbieten kann, hat er, statt auf perfekte ideale Menschen zu vertrauen, lieber auf perfekte Gesetze gebaut. Dann dürfen die Menschen ruhig so unvollkommen sein, wie die Natur sie nun einmal geschaffen hat. Im zweitbesten Staat ist es dem einzelnen wieder erlaubt, in erster Linie an sich selber zu denken, eine Familie nach eigenem Willen zu gründen und sich wirtschaftlich zu betätigen, wie er will. Aber Gesetze verhindern, daß man zu reich oder zu arm wird. Jeder Bürger wird mit einem Mindestvermögen ausgestattet und kann durch Tüchtigkeit seinen Besitz bis auf das Vierfache vergrößern. Was darüber hinausgeht, muß er abtreten. Umgekehrt, wer sein Vermögen verloren hat, wird vom Staat erneut ausgestattet. So werden soziale Spannungen verhindert.

9. Die Aktualität Platons

Platon hat diese Gedanken vor mehr als zweitausend Jahren formuliert. Aber sie sind ungeheuer aktuell, denn 1989, mit dem Zusammenbruch der sozialistischen Staaten in Europa, ist seine Analyse eindrucksvoll bestätigt worden. Die Sozialisten wollten Platons besten Staat verwirklichen und forderten von den Menschen, alles für die Gemeinschaft zu tun. Aber nicht das war ihr Fehler, denn die Menschen waren ja durchaus bereit, sozial zu sein. Aber ihr sozialistisches Bewußtsein schwand immer mehr, als sie einsehen mußten, daß die selbsternannten Philosophenherrscher Lenin, Stalin,

Ulbricht, Honecker usw. nur dogmatische und bornierte Tyrannen waren.

Der zweitbeste Staat hat sich durchgesetzt, er verlangt von den Menschen keine übernatürlichen Fähigkeiten, vor allem nicht von den Regierenden, die müssen keine Philosophenherrscher sein, sondern dürfen durchschnittlich sein wie alle übrigen Bürger. Alle dürfen zuerst einmal an sich denken und ihren ökonomischen Erfolg anstreben, für den Ausgleich sorgt eine Gesetzgebung, die sich über Steuererhebung das Geld beschafft, mit dem sie die sozial Schwachen stützt. Die westlichen Demokratien am Ende unseres 20. Jahrhunderts sind Verwirklichungsversuche von Platons zweitbestem Staat.

10. Aristoteles

Das also können wir aus Platons Theorien für unsere politische Gegenwart lernen. Nicht weniger interessant ist, was Aristoteles in seiner Schrift *Politik* formuliert hat. Er hat zunächst einmal die Staatsformen unterteilt nach dem Maßstab der Zahl der Herrschenden. Wenn ein einzelner herrscht, sprechen wir von Monarchie; herrschen einige wenige, so haben wir eine Oligarchie; herrschen alle, so befinden wir uns in der Demokratie. Von Platon kennen wir den Unterschied von Ideal (Altruismus) und Wirklichkeit (Egoismus) im gesellschaftlichen Leben.

Wenn die jeweils Herrschenden – einer, einige, alle – ideale Personen sind, die an das Wohl des Staates denken, dann haben wir die gute Variante der betreffenden Form vorliegen: Monarchie ist die Herrschaft des guten Einzelherrschers, Aristokratie, die »Herrschaft der Besten«, ist die Herrschaft einer geistigen moralischen Elite zum Wohl des Ganzen, in der Demokratie, der Herrschaft des *demos*, des »Volkes« also, hat Aristoteles die sogenannte Politie (von griech. *polis* ›Stadt‹) als die gute Form bezeichnet. Die negative Form liegt dann vor, wenn alle nur an ihren eigenen Vorteil denken. Der schlechte Alleinherrscher ist der Tyrann, die egoistische Elite verkommt zur Plutokratie, der Herrschaft der Reichen, die sich noch weiter bereichern. Die negative Form der Volksherrschaft ist die Herrschaft des Pöbels, die Ochlokratie. (Aristoteles benutzte dafür das Wort Demokratie, was uns nicht stören darf, für uns bezeichnet das Wort etwas Positives.)

Nun hat Aristoteles von Platon die Erkenntnis übernommen, daß man auf die Tugend der Menschen nicht dauerhaft bauen kann. Deshalb ist die Wahrscheinlichkeit groß, daß auf den tüchtigen Monarchen ein egoistischer Tyrann folgt. Gegen ihn wird sich eine Opposition bilden, angeführt von den Mächtigsten im Staat, also einer Adelspartei, die versucht, den Tyrannen zu stürzen. So wird aus der zur Tyrannis entarteten Monarchie durch Umsturz eine Aristokratie, die ebenfalls in ihre negative Form übergeht, die Ausbeutung des Staates durch die Mächtigen. Ein neuerlicher Umsturz, durch das Volk ins Werk gesetzt, führt zur Demokratie, deren Entartungsform die Herrschaft der egoistischen Masse darstellt. Nun ist es Zeit, daß ein starker und tüchtiger Politiker durch die Begründung einer neuen Alleinherrschaft das Chaos beendet. Damit sind wir wieder bei der Monarchie. Aristoteles hat also eine Theorie vom Kreislauf der Staatsformen aufgestellt. Keine der Formen ist stabil, weil der Egoismus der Akteure überwiegt.

Wir haben als Ursache für die Instabilität im Politischen die aus der Ethik bekannte Erkenntnis vor uns, daß es einen Unterschied gibt zwischen dem *Erkennen des Guten* und dem *guten Handeln.* Man könnte auch formulieren: Der Antrieb zum eigensüchtigen Handeln ist offensichtlich beim Menschen stärker ausgeprägt als der Trieb zum altruistischen Handeln. Deshalb war Platon der Ansicht, man müsse die Menschen dazu erziehen, altruistisch im Dienst der Gesellschaft zu handeln, egoistisch können die Menschen von allein sein. In seiner Kreislauftheorie der Staatsformen bestätigt Aristoteles Platons Vorstellung von der schwachen Natur des Menschen. Die jeweilige Staatsform wird immer dann umgestürzt, wenn die Herrschenden ihren Egoismus ausleben und folglich von den Beherrschten nicht mehr als gerechte Herrscher anerkannt werden.

11. Die Idee der Gewaltenteilung

Wie kann man aber verhindern, daß die jeweils Herrschenden ihre Macht mißbrauchen, das ist die Frage, die auftaucht. Am Ende des zweiten vorchristlichen Jahrhunderts hat der in Rom lebende Grieche Polybios darauf eine überzeugende Antwort gegeben: Man muß die Macht im Staate aufteilen. Als Beispiel diente ihm die römische Republik. An ihrer Spitze stehen zwei Konsuln, quasi Monarchen auf Zeit, ihnen gegenüber der Senat, die Aristokratie also, und außerdem hat das Volk in der Volksversammlung ebenfalls wichtige Rechte. Alle drei Herrschaftsmöglichkeiten des Aristoteles sind also, so meinte Polybios, in der römischen Republik vorhanden und optimal gegeneinander abgewogen. In dieser Konstruktion sah Polybios den in der damaligen Zeit besten Staat, und deshalb riet er seinen griechischen Landsleuten, sich freiwillig diesem Staat anzuschließen.

Schauen wir auf die Geschichte Roms, so müssen wir zugeben: Den Römern ist etwas gelungen, was Athen nicht zustande gebracht hat: im Ausgang von einer einzigen Stadt über Jahrhunderte hinweg die Macht über den gesamten mittelmeerischen Kulturkreis auszudehnen und einen Vielvölkerstaat zu errichten, der mehrere hundert Jahre Bestand hatte. In vielen bunten Hollywood-Filmen sind uns die Schandtaten des Kaisers Nero und der Untergang Roms malerisch vor Augen geführt worden, darüber dürfen wir die interessantere Frage nicht übersehen, warum der römische Staat überhaupt so lange bestehen konnte.

Und wenn wir selber im 20. Jahrhundert uns bemühen, eine friedliche Weltgesellschaft zu verwirklichen und uns dabei unsere gegenwärtigen Probleme vor Augen halten, dann sollten wir der Leistung der Antike gehörige Bewunderung zollen.

12. Der Feudalismus

Aber wie ist denn die geschichtliche Entwicklung weitergegangen? Natürlich war der römische Staat nicht der bestmögliche Staat. Natürlich gab es Sklaverei und Unterdrückung, aber insgesamt gelang es den Römern, mit primitiven Mitteln – z. B. im Hinblick auf Nachrichtentechnik und Verkehr – einen riesigen geographischen Raum von Schottland bis nach Mesopotamien zu vereinigen und über lange Zeit zu kontrollieren. Dazu war eine sehr gute nicht nur militärische, sondern politische Organisation notwendig, vor allem aber war wichtig, daß die Römer alle Philosophien und alle Religionen tolerierten und damit ihren Untertanen große geistige Freiheit gewährten. Natürlich haben sie die Christen verfolgt, aber wenn man bedenkt, wie das siegreiche Christentum dann später mit allen Andersgläubigen verfahren ist, so muß man zugeben, daß der ursprüngliche Argwohn der Römer gegenüber dem Ausschließlichkeitsanspruch und damit der wesensmäßigen Intoleranz des Christentums durchaus berechtigt war.

Wie auch immer, das Christentum hat gesiegt, die pluralistische und multikulturelle Gesellschaft der Antike verschwand, die »heidnische« Philosophie wurde verboten. Das war der Epochenwechsel ins christliche Mittelalter. Hinzu kam der Untergang des Römischen Reiches, wenigstens des Westteiles, in der Völkerwanderung. Nach ihrem Ende bestanden auf dem Boden des ehemaligen Weltreiches eine Reihe germanischer Königreiche, ziemlich barbarische Gebilde, die aber durch das Christentum – und das ist sein weltgeschichtliches Verdienst – vieles aus der Antike übernahmen und im Lauf der Zeit auch zurückgewannen. So ist die Philosophie des Aristoteles durch Vermittlung der Araber dem christlichen Abendland im 13. Jahrhundert wieder zugänglich geworden und hat das theologische und philosophische Denken der sogenannten Scholastik bestimmt.

In den mittelalterlichen Königreichen lebten die Menschen in einer hierarchischen Gesellschaftsordnung, die als gottgegeben angesehen wurde. Gott hat Menschen unterschiedlichen Standes geschaffen. Die Seelen sind vor Gott alle gleich, aber im Diesseits haben die Menschen sich den Bedingungen zu unterwerfen.

Auch in der Gegenwart gibt es in Europa noch Königreiche, aber im Unterschied zu den mittelalterlichen Reichen sind die gegenwärtigen Staaten Demokratien, die Könige herrschen nicht mehr, sondern sie haben eng begrenzte Funktionen, häufig zur Hauptsache Repräsentationspflichten. Wie ist es zu dieser Verwandlung der Staaten seit dem Mittelalter gekommen?

Es ist der Einfluß des Bürgertums gewesen, der sich gegen die feudale Welt- und Herrschaftsordnung durchgesetzt hat.

13. Der Staat der Bürger

Die Urahnen unserer heutigen Staatsbürger waren die Kaufleute, die als ein neuer Stand im Hochmittelalter in Europa, so auch in Deutschland, Einfluß gewinnen. Kaufleute, das waren Menschen, die sich aus der Einbindung in die hierarchische Gesellschaftsstruktur gelöst hatten, niemandem durch Lehnseid als Gefolgsmann verpflichtet, nur noch sich selbst verantwortlich. Jeder von ihnen hatte seinen eigenen Handel und wünschte für sich Handlungsfreiheit.

Thomas von Aquin, einer der bedeutendsten Philosophen des Mittelalters, hat die Kaufleute in seiner Schrift *Über die Herrschaft der Fürsten* folgendermaßen beschrieben:

> Da das Streben der Kaufleute sich vor allem auf den Gewinn richtet, wird durch den Betrieb des geschäftlichen Verkehrs die Begehrlichkeit in den Seelen der Bürger erweckt. Die nächste Folge daraus ist, daß im

Staate alles käuflich wird, sich alles Vertrauen verliert und für jeden Betrug Platz ist, daß jeder in Verachtung des Gemeinwohls nur seinem persönlichen Vorteil folgt.

Das sind harte Anschuldigungen, aber sie treffen das Kernproblem des bürgerlichen Bewußtseins. Die Kaufleute handeln zunächst einmal nur in ihrem eigenen Interesse, aber sie sind in der Lage, sich mit anderen Kaufleuten zu Vereinigungen zusammenzuschließen – immer aus wohlverstandenem Eigeninteresse. Denn sie stellen fest, daß sie, wenn sie geschlossen auftreten, ihre Handelsinteressen am besten durchsetzen können. So haben sich im Mittelalter die Kaufleute zu Kaufmannshansen zusammengeschlossen. Daraus ist dann der Städtebund der Deutschen Hanse entstanden, ein Zusammenschluß der Städte, um ihre Interessen in der Adelsgesellschaft in angemessener Weise zu verwirklichen.

14. Der Gesellschaftsvertrag

In der politischen Philosophie der Neuzeit ist dieses Selbstverständnis der Bürger zur Grundlage der philosophischen Konstruktion des Staates geworden: Ursprünglich leben die Menschen im Naturzustand als einzelne, sie sind nicht miteinander vergesellschaftet, sie sind Egoisten. Aber sie erkennen, daß sie, um friedlich miteinander umgehen zu können, sich vertragen müssen, d. h., sie schließen miteinander einen Vertrag, in dem sie ihre Rechte und Pflichten als Gesellschaftsmitglieder festlegen. Dieser Vertrag heißt daher »Gesellschaftsvertrag«.

Erinnern wir uns an den Text von Kritias. Da ging es um die Entstehung der Religion. Auch Kritias ging von einem gesetzlosen Naturzustand aus, der dadurch überwunden wird, daß die Menschen sich Gesetze geben.

Die Theorie des Gesellschaftsvertrags ist in unterschiedlichen Varianten von den einzelnen Philosophen entwickelt worden. Dabei haben die Philosophen die jeweiligen aktuellen Probleme im Blick gehabt.

15. Hobbes

So hat Thomas Hobbes in der Mitte des 17. Jahrhunderts, im Zeitalter der religiösen und politischen Auseinandersetzungen, eine sehr negative Vorstellung von der Natur des Menschen gehabt. Deshalb sah er den Naturzustand als einen unaufhörlichen Kampf aller gegen alle an – *bellum omnium contra omnes* – und bestimmte das Verhalten des einzelnen seinem Mitmenschen gegenüber mit der lateinischen Formel *homo homini lupus* – der Mensch ist für seinen Mitmenschen wie ein reißendes Tier. Alle Menschen sind von Natur aus gleich, denn jeder ist in der Lage, seinen Mitmenschen umzubringen, sei es mit offener Gewalt, sei es mit List und Hinterlist. Aber, so dachte Hobbes, die Menschen sind zwar schlecht, aber nicht dumm. Also überlegen sie, wie sie aus dem unmöglichen Zustand herauskommen. Als Lösung finden sie einen starken autoritären Staat, an dessen Spitze ein Herrscher mit totaler Machtfülle steht: Er unterwirft alle Bürger, nimmt ihnen ihre Waffen ab und sorgt mit Gewalt für Ruhe und Ordnung. Und die Bürger unterwerfen sich dem absolutistischen Herrscher, weil er ihnen ihr höchstes Gut garantiert: ihr Leben.

Wenn wir auf die Diktatoren und die Bürgerkriege des 20. Jahrhunderts schauen, so müssen wir gestehen: Die Gedanken von Thomas Hobbes sind aktuell. Die Diktaturen in der ersten Hälfte unseres Jahrhunderts in Europa sind alle von »starken Männern« ins Werk gesetzt worden, die versprachen, für Ruhe und Ordnung im jeweiligen Staat zu sorgen, drohenden Bürgerkrieg zu verhindern.

Nun haben wir bei uns in Europa in der Gegenwart die Epoche der Diktaturen und totalitären Regime überwunden und sind zum liberalen Rechtsstaat zurückgekehrt.

16. Locke

Diese Staatskonstruktion geht zurück auf John Locke, wie Hobbes Engländer und nur wenig jünger als Hobbes. Aber Locke beschrieb die Lage nach dem Ende des Bürgerkrieges, als die Gesellschaft befriedet war und überdies die bürgerliche Partei sich gegen die Royalisten (die Königstreuen) durchgesetzt hatte.

Daher sah er den Menschen nicht so negativ wie Hobbes. Er billigte ihm das sogenannte *lumen naturale* zu, das »natürliche Licht« der Vernunft. Im Besitz dieser Fähigkeit kann der Mensch bereits im Naturzustand, außerhalb der Gesellschaft also, vernünftig handeln.

Hobbes hatte gesagt, zum Wesen des Menschen gehöre es, sich unendlich viel wünschen zu können, und da alle so handeln, wünscht sich jeder etwas, was ein anderer schon besitzt. Deshalb werden sie zu gnadenlosen Konkurrenten. Locke zufolge haben die Menschen eine Vernunft, die sie ihre Wünsche beschränken läßt. Die Menschen wollen nicht immer mehr haben, sondern nur so viel, wie sie vernünftigerweise benötigen. Das ist also ihre Vernunft: den eigenen Wünschen Grenzen setzen zu können. Daher sind die Menschen nicht unerbittliche Konkurrenten, sondern sie können friedlich als Nachbarn zusammenleben. Niemand begehrt seines Nächsten Hab und Gut. Die Erde ist groß und der Menschen sind wenige, also ist Platz da für alle.

Die Schätze der Natur gehören allen Menschen gemeinsam, d. h., niemandem gehört irgend etwas allein, aber alles, was ein Mensch durch Arbeit schafft, das gehört ihm persönlich. Der Fluß gehört allen, aber das Wasser, das ich mit der Hand aus ihm schöpfe, gehört mir, ich darf es trinken. Wenn ich die Wildnis urbar mache, ein Feld anlege und bestelle, dann gehören die Früchte rechtmäßig mir. Arbeit schafft Eigentum.

Die Menschen respektieren das Eigentum bereits im Naturzustand – anders als bei Hobbes.

Bei Locke gibt es einen friedlichen Verkehr der Menschen miteinander bereits im Naturzustand, man tauscht gegenseitig die Überschüsse aus, aber dann kommt eine zweischneidige Erfindung in die Welt: das Geld. Geld kann man – anders als Lebensmittel – beliebig horten. Mit der Einführung des Geldes erwacht in den Menschen der Drang, Reichtümer anzuhäufen. Die Gesellschaft entwickelt sich auseinander in Reiche, weniger Reiche und Arme. Dadurch entstehen soziale Spannungen, das friedliche unorganisierte Zusammenleben funktioniert nicht mehr reibungslos. Daher sind die Menschen gezwungen, sich eine Organisation zu geben, Regeln für das Verhalten festzuschreiben und sich eine Institution zu schaffen, Ordnungshüter also, die dem Recht Geltung verschaffen können. Ziel des Staates, den die Menschen gründen müssen, ist nach Locke, die freiheitliche Eigentumsordnung zu schützen, die die Menschen im vorstaatlichen Zustand bereits errichtet hatten.

Mit dieser Theorie ist John Locke zum Begründer des freiheitlichen bürgerlichen Staates geworden. Seine Vorstellung stützt sich auf eine optimistische Vorstellung vom Menschen als einem zur Vernunft fähigen Wesen, während Hobbes den Menschen als unverbesserlichen Egoisten ansah, der durch einen starken, absolutistischen und diktatorischen Staat gezähmt werden muß.

In der philosophischen Epoche der Aufklärung hat sich die Theorie von John Locke durchgesetzt. Sie ist in Frankreich durch Voltaire bekannt gemacht worden und hat dort das Denken geprägt.

17. Montesquieu

Zwei wichtige Denker in Frankreich sind Montesquieu und Rousseau gewesen. Montesquieu hat ein Werk verfaßt mit dem Titel *Vom Geist der Gesetze*, in dem er die in der Gegenwart bei uns im Staat gültige Teilung der Gewalten gefordert hat. Erinnern wir uns an die antike Theorie der Gewaltenteilung des Polybios. Polybios hatte die Teilung der Herrschaft gefordert, damit keine Instanz übermächtig sei. Deshalb hatte er eine Balance zwischen monarchischen, aristokratischen und demokratischen Elementen gefordert. In der Königsherrschaft des Mittelalters gab es ursprünglich keine Gewaltenteilung, aber die mächtigen Lehnsfürsten haben natürlich versucht, gegenüber dem König ihre eigenen Interessen und Rechte durchzusetzen. So entstand schon eine Teilung der Macht zwischen König und Adel. Hinzu kamen die mächtig, d. h. reich gewordenen Bürger, die auch Anteil an der Herrschaft forderten. Das ist die Ausgangslage für Montesquieus Gewaltenteilungstheorie geworden. Seine Vorstellung war, die Macht aufzuteilen zwischen der Exekutive – zu seiner Zeit der König, heute würde man sagen Regierung –, der Legislative, die Gesetze erläßt, das ist heute die Aufgabe des vom Volk gewählten Parlamentes – und der richterlichen Gewalt, die von den beiden anderen Institutionen unabhängig sein muß.

Um es noch einmal zu formulieren: Wir Menschen haben uns diese Institutionen und ihre Balance ausgedacht als Konsequenz unseres Wissens um die *Schwäche des Menschen*. Wer schrankenlos und unkontrolliert Macht ausüben kann, der neigt zu Selbstüberschätzung und Mißbrauch seiner Stellung.

18. Rousseau

Rousseau hat, wie vor ihm Hobbes und Locke, eine Theorie des Gesellschaftsvertrags verfaßt. Anders als Locke, der die Erfindung des Geldes für gefährlich hielt, war Rousseau der Ansicht, der große Sündenfall der Menschen liege bereits in der Erfindung des Eigentums.

Im Gegensatz zu Hobbes meinte er, der Urzustand der Menschen, als es noch kein Eigentum gab, sei ein quasi paradiesischer Zustand gewesen im Vergleich mit dem verderbten Zustand der Zivilisation. Rousseau war ein heftiger Kritiker seiner Zeit, anders als seine Zeitgenossen, die den Fortschritt feierten. Denn die Aufklärung als eine von der Philosophie bestimmte Bewegung hat der Menschheit ungeheuren Fortschritt eingetragen: Fortschritt der Wissenschaften, Fortschritt der Religion (= Ende des religiösen Bürgerkriegs, Toleranz), Fortschritt der Gesellschaft und des Staates. Auf der anderen Seite haben die Europäer auf ihren Entdeckungsreisen Kontakt zu Naturvölkern bekommen und feststellen können, daß diese Naturvölker zum Teil in paradiesischen Umständen lebten. Vor allem die Bewohner der Südsee haben in dieser Zeit die Europäer sehr beeindruckt. Wenn Rousseau also eine Verfallstheorie aufstellte, dann hatte er die Naturvölker vor Augen und verglich ihr Leben mit dem in Frankreich zu seiner Zeit.

In seinem Gesellschaftsvertrag hat Rousseau eine Unterscheidung wiederaufgenommen, die wir bereits kennen. Er hat die Motive der Handelnden untersucht und ist zu folgender wichtiger Aussage gelangt: Wenn die einzelnen Bürger in die Volksversammlung gehen mit dem Wunsch, das Beste für die Gemeinschaft ins Werk zu setzen, dann entsteht ein gemeinsamer Wille, der untrüglich ist. Die Versammlung kann einstimmig beschließen. Rousseau nannte dies: *la volontée générale*. Wenn die Bürger dagegen in die Versammlung gehen, um ihre eigensüchtigen partiellen Interessen durchzusetzen, dann kann kein allgemeiner Wille entstehen, weil viele unterschiedliche, einander teilweise entgegengesetzte Willen einander gegenüberstehen.

Es bilden sich viele Parteien (lat. *pars* ›Teil‹), also lauter Teilwillen. Rousseau nannte dies: *volontée de tous.* Man wird abstimmen müssen, es wird ein Mehrheitswille gegen einen Minderheitswillen stehen, der Mehrheitswille wird gemäß der zahlenmäßigen Überlegenheit seiner Verfechter zur Ausführung kommen, nicht aber, weil er der vernünftigere wäre.

Rousseau hat – vereinfacht ausgedrückt – einen Altruistenstaat von einem Egoistenstaat unterschieden – Platon und Aristoteles kannten diese Unterscheidung auch, wie wir gesehen haben, und wenn wir uns die Geschichte Europas seit der Französischen Revolution anschauen, so können wir sagen: Genau um diese Alternative hat sich die geschichtliche Entwicklung gedreht. Darum ging es auch in der Auseinandersetzung zwischen bürgerlicher und sozialistischer Gesellschaftstheorie.

Für die bürgerliche Gesellschaft hatte John Locke am Ende des 17. Jahrhunderts in seiner Abhandlung über die Regierung die theoretische Grundlage geschaffen.

19. Adam Smith

Nun hat in der zweiten Hälfte des 18. Jahrhunderts der englische Philosoph Adam Smith ein Buch geschrieben, das unter dem Kurztitel *Wealth of Nations* (*Der Wohlstand der Nationen*) bekannt wurde und Weltgeschichte gemacht hat. Adam Smith ist mit diesem Buch zum Begründer der Volkswirtschaftslehre als einer Wissenschaft geworden.

Die Idee von Adam Smith war einfach und hat die Bürger trotz ihrer Mängel bis in die Gegenwart überzeugt. Seine Idee war folgende: Wenn alle Menschen in der rechten Weise an ihren eigenen Vorteil denken und wenn sie alle ihre Interessen – das sind wirtschaftliche Interessen – auf einem freien Markt vertreten, dann muß durch das sogenannte freie Spiel der Kräfte, das Spiel von Angebot und Nachfrage, ein Ausgleich der Interessen stattfinden: Der eine will teuer etwas verkaufen, der andere will dieses etwas billig kaufen. Sie handeln miteinander und einigen sich auf einen Preis, der zwischen ihren ursprünglichen Forderungen liegt. Zu diesem Preis wechselt das betreffende Gut den Besitzer. Verkäufer und Käufer haben sich aufeinander zubewegt. Deshalb meinte Smith, auf einem freien Markt mit freiem Angebot und freier Nachfrage stelle sich ein Gleichgewicht ein. Wie mit einer »unsichtbaren Hand« (*invisible hand*) steuere der Markt – quasi ein verborgener Gott – die Gesellschaft in ein harmonisches Gleichgewicht.

Wer etwas herstellt, das niemand kaufen will, der wird auf dem Markt keinen Erfolg haben, also wird er sich bemühen, die Wünsche seiner Kunden besser zu treffen, und so wird er schließlich in genau der richtigen Menge dasjenige anbieten, was die anderen benötigen. Indem jeder einzelne Geld verdienen will, sorgt er zudem für die Bedürfnisse der anderen.

Adam Smith war der Ansicht, er habe damit die natürlichen Regeln des menschlichen Verkehrs beschrieben und er habe gezeigt, daß man eine funktionierende Gesellschaft aufbauen könne, ohne den einzelnen moralisch überfordern zu müssen. Vom einzelnen wird nur ein gesunder Egoismus erwartet sowie die Fähigkeit, seinen Platz auf dem Markt zu finden und zu behaupten.

Erinnern wir uns an die Grundüberlegungen von Platon und Aristoteles. Sie hatten erkannt, daß egoistisches

Verhalten der Herrschenden im Staat zu seinem Untergang führen muß. Adam Smith hat die entgegengesetzte Botschaft verkündet: Wenn alle in der rechten Weise Egoisten sind, dann wird die Gesellschaft reich werden.

Jeder darf sich selbst als absoluten Zweck seiner Handlungen sehen und seine Mitmenschen als Mittel zu diesem Zweck verwenden, denn weil alle das tun, halten sie sich sozusagen alle gegenseitig in Schach, »aus privaten Lastern erwächst öffentliche Wohlfahrt«, wie vor Smith Bernard de Mandeville satirisch formuliert hatte.

20. Kant

Kant hat geschrieben: Auch ein Staat von Teufeln müßte funktionieren, wenn sie nur zweckrational handeln. Zweckrational heißt in diesem Fall: wenn sie konsequent genug ihren Vorteil verfolgen. Kant war also kein Anhänger dieser einfachen Moral, die sich aus der Theorie von Adam Smith ergibt. Er ist berühmt geworden mit einer Formulierung, die gegen diese These gerichtet ist: Es ist der *kategorische Imperativ*: Handle so, daß die Maxime deines Handelns ein allgemeines Gesetz sein könnte. Das bedeutet: Bedenke, ob die Maxime deines Handelns so beschaffen ist, daß alle anderen auch nach ihr handeln können, ohne die menschliche Gemeinschaft zu beeinträchtigen.

Wenn ich mir zur Maxime mache, fremdes Eigentum nicht zu respektieren, so kann ich mir ausrechnen, was passiert, wenn alle so handeln. Kant hat in seinem kategorischen Imperativ keine völlig neue Erkenntnis ausgesprochen. Der Sinn von Gesetzen ist ja, daß alle nach ihnen handeln, aber er hat mit dieser Formulierung dem einzelnen eine Maxime an die Hand gegeben, mit der er alle seine Handlungen überprüfen soll. Kategorisch heißt dieser Imperativ, weil er *unbedingt*, d. h. unter allen Umständen, gilt. Es ist also keine Situation des Handelns denkbar, in der ich diesen Imperativ beiseite lassen kann.

An anderer Stelle hat Kant einen in die gleiche Richtung zielenden Gedanken ausgesprochen: Man solle beim Handeln den Mitmenschen nicht nur als Mittel benutzen, sondern in ihm einen Zweck sehen, so wie man sich selbst als einen Zweck gesetzt hat.

Wenn wir nun mit Kant und Smith zwei unterschiedliche Anweisungen zum Handeln haben, so muß sich doch irgendwie feststellen lassen, welche die bessere, d. h. erfolgreichere, ist. Schauen wir uns zu diesem Zweck die europäische Geschichte seit dem 18. Jahrhundert an.

21. Das Versagen der Theorie von Smith

Adam Smith hat mit seiner Theorie vom freien Markt eine Vorstellung ausgedrückt, die ganz und gar den Handelsinteressen der bürgerlichen Kaufleute und Fabrikanten entsprach. Nun haben sich seit der Französischen Revolution diese Bürger Zug um Zug politisch und wirtschaftlich durchgesetzt. Sie sind die Träger der industriellen Revolution gewesen, die im 19. Jahrhundert die Gesellschaft in Europa verändert hat. Aus der alten Handwerksgesellschaft sind wir zu einer Industriegesellschaft geworden. Große Städte, große Fabriken, Massenproduktion, Arbeiter, Unternehmer und Kapitalisten, das sind die bestimmenden Größen der neuen Gesellschaft, die auch in der Gegenwart wirken.

Die Ablösung der alten Handwerksarbeit durch die industrielle Arbeit mit Maschinen hat in ihrer Anfangsphase eine bis dahin unbekannte Gruppe von Menschen hervorgebracht: das Proletariat. Das waren Menschen, die ihre Arbeit und damit ihre soziale Stellung durch die Maschinenarbeit verloren hatten und nun nichts mehr besaßen außer ihrer Arbeitskraft, die aber niemand benötigte, da die Maschinen, von wenigen Menschen bedient, schneller und mehr produzieren konnten als eine viel größere Zahl von Handwerkern.

Nach der Theorie von Adam Smith hätten diese Menschen auf dem freien Markt sofort wieder Arbeit finden müssen. Aber das geschah nicht. Durch den Fortschritt der Maschinenproduktion wurden mehr Menschen arbeitslos als in anderen neuen Berufen Arbeit finden konnten.

Das Modell von Smith ist offensichtlich zu einfach gewesen. Der versprochene harmonische Ausgleich der Interessen, der wachsende Wohlstand aller, trat nicht ein. Statt dessen wurde durch das sogenannte freie Spiel der Kräfte ein Ungleichgewicht hervorgerufen: Auf der einen Seite gab es einen stürmischen Aufschwung der Wirtschaft. Große bürgerliche Vermögen entstanden. Dem gegenüber stand die Arbeiterklasse, die immer stärker verelendete. So schrecklich waren die sozialen Zustände, daß gewaltige Massen von Menschen im 19. Jahrhundert nach Amerika auswanderten.

22. Marx

Die »klassische bürgerliche Ökonomie«, wie die Theorie von Smith und seinen Nachfolgern genannt wurde, stand der Entwicklung hilflos gegenüber. Da erwuchs ihr in Karl Marx ein großer Kritiker. In seinem Hauptwerk *Das Kapital* deckte er die Probleme der Theorie auf. Zugleich formulierte er eine grundsätzliche Kritik an der bürgerlichen Gesellschaft. Wie Rousseau vor ihm sah er den gesellschaftlichen Sündenfall in der Erfindung des Privateigentums und der Entwicklung der Tauschwirtschaft.

Er argumentierte folgendermaßen: Ursprünglich sorgt der einzelne für sich und seine Bedürfnisse. Er produziert nützliche Dinge, seine Kleidung, seine Lebensmittel, seine Behausung, alles Dinge, die für ihn Gebrauchswert besitzen. Wenn er von einem Gebrauchsgut zu viel hat, z. B. er erntet mehr Getreide, als er braucht, dann wird er froh sein, wenn er diesen Überschuß vielleicht bei einem Nachbarn gegen etwas anderes eintauschen kann. Solche Tauschgeschäfte, zuerst nur vereinzelt, bürgern sich schließlich ein, die Menschen spezialisieren sich in Jäger, Bauern, Handwerker, und so entsteht eine Gesellschaft mit einem ständigen Gütertausch auf dem Markt. Die einzelnen Produzenten produzieren nun direkt für den Markt. Natürlich macht der Schuster auch für sich selbst ein paar Schuhe, und der Schneider näht wohl auch seine eigenen Kleider, aber der Löwenanteil ist Produktion für Kunden. Man produziert jedoch nicht, weil man anderen etwas Gutes tun möchte, vielmehr will man sich selbst etwas Gutes tun. Das geht über den Umweg der Kunden. Marx nannte eine solche

Gesellschaft eine »Waren produzierende Gesellschaft«. Ware, das ist jeder nützliche Gegenstand, aber nur dann, wenn er nicht für den Eigengebrauch, sondern für den Gebrauch durch einen anderen hergestellt wurde. Wenn die Menschen sich auf die Produktion von Waren verlegen, so produzieren sie Tauschwerte, also nicht eigenen, sondern fremden Gebrauchswert. In der Ware ist also ein komplexes gesellschaftliches Gefüge von Produzent und Konsument gegeben. Wenn der Markt groß wird, dann produziert der einzelne nicht mehr auf Bestellung, sondern er geht mit seinem Warenangebot auf den Markt und wartet auf Käufer. Wenn die aber nun nicht kommen, dann hat er wertloses Zeug produziert, obwohl es Gebrauchswerte sind.

In diesem Auseinanderfallen von Herstellung der Güter und ihrem Verbrauch, weil sich die Unsicherheit des Verkaufs auf dem Markt dazwischenschiebt, sah Marx die Ursache für das wirtschaftliche Auf und Ab der Marktgesellschaft. Die Produktion ist nicht an den tatsächlich bekannten Bedürfnissen der Gesellschaft orientiert, sondern an vermuteten und erwünschten. Also wird zu viel produziert. Die Marktgesellschaft ist immer in Gefahr, das von Adam Smith vorausgesagte Gleichgewicht zu verfehlen. Warum das so ist, kann man mit Hilfe des »Schweinezyklus« erklären: Bauern ziehen Schweine auf. Wenn sie dann mit dem schlachtreifen Vieh auf den Markt gehen, stellen sie vielleicht fest, daß sie zu viele Schweine großgezogen haben. Die Preise sinken wegen des Überangebots. Also ziehen sie weniger auf. Alle tun das. Also produzieren sie alle weniger. Sie bieten zu wenig an. Die Preise steigen, also produzieren sie mehr – wieder zuviel. Nun verhält sich vielleicht einer antizyklisch. Er produziert viel, wenn die anderen wenig produzieren usw. Sofort handeln die anderen nach seinem Vorbild, und wir sind wieder im Zyklus. Wenn jemand aber feststellt, daß er genau die richtige Menge produziert hat? Er wird der Verlockung erliegen und mehr produzieren, und schon ist das Gleichgewicht dahin.

Marx hat nicht vom Schweinezyklus gesprochen, aber er hat eine Erklärung für dieses Phänomen gegeben. Denn weil in der Waren produzierenden Gesellschaft niemand etwas herstellt, um das Bedürfnis seines Nachbarn zu befriedigen, sondern nur, um damit sein eigenes Bedürfnis nach Profit zu stillen, deshalb überschätzen alle die Bedürfnisse der Gesellschaft und produzieren immer zu viel. Marx meinte daher, in einer vernünftig geordneten Gesellschaft müsse man erst die Bedürfnisse kennen und dann produzieren, während im Kapitalismus erst produziert werde und hinterher auf dem Markt sich herausstelle, ob das Ganze notwendig oder überflüssig war.

Wenn wir uns anschauen, wie wir in der Gegenwart ständig als Konsumenten mit Werbung, Prospekten, Sonderangeboten usw. überschüttet werden, dann kann nur ein naiver Tor glauben, das alles geschehe zu *unserem* Besten. Die Hersteller wollen ihre Produktion absetzen und ihre Konkurrenten ausstechen. Der pure Eigennutz steckt hinter all den schmeichelnden Sprüchen. Der Käufer ist in Wahrheit für den Verkäufer nur ein Mittel, zu Geld zu kommen.

Marx sah in dieser Entfremdung zwischen den Menschen das Grundübel der bürgerlichen Wirtschaftsweise. Er träumte von der Gesellschaft als der Vereinigung freier Menschen. Die Ideale der Aufklärung, die in der Französischen Revolution von 1789 in den Forderungen »Freiheit, Gleichheit, Brüderlichkeit« zum Ausdruck gebracht worden waren, wollte er daher in einer Gesellschaft mit einer anderen Eigentumsordnung verwirklichen, der sozialistischen: Nicht der einzelne sollte mit seinem individuellen Eigentum – wie Locke sich das gedacht hatte – die Grundstütze der Gesellschaft sein und individuell planen und wirtschaften, sondern der Gemeinschaft sollte alles gehören – mit Ausnahme der persönlichen Habe –, und der einzelne sollte seine Arbeitskraft in den Dienst der Gemeinschaft stellen und von der Gemeinschaft dann auch seinen ihm zustehenden Anteil von dem Erarbeiteten empfangen.

23. Das Gegenmodell von Marx

Das bedeutet natürlich, daß die Wirtschaft von einer zentralen Instanz gesteuert werden muß. Marx hat ein Modell der Gesellschaft entwickelt, das auf Organisationsprinzipien gegründet war, die von denen des Adam Smith total verschieden sind. Aber das Ziel des sozialistischen Staatssystems sollte sein, für alle Menschen in gleicher Weise Selbstverwirklichung und Teilhabe an den materiellen Gütern sicherzustellen. Ein solches Staatswesen hat zur Voraussetzung einen durch und durch altruistischen Staatsbürger. Schon Platon hatte aber herausgefunden, daß man darauf nicht bauen sollte. Deshalb hatte er – und alle klugen politischen Denker seither – ein System von Gesetzen und Kontrollen ersonnen, um zu verhindern, daß ungeeignete Leute in

Machtpositionen gelangen. Genau diese wichtige Erkenntnis ist aber im Kommunismus nicht berücksichtigt worden. Deshalb konnten in den kommunistischen Staaten des 20. Jahrhunderts Machtmenschen zu Diktatoren aufsteigen und die Bürger unterdrücken. Sie spielten sich als Philosophenkönige auf und forderten die Unterwerfung der übrigen unter ihren Willen mit dem Argument, was sie selbst wollten, das sei der Wille des Volkes.

Betrachten wir die europäische Geschichte seit der ersten Hälfte des 19. Jahrhunderts, also dem Beginn des industriellen Zeitalters und der Anwendung der von Adam Smith beschriebenen bürgerlich-kapitalistischen Wirtschaftsweise, so drängt sich uns der Eindruck einer Geschichte auf, die nur teilweise Fortschritt darstellt, vor allem aber viele politisch-soziale Katastrophen erlebt hat.

Zuerst herrschte nach den Napoleonischen Kriegen politische Unterdrückung, weil die fürstlichen Herrscher versuchten, die Ergebnisse der Französischen Revolution, der ersten bürgerlichen Revolution, rückgängig zu machen und ihre frühere Macht wiederherzustellen. Zugleich begann die soziale Verelendung der Arbeiter, weil im Widerspruch zur Ausgleichstheorie des Adam Smith das Angebot an Arbeitskraft die Nachfrage nach Arbeit mehrere Generationen lang erheblich überstieg.

Weil die bürgerliche Gesellschaft im 19. Jahrhundert mit der industriellen Revolution auf der einen Seite eine ungeheure Vermehrung der Güter durch Massenproduktion und damit ungeheuren Reichtum hervorrief und auf der anderen Seite ein ungeheures soziales Elend erzeugte, deshalb konnte Marx eine totale Kritik und ein Gegenmodell zur bürgerlichen Gesellschaft formulieren.

Die Auseinandersetzung um die richtige Staats- und Wirtschaftsform ist im Bereich der Theorie wie in der Wirklichkeit geführt worden. Karl Marx selbst hat den Klassenkampf propagiert: Seiner Ansicht nach war die Ausbeutung der Arbeiter durch die Kapitalbesitzer ein Kampf der Besitzenden gegen die Besitzlosen. Seit der Erfindung des Eigentums schien das so. Deshalb konnte Marx sagen, alle Geschichte sei die Geschichte von Klassenkämpfen, und so rief er das Proletariat dazu auf, diesen Kampf zu erwidern, auf einen Umsturz hinzuarbeiten und nach geglückter Revolution eine Diktatur des Proletariats zu errichten, in der die übriggebliebenen Bürger umerzogen werden sollten zu sozial denkenden Altruisten. Nach Abschluß dieser Phase der Diktatur sollte dann eine freie Gesellschaft guter Menschen wirklich werden. Diese Gesellschaft sollte eine kommunistische sein, d. h., die Voraussetzung für das Handeln des einzelnen sollte sein, alles für die Gemeinschaft zu tun, so wie Platon sich seinen besten Staat gedacht hatte.

Leider haben die Kommunisten nach dieser Verheißung gehandelt und nach der kommunistischen Revolution eine Diktatur, aber nicht des Proletariats, sondern über das Proletariat errichtet. Als 1989 die kommunistischen Staaten Europas zusammenbrachen, waren sie immer noch nicht über die Diktatur hinausgekommen.

Und was hat das bürgerliche Lager getan? Zum einen besserte sich in der zweiten Hälfte des Jahrhunderts die Lage der Arbeiter, denn der Industrialisierungsprozeß vernichtete nicht nur alte handwerkliche Berufe, sondern schuf auch neue Berufe. Es entstanden neue Produkte, zu deren Herstellung menschliche Arbeit notwendig war.

Die Staaten gingen dazu über, durch Gesetze – z. B. gegen Kinderarbeit – die Lage der Arbeiterschaft zu verbessern, d. h., die zu simple Idee der Selbstregulierung von Adam Smith wurde durch soziale Grenzziehungen überhaupt erst brauchbar: Es entstand der Sozialstaat.

24. Keynes

In der ökonomischen Theorie tauchte nach Adam Smith und Karl Marx – quasi als Vermittlung der beiden gegensätzlichen Ideen – eine dritte Theorie auf, die Theorie einer gemischten Wirtschaftsform. Ihr Schöpfer ist der Engländer John Maynard Keynes. Weil er erkannte, daß Marx mit seinem Einwand gegen den Markt – Schweinezyklus! – Recht gehabt hatte, kam er auf den Gedanken, den Staat aktiv in den Markt eingreifen zu lassen, und zwar antizyklisch. Geht es der Wirtschaft gut, dann hält sich der Staat zurück, geht es ihr schlecht, d. h. herrscht Arbeitslosigkeit, so schafft der Staat Arbeit. Die Arbeitslosen, die dadurch Arbeit erhalten und Geld bekommen, geben dieses Geld zum Leben aus und kurbeln damit die Wirtschaft an. Der Witz ist dabei, daß der Staat die Arbeit mit Geld bezahlt, das er gar nicht besitzt, sondern erst hinterher über Steuern hereinholt. Darin liegt aber auch die Grenze des Modells, denn der Staat kann nicht zu viele Schulden machen, nur so viel, wie er in absehbarer Zukunft aus seinen erwarteten Einnahmen wieder abtragen kann.

Adam Smith hat vor über 200 Jahren seine Theorie

aufgestellt, Karl Marx vor etwa 130 Jahren das *Kapital* verfaßt und J. M. Keynes hat vor knapp 70 Jahren seine Ideen veröffentlicht. Es wäre daher durchaus an der Zeit, daß mal wieder ein Ökonom eine weiterführende Idee hat.

25. Politische Folgen der ökonomischen Theorien

So weit zur ökonomischen Theorie der Gesellschaftsorganisation. Wie ist es aber mit der politischen Theorie weitergegangen?

Auch politisch hat die Gesellschaft nachgedacht, und da die Gesellschaft des 19. Jahrhunderts eine Klassengesellschaft war, in der Parteien sich durchsetzen wollten, hat jede Partei natürlich ihre Theorie entwickelt. Marx hat eine Kampftheorie für die Arbeiterklasse aufgestellt und das Proletariat zum Befreier der Weltgeschichte hochgejubelt. Die bürgerliche Theorie gab es schon als die Theorie der freiheitlichen Gesellschaft von egoistischen Besitzbürgern. Hierzu kamen im Zeitalter des Nationalismus und Imperialismus – im 19. Jahrhundert haben die europäischen Staaten den Rest der Welt unter sich aufgeteilt und kolonisiert – nationalistische und rassistische Theorien, eine Übertragung von Selektions- und Züchtungsgedanken aus der Biologie auf die Gesellschaft.

Mit diesem Wust von Theorien sind die Menschen in Europa ins 20. Jahrhundert eingetreten. So mußte zwangsläufig der Erste Weltkrieg ausbrechen, an dessen Ende neben der Niederlage der einen Partei – der Deutschen und Österreicher – innere Umstürze in Rußland und Deutschland standen. Die nachfolgende Instabilität ließ eine neue Ideologie entstehen, den Faschismus, der gegen den Bolschewismus, den russischen Kommunismus also, und den demokratischen Staat gleichermaßen gerichtet war. Der Faschismus in seiner deutschen Form, dem Nationalsozialismus, hat Europa in den schlimmsten Krieg der ganzen Weltgeschichte gestürzt. An seinem Ende stand die Zweiteilung Europas in das bürgerlich-liberale Westeuropa und den kommunistischen Machtbereich im Osten. Es begann ein »Kalter Krieg«, d. h. die vierzig Jahre andauernde Situation eines ständig drohenden heißen Krieges.

Was war der Grund für diesen unerklärten drohenden Krieg? Es ging um die unterschiedlichen Vorstellungen über den besten Staat, und die Positionen, die sich bekämpften, waren, wie schon gesagt, der beste und der zweitbeste Staat.

Die kommunistischen Systeme beriefen sich auf den Humanismus der Aufklärung, sie forderten die Befreiung der Menschen von Ausbeutung und Unterdrükkung, aber ihre Herrschaft war selbst Unterdrückung der wirklichen Menschen.

Die kapitalistischen Staaten dagegen setzten die Freiheit des Bürgers und seine ganz individuelle Selbstverwirklichung als höchsten Wert an und waren bereit, dafür mit Ungleichheit in der Verteilung der gesellschaftlichen Reichtümer zu bezahlen. Sie nahmen auch Arbeitslosigkeit und Armut in Kauf, allerdings glaubten sie, eine Gesellschaft errichtet zu haben, den Sozialstaat, in dem auch die Armen über Zuwendungen der Gesellschaft vor dem Abgleiten ins Nichts bewahrt bleiben. Denken wir zurück an Platons zweitbesten Staat!

26. Ende der Weltgeschichte?

Nach dem Zusammenbruch der kommunistischen Staaten in Europa hat ein naiver amerikanischer Philosoph vom Ende der Weltgeschichte gesprochen, insofern die freiheitliche Gesellschaft, die in der Neuzeit entwickelt worden ist, nun als der Sieger dastehe.

Das ist natürlich vorschnell, denn die bürgerlichen demokratischen Staaten haben nicht über die kommunistischen triumphiert, weil sie so erfolgreich sind, vielmehr sind die kommunistischen Staaten untergegangen, weil sie noch bornierter waren als die bürgerlichen. Unter den Blinden ist der Einäugige König. Trotzdem wäre es besser, wenn er mit beiden Augen sehen könnte.

Der Triumph über den Kommunismus darf uns nicht dazu verleiten, die Schwierigkeiten unseres Systems zu übersehen. Und diese Schwierigkeiten sind nicht gering.

In der Gegenwart ist die Arbeitslosigkeit ein Problem, das uns wieder verstärkt bedrängt. Unverblümt fordern die Arbeitgeber, wie die besitzenden Kapitalisten genannt werden, die Rücknahme von sozialen Regelungen, die zum Schutz der ökonomisch Schwachen eingeführt worden waren. Als gesellschaftliches Vorbild werden uns Gesellschaften in Asien vorgehalten. Dort sind die Menschen sehr fleißig, sehr bescheiden, sie haben unsere Wissenschaft und Technik übernommen und entwickeln sie erfolgreich weiter, aber sie haben nicht unsere abendländische Vorstellung von politischer Freiheit und Selbstverwirklichung. Diese Gesellschaften führen uns vor, daß politisch unfreie Gesellschaften, wenn sie auf die Marktwirtschaft setzen, sehr erfolgreich sein können – ökonomisch.

Aber das hatten die europäischen Faschisten im 20. Jahrhundert auch schon vorgeführt. Und hätte Hitler nicht Europa in seinen aberwitzigen Krieg gestürzt, wer weiß, wie unsere Gesellschaft aussähe. Anders als der Kommunismus, der an seiner ökonomischen Unfähigkeit zugrunde gegangen ist, ging der Faschismus unter, weil die freiheitliche Welt ihn in einem Weltkrieg niedergerungen hat.

Wir müssen zugeben, daß wir aus der Geschichte keine eindeutige Entwicklung ablesen können. Die Ideen der Aufklärung sind im 19. Jahrhundert und ganz katastrophal im 20. Jahrhundert durch Gegenideen in Zweifel gezogen worden. Das Ende der totalitären Systeme in Europa bedeutet noch nicht die Entstehung stabiler liberaler Staaten. Und wenn wir bedenken, daß die Kommunisten in China im Jahre 1989 die Liberalisierung verhindert haben und auf ein Marktsystem ohne politische Freiheit setzen – immerhin ein Fünftel der Weltbevölkerung –, so verbietet sich jeglicher Geschichtsoptimismus.

27. Utopia

Aber welcher Utopie jagen wir denn hinterher? Dieses neue Wort »Utopie« taucht im vorliegenden Text genau jetzt auf, weil der Punkt erreicht ist, an dem wir die Frage nach dem Sinn, die Kapitel VII zur Überschrift dient, auf das Problem des besten Staates anwenden müssen.

Der Begriff »Utopie« ist in die Philosophie eingeführt worden durch ein Buch des englischen Kanzlers Thomas

Morus, das im Jahre 1516 erschien. Der Beginn des 16. Jahrhunderts, der Beginn der Neuzeit, war die Epoche der beginnenden Entdeckungsreisen der Europäer. Die Reisenden schrieben Bücher, in denen sie von den Gebräuchen fremder Völker berichteten.

Im Buch des Thomas Morus berichtet ein Weltreisender von seinem Besuch der Insel Utopia und schildert den Staat und die Gebräuche der Utopier. Aber – und das ist der Witz des Buches –, dieser Weltreisende ist erfunden, ebenso wie Utopia und die Utopier. Morus hat mit dem Namen Utopia für die Gebildeten das auch sogleich erkennbar gemacht, denn »Utopia« heißt »Nirgendwo«.

Morus hat in der Verkleidung eines wahren Reiseberichtes wie Platon über einen besseren Staat nachgedacht, besser als die zu seiner Zeit existierenden.

Sein Staat funktioniert nach folgenden Prinzipien: Die notwendige Arbeit ist auf alle Menschen in gleicher Weise verteilt, anders als in der Feudalgesellschaft des 16. Jahrhunderts, in der Morus eine große Zahl nicht arbeitender Menschen ausmacht: den Hofstaat, die Pfaffen, die Frauen reicher Leute.

Morus meinte, wenn alle Menschen im Staat nützliche Arbeit leisten, dann muß jeder nur sechs Stunden am Tag arbeiten, und trotzdem werden die Menschen gut leben können. Wenn die Menschen nicht zu viel arbeiten müssen, dann sind sie nach der Arbeit nicht total erschöpft, dann haben sie noch Zeit und Lust, sich in ihrer Freizeit sinnvoll zu beschäftigen. Sie gehen ihren Hobbys nach, bilden sich, können sich mit ihren Freunden treffen und gesellig unterhalten usw. Sie arbeiten nicht zu viel, sie wollen keine großen Reichtümer anhäufen,

Luxus ist ihnen unbekannt. Ihre Häuser sind nicht prunkvoll, ihre Kleidung nicht modisch, sondern von klassischem Schnitt, bequem und haltbar. Auf Äußerlichkeiten legen sie keinen Wert. Wenn sie Erfindungen machen, die die Arbeit erleichtern, dann arbeiten sie weniger, aller technischer Fortschritt wird in mehr Freizeit umgesetzt. Denn sie wissen mit ihrer Freizeit etwas anzufangen, sie müssen sie nicht vertreiben oder totschlagen wie wir, denn sie sind universell interessiert, Männer und Frauen.

Morus hat noch viel mehr über das Leben der Utopier geschrieben, darunter auch zeitbedingte Verhaltensweisen geschildert, die wir heute belächeln würden, aber das, was dieses Buch so modern macht, ist seine Grundidee von der Gleichheit der Menschen, auch der Geschlechter, und seine Vorstellung von einer Freizeitgesellschaft, in der die Menschen materiellen Konsum gering schätzen – im Gegensatz zu uns – und die Selbstverwirklichung des einzelnen in der freien Zeit des Lebens sehen. Wohlgemerkt, sie sind nicht arm, aber sie haben eine andere, *vernünftigere* Vorstellung vom Sinn des Lebens. Daß wir in unserer Konsumwelt unvernünftig sind, zeigt sich in der Gegenwart daran, daß wir, um den Konsum der reichen Minderheit auf diesem Planeten zu erhalten, womöglich sogar noch zu erhöhen, schlimmen Raubbau an allen Vorräten des Planeten treiben.

Ökologie, d. h. das ausgeglichene Verhältnis zwischen dem, was die Menschen verbrauchen, und dem, was sie wieder als Ersatz für das Verbrauchte schaffen, ist für die Utopier kein Problem, aber für uns. Sie leben auf einer Insel und haben ein Gleichgewicht mit der Natur erreicht, während wir in unserer Ideologie vom unaufhörlichen Wachstum gerade erst entdeckt haben, daß unsere Erde quasi auch nur eine kleine Insel ist.

Das Buch *Utopia* von Thomas Morus ist eines der wichtigen Bücher der Philosophie. Viele Schriftsteller und Denker haben sich zu weiteren »Utopien« anregen lassen. So hat der Mönch Tommaso Campanella um 1600 den *Sonnenstaat* geschrieben, eine Neuauflage von Platons bestem Staat, den wir heute kritisch betrachten, weil er dem einzelnen keine Freiheit einräumt. Und der englische Philosoph Francis Bacon hat etwa eine Generation später eine Utopie, also eine erfundene Reiseschilderung, verfaßt, die er *Nova Atlantis* genannt hat. In der Antike gab es den Mythos von Atlantis, einer Insel im Ozean – der deshalb Atlantik genannt wurde –, auf der Menschen in friedlicher Harmonie in einer Art goldenem Zeitalter lebten. Außerdem verfügten die Atlantiden über technische Kenntnisse, die denen der Antike überlegen waren, z. B. besaßen sie Flugmaschinen.

Bacon, der im übrigen eine wichtige Rolle in der Grundlegung der neuzeitlichen Wissenschaften spielte, hat in Neu-Atlantis eine Gesellschaft geschildert, in der Wissenschaft und Technik eine große, besser: die beherrschende Rolle spielen. Er beschreibt die unterschiedlichsten Forschungseinrichtungen, Laboratorien, Zuchtbetriebe und wissenschaftlichen Versuchsanstalten. Kurz: Er schildert unsere technische Zivilisation des 20. Jahrhunderts. Für das Politische hat er sich weniger interessiert, deshalb sind seine Beschreibungen der gesellschaftlichen Zustände auf Neu-Atlantis für uns uninteressant.

28. Utopia oder Nova Atlantis?

Am Anfang der Neuzeit sind also zwei unterschiedliche Utopien formuliert worden, die soziale von Utopia und die technisch-wissenschaftliche von Nova Atlantis. Wenn wir uns nun überlegen, wie diese Utopien als Bilder von wünschbaren, aber (noch) nicht wirklichen Zuständen in unserer europäischen Geschichte wirksam geworden sind, so können wir folgendes sagen: Die neuzeitlichen Erfahrungswissenschaften und die aus ihnen erwachsende Technik haben uns in der Tat nach Nova Atlantis gebracht. Nova Atlantis von Bacon, das war der utopische Traum von unserer Gegenwart. Im 17. Jahrhundert war es Utopie, in der Gegenwart ist es Wirklichkeit. Und wie steht es mit Utopia? Wenn wir die Bemühungen der politischen Denker der Neuzeit betrachten, die wir behandelt haben, so können wir sagen: Wir bemühen uns offensichtlich, auch nach Utopia zu gelangen, aber es scheint viel schwerer zu sein, eine vernünftige Gesellschaft einzurichten als funktionierende Maschinen zu erfinden. Im 18. Jahrhundert, der Blüte des Zeitalters der Aufklärung, waren die Menschen stolz auf den Fortschritt der Humanität, sie sprachen vom *siècle de lumière*, *age of enlightenment*, dem ›Zeitalter des Lichts‹. Im 19. Jahrhundert wurde es in den Köpfen dunkler, und die Erfindung des elektrischen Lichtes hat zwar die Städte erhellt, aber nicht den Verstand der Menschen. Die katastrophische Geschichte des 20. Jahrhunderts hat uns gezeigt, was passiert, wenn wir nach Nova Atlantis gelangen, ohne zugleich Utopia zu erreichen. Anders ausgedrückt: Genau solche Katastrophen müssen passieren, wenn unser technisches Wissen sich immer schneller vermehrt, ohne daß unsere praktische und politische Vernunft zunimmt.

29. Die negativen Utopien

Die Philosophie hat auf diese Situation entsprechend reagiert. Im 16. und 17. Jahrhundert sind positive Utopien geschrieben worden, die oben genannten und viele mehr, im 20. Jahrhundert sind, und das sind philosophisch die wichtigsten Bücher unseres Zeitalters, negative Utopien geschrieben worden.

Die früheste stammt von dem Russen Jewgenij Samjatin, einem Kampfgenossen Lenins, der sich bald nach der russischen Revolution vom Bolschewismus distanziert und in seinem Buch mit dem Titel *Wir* als erster geschildert hat, wie ein politisches System, das von sich behauptet, das beste und im Besitz der Wahrheit zu sein, alle abweichenden Meinungen verfolgt. Alle Wahrheitsansprüche, die total werden, führen zur Unterdrückung der Andersdenkenden. Das gilt für Religionen wie für politische Weltanschauungen.

Die beiden anderen negativen Utopien, die erwähnt werden müssen, sind *1984* von George Orwell und *Schöne neue Welt* von Aldous Huxley.

1984 wurde von Orwell 1948 geschrieben als Zukunftsroman vom Ende des 20. Jahrhunderts. Wie bei Samjatin wird ein totalitäres Regime geschildert, das alle Menschen unterdrückt, freie Meinung und Widerspruch verfolgt und eine Reihe von Institutionen und Mechanismen entwickelt hat, seinen Machtanspruch aufrechtzuerhalten: Geheimpolizei, Spitzelsystem, Überwachung des Privatlebens der Menschen, Manipulation der Nachrichten, Geschichtsfälschung, totale Kontrolle der Bücher usw. Als nach der Wende 1989 die Bewohner der untergegangenen DDR das Buch *1984* lesen durften, erkannten sie, daß Orwell ein lebensgetreues Porträt ihres totalitären Systems angefertigt hatte.

1984 ist Vergangenheit – vorläufig, denn aus der Geschichte können wir lernen, daß alles sich wiederholen kann, wenn wir aus dem Geschehenen nicht in der richtigen Weise lernen.

Die *Schöne neue Welt* von Huxley rechnet man gemeinhin zu den negativen Utopien, denn auch in diesem Roman wird eine Welt geschildert, die wir uns nicht wünschen – aber vielleicht sind wir dabei, in die »schöne neue Welt« hineinzugeraten?

Die »schöne neue Welt« – und das ist das Gemeine an dieser negativen Utopie, die eigentlich eine Satire ist – zeigt sich uns als die ironische Verwirklichung von Platons bestem Staat. An der Spitze steht ein Weltaufsichtsrat, die moderne Form des Philosophenkönigs. Er ist der Weiseste, denn er durchschaut als einziger das System.

Alle übrigen sind in Wahrheit unwissend und unfrei: Die Bevölkerung gliedert sich in fünf Intelligenzkategorien von Alpha+ bis Epsilon– nach den Buchstaben des griechischen Alphabets. Die Gesellschaft benötigt diese unterschiedlichen Typen für die unterschiedlichen Tätigkeiten. Für die Fließbandarbeit in den Fabriken benötigt man besonders anspruchslose dumme Menschen: die Epsilon–; aufsteigend in der Hierarchie der Tätigkeiten braucht man Menschen mit mittelmäßiger Intelligenz

(Beta-, Gamma- oder Delta-Menschen) bis hinauf zu den anspruchsvollsten Berufen, wie Wissenschaftlern, Managern, »Chefs«. Diese Berufe sind mit Alpha+ besetzt. Diese Menschen werden in riesigen Gebärfabriken in Glasbehältern herangezogen. Während ihres Heranwachsens bis zur Geburtsreife werden die Föten durch entsprechende Manipulationen wie Hormonbehandlung, unterschiedliche Ernährung usw. zu den gewünschten Typen verändert. Familie und privates Kinderkriegen sind abgeschafft. Der Staat organisiert den Nachwuchs und kann somit von jedem Menschentyp immer die von der Gesellschaft benötigte Anzahl produzieren.

Alle Menschen werden so erzogen – in der Schlafschule bekommen sie im Schlaf alles Wissen und alle Vorurteile eingetrichtert –, daß sie die »schöne neue Welt« für die allerbeste halten, daß sie mit ihrer Stellung vollkommen zufrieden und glücklich sind.

Glück ist immer das Ziel allen menschlichen Strebens gewesen, und der beste Staat ist derjenige, der allen Mitgliedern ein glückliches Leben in Selbstverwirklichung ermöglicht.

In der »schönen neuen Welt« sind alle glücklich, auch die Epsilon–, denn man redet ihnen ein, sie seien die allerwichtigsten Glieder der Gesellschaft, außerdem hat man ihnen einen ungeheuren Arbeitseifer eingeimpft. Für alle in der Gesellschaft gibt es unzählige Freizeitvergnügen, Ablenkungen, Rauschmittel – das wichtigste heißt »Soma« und macht fröhlich –, die die Menschen am Nachdenken hindern.

Betrachten wir unsere Gesellschaft mit ihrer Konsum- und Freizeitkultur, die darauf aus ist, die Menschen bei guter Laune zu halten und sie nicht zu sehr zu fordern, allenfalls in Ratespielen und Kreuzworträtseln, und ihnen die Zeit nicht zu lang werden zu lassen, so müssen wir zugeben, daß wir uns auf die »schöne neue Welt« zubewegen. Der Dichter Gottfried Benn hat den schon zitierten bösen Spruch geprägt: Dumm sein und Arbeit haben, das ist das Glück. Es könnte das Motto von Huxleys schöner neuer Welt sein.

Nun wird verständlich, warum ich von der ironischen Verwirklichung von Platons bestem Staat gesprochen und einen Zweifel daran gelassen habe, ob Huxleys Utopie wirklich negativ ist.

Bei Orwell sind wir sicher, denn die Gesellschaft von »1984« ist terroristisch, sie unterdrückt die Menschen offen und verfolgt sie. Die »schöne neue Welt« hingegen ist freundlich, denn sie hat das Bewußtsein der Menschen unter Kontrolle. Darum ist sie auch viel gefährlicher.

Sie zeigt, in welch verführerisch glückliche Welt die Technik uns führen kann, wenn uns die praktische und politische Vernunft abhanden kommt.

Diese Tatsache, daß die Menschen bei dem Versuch, nach Utopia zu gelangen, in die »brave new world« Huxleys geraten, hat im 20. Jahrhundert viele Philosophen dazu veranlaßt, nach Schuldigen für das 20. Jahrhundert zu suchen. Sie haben auch Schuldige gefunden, aber seltsamerweise nicht ihr eigenes Jahrhundert, das die aberwitzigsten Verbrechen begangen hat, sondern das Jahrhundert der Aufklärung: Weil die Aufklärer, Locke, Voltaire, Rousseau, Lessing, Kant, nicht richtig gedacht haben, deshalb mußten ihre Nachfahren im 20. Jahrhundert so töricht handeln. Was waren doch die

Aufklärer für naive Fortschrittsgläubige, sagen unsere Denker, denn sie kannten *uns* noch nicht. In der Tat, die Aufklärer kannten nur die Katastrophen der Vergangenheit: Inquisition, Hexenverbrennung, Bürgerkrieg, Intoleranz, und sie waren stolz darauf, das alles durch Aufklärung hinter sich gelassen zu haben. Sie konnten wirklich nicht damit rechnen, daß die Menschen des 20. Jahrhunderts sie widerlegen würden: durch Bürgerkrieg, Diktatur, Folter, Holocaust.

Aber was sollen wir denn tun? Offensichtlich müssen wir unserem Handeln im gesellschaftlichen und politischen Bereich ein Ziel setzen, genau das Ziel, das die Aufklärer bereits formuliert hatten: eine Gesellschaft zu errichten, in der jedermann und jedefrau frei und geborgen leben können, in der sie alle einen Anteil am Wissen und den schöpferischen Möglichkeiten der Menschheit haben und ihre eigenen Interessen und damit ihr Glück verwirklichen können.

Damit soll das Kapitel über die Frage nach dem Sinn beschlossen werden. Wir haben die Sinnfrage als die Frage gesehen, die den Menschen zu jenem ausgezeichneten Wesen in der Welt macht: als Teil der Welt die Frage nach dem Ganzen und dem *Zweck* der Welt in ihrer Gesamtheit stellen zu können. Die Frage nach Zweck und Sinn gehört zu den existentiellen, d. h. den Grundfragen des Menschen. Die Sinnfrage erwächst nämlich aus der menschlichen Existenz. Der Mensch fragt zuerst nach dem Sinn seiner eigenen Existenz und überträgt diese Frage auf die Welt. Er stellt sich damit die Welt als Ergebnis eines planvollen Handelns vor und kommt automatisch zur Idee einer Person als Ursache, richtiger: als Verursacher dieser Welt. Wir haben bereits (s. S. 136 ff.)

diese Hypothese in ihrem Für und Wider diskutiert und haben das Problem aufgezeigt, eine als unvollkommen erkannte Welt einer für vollkommen erklärten Person als Werk zuzuschreiben. Die Lösung, Gott wie einen Kaufmann Gutes gegen Schlechtes aufrechnen zu lassen, ist nicht sehr überzeugend. Denn dann wäre Gott einer von uns, lediglich mit einem viel, viel besseren Computer.

Wenn wir also Zweifel hegen, daß es Gott und damit eine moralische Weltordnung und einen Sinn der Welt gibt, dann müssen wir für unsere *menschliche* Welt auf Sinnsuche gehen. Wir müssen uns die Frage stellen, was das Gute sei, und uns darum bemühen, es herzustellen.

Im letzten Teil des Kapitels ist daher eine kurze Geschichte unserer Anstrengungen vorgeführt worden. Dabei hat sich folgendes gezeigt: Im Prinzip haben wir immer schon in unseren Verhaltensregeln, unseren selbstgegebenen Geboten und Gesetzen das Ziel verfolgt, eine gerechte Gesellschaft zu errichten. Aber wir haben Schwierigkeiten, den rechten Weg zu dieser gerechten Gesellschaft zu finden. Wir sind immer noch auf dem Weg. Im Abendland haben wir aus dem Buch des Thomas Morus als Bezeichnung für das angestrebte Ziel das Wort »Utopia« entlehnt.

Hatten wir in den Religionen die Hoffnung auf ein *besseres Jenseits*, so müssen wir heute die Hoffnung auf eine *bessere Zukunft* bewahren und alles Erdenkliche tun, dieses Ziel zu erreichen. Der Philosoph Jürgen Habermas hat für diese Aufgabe die treffende Benennung geprägt. Es ist das »Projekt der Moderne«, an dem wir arbeiten müssen.

IX. Schlußbetrachtung

Unsere kleine Philosophie ist zu Ende. Wir haben unterschiedlichste Gebiete durchstreift und müssen uns nun fragen, zu welchen Ergebnissen wir gekommen sind.

Immanuel Kant hat geschrieben, die Philosophie habe die Aufgabe, vier Fragen zu beantworten: 1. Was können wir wissen? 2. Was sollen wir tun? 3. Was dürfen wir hoffen? 4. Als Zusammenfassung der drei ersten: Was ist der Mensch?

Versuchen wir, auf dem Boden des oben Entwickelten, diese vier Fragen zu beantworten!

1. Was können wir wissen?

Unser Wissen über die Welt, das hatten wir erkannt, ist nicht schon immer da, sondern muß von uns erarbeitet werden. Wissen ist für das Überleben notwendig, aber wir müssen nicht alles wissen, um uns in unserer Lebenswelt zurechtzufinden. Wenn wir z. B. Ackerbau betreiben, so brauchen wir kein Wissen über Galaxien. Es genügt, wenn wir die Jahreszeiten und die entsprechende Witterung kennen. Uns würde sogar die geozentrische Astronomie des Altertums genügen.

Unabhängig davon, wie weit wir unser Wissen von der Welt vorantreiben, die Grundlage ist immer die Erfahrung, die wir mit den Dingen haben. Das Wesen der

Dinge bestimmen wir aus den Erfahrungen. Deshalb sprechen wir von Erfahrungswissenschaften. Sie fußen auf den Erfahrungen der Lebenswelt, sind aber schon lange über diese Basis hinausgelangt. Wo findet dieses Wissen seine Grenze?

Da wir alle Dinge bestimmen nach den Wirkungen, die sie auf andere ausüben, muß unser Wissen so weit ausdehnbar sein, wie der Zusammenhang des Wirklichen selbst reicht. Das bedeutet: Unser Erfahrungswissen reicht bis an die Grenze der Welt. Aber wir dürfen nicht glauben, das, was *für uns im Augenblick* die Grenzen der Welt sind, seien die tatsächlichen Grenzen der Welt. Wir suchen die vier Enden der Welt; das vordere und das hintere, das untere und das obere, oder Anfang und Ende, das kleinste Teilchen und das größte.

Ob es diese Enden tatsächlich gibt, können wir in der Gegenwart noch nicht beurteilen. Aber diese Unsicherheit gilt eigentlich für alles Erfahrungswissen. Erinnern wir uns an das Bild des Detektivs, der herausbekommen muß, was geschehen ist. Er hat Vermutungen, die er im Lauf seiner Untersuchung erhärten will. Leser von Kriminalromanen wissen: In vielen Geschichten liegt die beste Pointe darin, daß der Detektiv bis zum Schluß eine vielversprechende, aber falsche Fährte verfolgt, nicht weil er dumm ist, sondern weil die entscheidende Information bis fast zum Schluß fehlt. Mit der Wissenschaft verhält es sich ebenso. Unser Wissen ist vorläufig und darum beliebig vervollkommenbar.

Wodurch wird die Erweiterung unseres Wissens garantiert? Durch die richtige Vorgehensweise, die wissenschaftliche Methode, die darin besteht, daß für jede Behauptung Beweise gesucht werden müssen. Voraussetzung für die richtige Methode ist, daß wir uns darüber klar geworden sind, nach welchen Regeln wir Argumente austauschen und anerkennen, d. h., wir müssen die Regeln einhalten, die wir benötigen, damit unsere Sprache über die Dinge korrekt funktioniert.

Deshalb begann unsere kleine Philosophie mit der Frage nach der Herkunft der Worte. Dann haben wir uns mit den Begriffen beschäftigt und konnten so zu der Beantwortung der Frage fortschreiten, woher unser Wissen stammt.

2. Was sollen wir tun?

Der Mensch ist nicht nur der Betrachter der Welt, sondern er ist in erster Linie ein handelndes Wesen. Ursprünglich galt einmal die Regel, daß man sechs Tage arbeiten muß, damit man am siebten Tag zum Betrachten kommt. Der Schöpfergott hatte es ja den Menschen vorgeführt.

Für das Handeln müssen wir uns Regeln selbst geben, die es ermöglichen, daß die Menschen friedlich neben- und miteinander leben können. Durch alle Epochen unserer Geschichte ist ein Prinzip immer wieder formuliert worden: das Prinzip der Gegenseitigkeit. Das bedeutet: Alle Menschen sind bereit, auf Handlungen, die ihnen nützen und anderen schaden, zu verzichten, wenn ihnen garantiert wird, daß sie nicht selbst Opfer egoistischer Handlungen anderer werden. Unter diesen Voraussetzungen sind die Menschen auch bereit, Opfer zu bringen.

Wenn dieses Prinzip von Gleichheit, Gerechtigkeit

und Fairneß zur Grundlage einer Gesellschaftsorganisation gemacht wird, dann kann eine Gesellschaft entstehen, die allen Menschen in gleicher Weise gerecht wird.

Dieses Prinzip ist im Lauf unserer Geschichte unterschiedlich formuliert worden, z. B. als sogenannte Goldene Regel: »Was du nicht willst, das man dir tu, das füg auch keinem anderen zu«, oder als kategorischer Imperativ bei Kant: »Handle so, daß die Maxime deines Handelns ein allgemeines Gesetz sein könnte.«

Vollkommen verwirklicht werden kann dieses Prinzip nur in einer Gesellschaft von Freien und Gleichen. Nun zeigt die Geschichte, daß Staaten über lange Zeit stabil sein können, auch wenn sie nach anderen Prinzipien funktionieren. In der Adelsgesellschaft des Mittelalters hatten die Menschen von Geburt an ungleiche Rechte, sie haben sich damit abgefunden, weil sie diese Ordnung für gottgegeben hielten, und haben sie weiter tradiert. Deshalb sprechen wir von traditionaler Herrschaft. Sie kann so lange bestehen, wie die Beherrschten die Tradition nicht in Frage stellen.

Und im 20. Jahrhundert, das gewiß als das Jahrhundert der Diktaturen in die Geschichte eingehen wird, sind unzählige Machtmenschen aufgetreten, haben die Menschen zu Begeisterungsrufen hingerissen – »Führer befiehl, wir folgen!« – und haben aufgrund ihrer Ausstrahlung, man spricht vom *Charisma*, die Menschen dazu gebracht, ihre eigene Vernunft auszuschalten und diesen selbsternannten gottähnlichen Führern zu folgen – zumeist in den Untergang.

Charismatische und traditionale Herrschaft, wie die Geschichte sie hervorgebracht hat, widersprechen offensichtlich nicht der menschlichen Natur, sonst hätte es sie ja nicht geben können, deshalb werden sie auch immer möglich bleiben. Aber diese Herrschaftsformen entsprechen nicht unserem *Ideal* von Menschenwürde und Gerechtigkeit.

3. Was dürfen wir hoffen?

Zum Menschen gehört die Hoffnung. Was erhofft sich der Mensch? Glückseligkeit. Und was fürchtet er? Unglück, Verzweiflung, Tod. In der Vorstellung von einem Gott als dem Schöpfer der Welt haben die Menschen sich jemanden als Partner erhofft, der ihnen hilft, der für Gerechtigkeit sorgt, der Trost spenden kann.

Die Erfahrung der Geborgenheit, die Kinder mit ihren Eltern machen können, haben die Menschen auf ihr Verhältnis zu der von ihnen vorgestellten Gottheit übertragen. In der frühen Menschheitsgeschichte existierten auch Muttergottheiten, aber sie wurden verdrängt, und die voneinander abhängigen monotheistischen Religionen Judentum, Christentum, Islam kennen nur einen männlichen Schöpfergott.

Die Philosophie hat in der Neuzeit ein Bild von Gott entworfen, das über die Gottesbilder der drei genannten Religionen hinausgewachsen ist. Natürlich war die Bewegung der europäischen Aufklärung die Ursache dafür. In der Aufklärung gelang der europäischen Gesellschaft ein Zuwachs an Einsicht und Humanität, der auf die Vorstellung von Gott abfärbte. Die Philosophen können sich Gott nur als Philosophenherrscher denken, also als den absolut weisen, sich selbst beherrschenden, verständnisvollen und verzeihenden Gott. Vor diesem Gottesbild erscheinen alle anderen Götter als gotteslästerliche Karikaturen.

Aber damit taucht ein Dilemma auf. Das Erkenntnisprinzip, das Wesen der Dinge aus ihren Wirkungen zu erschließen, gilt auch für die Frage nach dem Wesen Gottes. Es ist daher unmöglich, die Welt in ihrer erkannten Unvollkommenheit als das Werk eines vollkommenen Schöpfers zu begreifen. Aber wir können auch nicht einfach einen unvollkommenen Gott oder eine ganze Sippe von uneinigen Göttern annehmen, obwohl wir damit die Welt erklären könnten. Denn wir haben es uns in den Kopf gesetzt, daß Gott vollkommen ist.

Aber das muß nicht das letzte Wort über Gott sein: Wir betrachten den verzeihenden Gott der Christen als einen menschenwürdigeren Gott, als es der despotische Gott der alten Hebräer ist. Wenn ein humaner Gott uns Menschen unsere Unvollkommenheiten vergibt, wenn wir sie bekennen, müßten wir dann nicht ebenso einem Gott, der seine Unvollkommenheit zugibt, Verzeihung gewähren?

Als wir noch glaubten, die Erde sei der Mittelpunkt der Welt und die Sterne seien kleine Laternen am Himmelsgewölbe, die für uns die Nacht erhellen – das ist übrigens immer noch ihre einzige Funktion für uns –, da konnten wir überzeugend der Welt einen Sinn und uns eine Rolle in dem großen Welttheater zusprechen.

Jetzt aber, da das Weltall durch unsere Forschungen uns immer größer erscheint, gewinnt es nicht an Sinn, im Gegenteil, es verliert an Sinn, denn wir werden immer kleiner und bedeutungsloser. Wäre unser Planet das einzige bewohnte Gestirn im Weltall, so könnten wir uns nur verwundern über die viel zu große Kulisse. Gäbe es hingegen außer der unsrigen noch weitere bewohnte Welten, würde daraus irgend etwas folgen für unsere Frage nach dem Sinn der Welt?

Es sieht so aus, als würden wir in unserer Hoffnung auf uns zurückgeworfen. Wenn wir etwas erhoffen, so müssen wir es von uns selbst erhoffen. Das bedeutet: Wir müssen unsere eigene menschliche Welt so einrichten, daß wir glücklich sein können. Die im Jenseits angestrebte Glückseligkeit sollten wir im Diesseits verwirklichen. Das Diesseits ist unsere Wirklichkeit, die einzige Wirklichkeit, die wir kennen, das Jenseits hingegen, das die Religionen verkündet haben, ist nur eine Hypothese.

Wohlgemerkt: Gäbe es einen Gott, so wie wir ihn uns erträumen, so hätten wir allen Grund zur Freude, und wenn es ihn nicht gibt, dann sind wir allein im Weltall, gleichgültig, wie viele intelligente Zivilisationen im Andromedanebel oder anderswo außer uns existieren. Dann haben wir als Helfer, Partner und Tröster nur den Mitmenschen.

4. Was ist der Mensch?

Die Philosophen haben bereits in der Antike Aussagen über das Wesen des Menschen gemacht: *zoon logon echon*, das Lebewesen, das über den Logos (›Vernunft, Sprache‹) verfügt, *animal rationale*, das ›vernunftbegabte Lebewesen‹, *zoon politikon*, das Lebewesen, das in der *polis*, der Stadt, und im Staat lebt.

Denken wir noch einmal zurück an den zitierten Mythos von Epimetheus, der alle Gaben an die Tiere verteilt, so daß für den Menschen keine natürlichen Fähigkeiten zurückbleiben, kein Fell, kein Panzer, keine Krallen noch starke Zähne usw. Der Mensch ist also ein Mängelwesen im Vergleich mit den Spezialisten aus dem Tierreich. Da besorgt ihm Prometheus die *Göttergaben* Kunstfertigkeit, Erfindungsgabe und Staatskunst.

Wenn wir nun aus unserem Rundgang durch die Philosophie noch einen Schluß ziehen wollen, so kommen wir unweigerlich auf den Satz des Protagoras: *anthropos meson panton*. Das bedeutet: Der Mensch hat nicht die Dinge gemacht, er ist nicht der Schöpfer der Welt, aber er ist das *Maß aller Dinge*. Er ist der Schöpfer der Worte, der Begriffe, er bemüht sich um das Wissen, er muß sein Zusammenleben organisieren, er hat die Idee des Guten entwickelt, und somit beurteilt er die ganze Welt nach seinen Maßstäben. Daher findet er sich in der Mitte, sogar in dem banalen Sinn der physikalischen Größen. Von sich ausgehend sucht er das Größte und das Kleinste auf. Seine Welt, das ist die sinnhafte Welt seines Lebens. Der Mensch ist als Gattungswesen der Schöpfer seiner selbst. Er hat sich selbst geschaffen, weil er das Idealbild von sich festgelegt hat, nach dem er sich beurteilt. Das betrifft sowohl seine äußere Gestalt, die der Mensch vermessen und auf Proportionen gebracht hat, als auch sein inneres Wesen, das an dem von ihm aufgestellten Ideal des Guten gemessen wird.

Insofern der Mensch autonom ist, also sich selbst Gesetze gibt, trägt er auch die Verantwortung für sein Handeln. Das alles ist in dem Satz von Protagoras ausgedrückt, der damit zu den inhaltsreichsten und folgenschwersten Erkenntnissen der Philosophie zählt.

Nun leben wir nicht mehr im Zeitalter der Philosophie, sondern im Zeitalter der Wissenschaften, die die

Philosophie ablösen möchten. Deshalb sind natürlich von den Wissenschaften Einwände gegen die Philosophie formuliert worden. Es kamen die Psychologen und haben Zweifel an der Vorstellung des *animal rationale*, des ›vernunftbegabten Lebewesens‹, angemeldet. Sie wiesen nach, daß die Menschen in ihren Handlungen selten oder nie rational handeln, sondern irrational, d. h. sich von momentanen Gefühlen, Leidenschaften und Ängsten leiten lassen, also Sklaven ihrer Triebe und ihres Charakters sind. Aber hatten die Philosophen das denn geleugnet? Sie hatten lediglich von der Fähigkeit gesprochen, vernünftig zu handeln, aber niemals behauptet, alle Menschen handelten immer und überall vernünftig. Gerade im Wissen um die Unvernunft als Normalfall des Lebens haben sie ein Ideal des vernünftigen Lebens formuliert, und dieses Ideal verkörperte für sie der Philosoph. Natürlich können auch Philosophen sich durch törichtes Gerede entlarven, weshalb in der Antike der in der Gegenwart von Philosophen viel zu wenig beherzigte Spruch geprägt wurde: *Si tacuisses, philosophus mansisses* (»Hättest du geschwiegen, wärest du ein Philosoph geblieben«).

Wenn wir nun also von den Schwächen des Menschen absehen, so können wir immerhin folgendes behaupten: Die Tatsache, daß Philosophie und Wissenschaft existieren, belegt, daß Menschen zur Vernunft fähig sind. Dem steht nicht die Erkenntnis entgegen, die Goethe im *Faust* Mephisto in den Mund legt: die Menschen benutzten ihre Vernunft, die sie ja über das Tier hinausheben soll, »um tierischer als jedes Tier zu sein«. Mephisto kannte offenbar unser 20. Jahrhundert.

Nach der Psychologie kam die Soziologie und zweifelte die Urteilsfähigkeit des Menschen an mit der Begründung, die Menschen seien in Wirklichkeit Produkte ihrer sozialen Herkunft. Karl Marx hat den folgenreichen Satz aufgestellt: »Das Sein bestimmt das Bewußtsein.« Diesen Satz haben die Soziologen zum Ausgangspunkt ihrer Wissenschaft genommen. Und gewiß ist das eine sehr fruchtbare Vermutung gewesen, mit deren Hilfe die Handlungen der Menschen in der Gesellschaft in den meisten Fällen erklärt werden können, vor allem die beschränkten und bornierten Handlungen. Aufklärung – Aufklärung durch Selbsterkenntnis und Philosophie! – ist immer als das Mittel angesehen worden, die Menschen aus dieser selbstverschuldeten (durch die Gesellschaft nämlich) Unmündigkeit herauszuführen. Deshalb ist seit dem Altertum das Ideal aller Erziehung gewesen, die Menschen urteilsfähig zu machen dadurch, daß man ihnen einen Überblick über die Wirklichkeit in all ihren unterschiedlichen Bereichen verschafft. Wenn aus Kindern, die noch keinen Begriff von der Welt haben, am Ende doch nur wieder dumme Erwachsene werden, wie Kierkegaard festgestellt hatte (siehe das Motto des Vorworts), dann hat die Erziehung zum selbständigen Denken versagt.

Die Soziologie hat uns keine absoluten Grenzen menschlichen Handelns und Denkens aufzeigen können und damit die Aussagen der Philosophen widerlegt, sie zeigt uns lediglich auf, daß Menschen sich traditionell, gedankenlos, unaufgeklärt und in starren gesellschaftlichen Rollen und Denkschablonen bewegen, wenn man ihnen keine besseren Ideen in ihre Köpfe gibt.

Der letzte Angriff auf die von den Philosophen vorgenommene Bestimmung des Menschen ist von der Biologie ausgegangen. Seit Darwin im vergangenen Jahrhundert seine Schrift über die *Abstammung der Arten* veröffentlicht hat, wogt ein unsinniger Kampf zwischen »Kreationisten« und »Evolutionisten«. Die einen wollen wissenschaftlich beweisen, daß der Mensch »vom Affen abstammt«, d. h. exakt: sich aus dem Tierreich entwickelt hat und zusammen mit den heutigen Menschenaffen von gemeinsamen affenartigen Vorfahren abstammt. Nebenbehauptung der Evolutionisten ist dabei folgendes: Wenn sich alles von selbst entwickelt, dann benötigen wir zur Erklärung keinen Gott. Dem widersprechen die Kreationisten. Sie wollen sich die Gottesebenbildlichkeit des Menschen nicht rauben lassen, und deshalb suchen sie verbissen nach Lücken in der Beweislage und Fehlern in der Theorie der Evolution.

Seit mehr als hundert Jahren gibt es eine verbissene Diskussion um das *missing link*, das »fehlende Verbindungsglied« zwischen Affe und Mensch. Eine Fülle von Urmenschen und Vormenschen sind von den Anthropologen bisher gefunden worden, aber die Evolutionsgegner fordern einen lückenlosen Stammbaum in der Art des erfundenen Stammbaumes Jesu, der seine Abkunft aus dem Hause Davids beweisen soll.

Trotzdem haben die Evolutionisten gute Beweise. Die Genforschung hat inzwischen herausgefunden, daß bei Mensch und Schimpanse 99,9% der Gene identisch sind. Aber welch ein Unterschied wird durch dieses Zehntelprozent bewirkt!

Offensichtlich wird der Streit zwischen den Parteien mit falschen Erwartungen geführt. Wenn sich die Evolutionstheorie bewahrheitet, und es sieht danach aus, was hindert die Theisten daran, die Weisheit ihres Schöpfergottes zu preisen, der ein so einfaches Prinzip wie das Evolutionsprinzip konstruiert hat, um die Welt entstehen zu lassen?

Und den Kreationisten muß man sagen: Einer Anekdote zufolge soll eine Dame der feinen Gesellschaft nach dem Erscheinen von Darwins Buch gebetet haben: »Lieber Gott, gib, daß die Abstammungslehre nicht wahr ist. Wenn sie aber doch wahr ist, dann sorge dafür, daß es nicht bekannt wird!«

Hindert denn unsere mögliche Abstammung aus dem Tierreich uns daran, uns zum Göttlichen zu erheben?

Der Dichter Erich Kästner hat die Lächerlichkeit der Situation in einem Gedicht folgendermaßen dargestellt:

Die Entwicklung der Menschheit

Einst haben die Kerls auf den Bäumen gehockt,
behaart und mit böser Visage.
Dann hat man sie aus dem Urwald gelockt
und die Welt asphaltiert und aufgestockt,
bis zur dreißigsten Etage.

Da saßen sie nun, den Flöhen entflohn,
in zentralgeheizten Räumen.
Da sitzen sie nun am Telefon.
Und es herrscht noch genau derselbe Ton
wie seinerzeit auf den Bäumen.

Sie hören weit. Sie sehen fern.
Sie sind mit dem Weltall in Fühlung.
Sie putzen die Zähne. Sie atmen modern.
Die Erde ist ein gebildeter Stern
mit sehr viel Wasserspülung.

Sie schießen die Briefschaften durch ein Rohr.
Sie jagen und züchten Mikroben.
Sie versehn die Natur mit allem Komfort.
Sie fliegen steil in den Himmel empor
und bleiben zwei Wochen oben.

Was ihre Verdauung übrigläßt,
das verarbeiten sie zu Watte.
Sie spalten Atome. Sie heilen Inzest.
Und sie stellen durch Stiluntersuchungen fest,
daß Cäsar Plattfüße hatte.

So haben sie mit dem Kopf und dem Mund
den Fortschritt der Menschheit geschaffen.
Doch davon mal abgesehen und
bei Lichte betrachtet sind sie im Grund
noch immer die alten Affen.

In der Tat, ob wir Vernunftwesen sind, der Möglichkeit nach zumindest, oder Affen, hängt nicht von unserer biologischen Abstammung ab, sondern von unserem aktuellen Verhalten. Die Aufklärer des 18. Jahrhunderts haben ein Idealbild des Menschen als eines autonomen vernünftigen Subjekts konstruiert, und die Menschen des 20. Jahrhunderts haben gezeigt, daß sie bestialischer als die Tiere sein können, und zwar deshalb, weil sie ihre technisch-wissenschaftliche Vernunft in den Dienst der Bestialität stellen können.

Der Mensch ist das Lebewesen, das in seinem Verhalten das ganze Spektrum zwischen Tier und Gottheit verwirklichen kann – das muß die Auswirkung des Zehntelprozents an Genen sein, das uns vom Schimpansen unterscheidet.

Die Biologie kann unser Wissen um uns und unsere

Möglichkeiten sicher bestätigen. Deshalb braucht die Philosophie ihre Aussagen über das Wesen des Menschen, und, was viel wichtiger ist, über seine moralische Verantwortung und seine Pflichten nicht zurückzunehmen.

Nachbemerkung

Über die Aufgabe der Philosophie

Das vorliegende Buch hat sehr einfach begonnen, nämlich mit der Frage: »Was heißt ›Bürgersteig‹?« Also mit der Frage nach der Herkunft und der Bedeutung der Wörter.

Von den Wörtern aufsteigend zu den Begriffen ist das Feld der theoretischen Philosophie betreten worden. Die Frage nach der Herkunft unseres Wissens wurde dazu benutzt, in Grundzügen die Entstehung unseres wissenschaftlichen Weltbildes zu skizzieren und den entscheidenden Anteil der Philosophie zu beleuchten. Deshalb wurde die Entwicklung unserer Atomtheorie sowie die Kosmologie herangezogen. Wichtig war mir dabei der Nachweis, daß die Erfahrungswissenschaften die Philosophie keineswegs hinter sich gelassen haben, sondern nach wie vor von spekulativen metaphysischen Gedankenkonstruktionen abhängen. Zugleich ging es um den Aufweis, daß alles Erfahrungswissen den Charakter des Vorläufigen hat – jedenfalls zum gegenwärtigen Zeitpunkt, da wir stolz auf die abnehmende zeitliche Gültigkeit von wissenschaftlichen Theorien verweisen.

Nach der Betrachtung des kausalen Aspektes der Warum-Frage, der Frage nach den Ursachen, wurde der teleologische Aspekt entfaltet, die Frage nach dem Ziel von Ereignissen, Handlungen usw. Unter dem Thema des Sinnes, Zieles, der Absicht, des Telos, wurde die

Frage nach einer moralischen Weltordnung gestellt. Daraus ergaben sich zwei Teilfragen, die Frage nach einem möglichen Schöpfer als dem Garanten einer Weltordnung und eines Zweckes der Welt sowie die Frage nach dem Guten. Dabei zeigte sich, daß die Menschen durch ihre rigoristische Definition des Guten gezwungen sind, die Welt negativ zu beurteilen, so daß ein möglicher Urheber der Welt der Kritik verfällt.

Wenn aus moralischen Gründen nicht an einen Gott geglaubt werden kann, dann muß der Mensch mit der Erkenntnis leben, daß er ganz allein für sich und sein Glück zu sorgen hat. Er kann sich weder auf einen Gott verlassen, noch sein Versagen mit einem Teufel entschuldigen. Seine Aufgabe ist es dann, in freier Selbstbestimmung sich aus Vernunft, und das heißt in diesem Zusammenhang moralischer Vernunft, die Gesetze seines Handelns selbst zu geben. Deshalb gipfelt das vorliegende Werk in der Darstellung der philosophischen Bemühungen um die bestmögliche Gesellschaft. In diesem Aufstieg von einfachen Fragen zu immer gewichtigeren folgt der Gedankengang einer Überlegung des Aristoteles, der am Anfang seines Buches *Nikomachische Ethik* formuliert hat, das Ziel alles Philosophierens sei die Ethik, und deren Vollendung liege in der politischen Philosophie. Wer bei der Sprachphilosophie, der Erkenntnistheorie oder der Ästhetik stehen bleibt, der hat den Sinn der Philosophie nicht begriffen.

Die Absicht des vorliegenden Streifzuges war, im Wechsel von systematischen Gedanken und geschichtlichen Entwicklungsgängen aufzutun, daß die Philosophie ein Ganzes ist. Sie ist der Ort, an dem die Frage gestellt werden kann, die alles Fragenkönnen von spezialisierten Fachwissenschaften übersteigt, die Frage nach dem Sinn der Welt. Die einfache Antwort, die in diesem Einführungsversuch gegeben wird, ist diese: Die Sinnfrage ist die menschliche Frage schlechthin, nur wir können sie stellen und beantworten, indem wir das, was wir als sinnvoll setzen, in unserem Handeln verwirklichen.

Wenn es mir geglückt wäre, dem Leser den Eindruck zu vermitteln, daß die Philosophie die spannendste, weil umfassendste, kreativste und wichtigste Betätigung des Menschen ist, und in ihm den Entschluß zu wecken, das eine oder andere der angesprochenen Werke von Philosophen zu lesen, so wäre der Zweck dieses Buches vollkommen erfüllt.

Erläuterungen zu im Text erwähnten Namen

AGRIPPA von Nettesheim (1486–1535), deutscher Humanist, Arzt und Philosoph.

ARISTOTELES (382–322 v. Chr.), Schüler Platons; Lehrer von Alexander dem Großen, wichtigster systematischer Denker des Altertums mit universellen Interessen: Logik, Metaphysik, politische Philosophie, Naturwissenschaften.

BACON, Francis (1561–1626), englischer Politiker und Philosoph; gehört mit Descartes zu den Neubegründern von Philosophie und Wissenschaft im 17. Jahrhundert.

BENN, Gottfried (1886–1956), deutscher Dichter.

BENTHAM, Jeremy (1748–1832), englischer Philosoph; Begründer des Utilitarismus, entwickelte eine Methode zur Berechnung des Glücks.

BERGERAC, Cyrano de (1619–55), französischer Dichter; verfaßte auch utopische satirische Romane.

BOHR, Niels (1885–1962), dänischer Physiker; entwarf ein Atommodell nach dem Vorbild des Planetensystems.

BRUNO, Giordano (1548–1600), italienischer Philosoph; Anhänger der kopernikanischen Astronomie, wurde als Ketzer verbrannt.

CAMPANELLA, Tommaso (1568–1639), italienischer Philosoph; verfaßte den *Sonnenstaat*, die Schilderung eines kommunistischen idealen Gemeinwesens.

DARWIN, Charles (1809–82), englischer Naturforscher; Begründer der modernen Evolutionstheorie.

DEMOKRIT (460–370), griechischer Philosoph; bedeutender Vertreter der antiken Atomtheorie.

DESCARTES, René (1596–1650), französischer Philosoph; begründete durch seine Schriften zu Methode und Regeln der Erkenntnisgewinnung das philosophische und wissenschaftliche Denken neu.

DIOGENES (412–323 v. Chr.), griechischer Philosoph; verwirklichte in seiner Lebensführung ein Ideal materieller Bedürfnislosigkeit.

EINSTEIN, Albert (1879–1955), deutscher Physiker; Begründer der Relativitätstheorie.

EMPEDOKLES (483–424 v. Chr.), griechischer Philosoph; schuf ein Weltmodell, dem zufolge durch die entgegengesetzten Kräfte Liebe und Haß die vier Elemente Feuer, Luft, Wasser und Erde zu immer neuen Mischungen und Entwicklungen veranlaßt werden.

EPIKUR (342–271 v. Chr.), griechischer Philosoph; vertrat die Lehre eines privaten Glückes im maßvollen Genießen ohne politische Betätigung.

ERATOSTHENES von Kyrene (um 284– um 202 v. Chr.), griechischer Mathematiker und Astronom; bestimmte den Erdumfang mit Hilfe der Schattenmessung an unterschiedlichen Orten.

FEUERBACH, Ludwig (1804–72), deutscher Philosoph; materialistischer Religionsphilosoph, erklärte Gott zum Idealbild der menschlichen Vorstellung.

GALILEI, Galileo (1564–1642), italienischer Naturwissenschaftler und Philosoph; mußte seine Erkenntnisse vor der römischen Inquisition zurücknehmen.

GOETHE, Johann Wolfgang (1749–1832), deutscher Dichter; Verfasser u. a. des *Faust*, eines philosophischen Dramas.

HABERMAS, Jürgen (geb. 1929), deutscher Philosoph und Soziologe; gegenwärtig der bedeutendste Vertreter einer gesellschaftskritischen Philosophie in Deutschland.

HAECKEL, Ernst (1834–1919), deutscher Naturforscher und materialistischer Philosoph.

HAHN, Otto (1879–1968), deutscher Naturwissenschaftler; ihm gelang die erste experimentelle Spaltung eines Atoms.

HEGEL, Georg Wilhelm Friedrich (1770–1831), deutscher Philosoph; unternahm in seinem Denken den Versuch, die gesamte Wirklichkeit »dialektisch« zu beschreiben, d. h. die Entwicklung der Welt und des Denkens als eine Bewegung darzustellen, die aus dem Wirken entgegengesetzter Größen resultiert.

HERAKLIT (544–483 v. Chr.), griechischer Philosoph; vertrat die These, die ganze Welt unterliege einem ständigen Wandel, keine Erscheinung könne unverändert bleiben: »Alles fließt«.

HOBBES, Thomas (1588–1679), englischer Philosoph; verfaßte eine Theorie des starken absolutistischen Staates.

HUXLEY, Aldous (1894–1963), englischer Schriftsteller und Kulturkritiker; verfaßte eine der wichtigsten philosophischen Utopien des 20. Jahrhunderts.

JEAN PAUL (1763–1825), deutscher Dichter.

KANT, Immanuel (1724–1804), deutscher Philosoph; einer der bedeutendsten Philosophen der Neuzeit, berühmt durch die *Kritik der reinen Vernunft* und die *Kritik der praktischen Vernunft*.

KÄSTNER, Erich (1899–1974), deutscher Schriftsteller; bekannt auch als Kinderbuchautor, witziger Satiriker.

KEYNES, John Maynard (1883–1946), englischer Nationalökonom; entwickelte eine Theorie, der zufolge der Staat durch Eingriffe den Markt steuern kann und soll.

KIERKEGAARD, Sören (1813–55), dänischer Philosoph und Theologe; übte mit seinem Denken großen Einfluß auf die moderne Existenzphilosophie aus.

KOPERNIKUS, Nikolaus (1473–1543), Astronom; ersetzte das geozentrische durch das heliozentrische Weltbild.

KRITIAS (um 460–403 v. Chr.), griechischer Philosoph; formulierte eine Theorie über Entstehung und Funktion der Religion.

LEIBNIZ, Gottfried Wilhelm (1646–1716), deutscher Philosoph und Universalgelehrter; unternahm eine Verteidigung Gottes, *Theodizee.*

LENIN, Wladimir Iljitsch Uljanow (1870–1924), russischer Politiker und Philosoph; bemühte sich um eine Weiterführung der Marxschen Kritik am Kapitalismus, begründete den Bolschewismus als politische Bewegung und den Sowjetstaat.

LEONARDO DA VINCI (1452–1519), italienisches Universalgenie; betätigte sich als Ingenieur, Maler, Wissenschaftler und Philosoph.

LESSING, Gotthold Ephraim (1729–81), deutscher Dichter; bedeutender Aufklärer, schrieb das Drama *Nathan der Weise.*

LEUKIPP (um 460 v. Chr.), griechischer Philosoph; angeblich Lehrer des Demokrit, begründete mit ihm die Atomistik.

LOCKE, John (1632–1704), englischer Philosoph; Begründer der Theorie vom liberalen Bürgerstaat.

MANDEVILLE, Bernard de (1670–1733), englischer Schriftsteller; Verfasser der *Bienenfabel*, in der er satirisch zu beweisen suchte, daß aus privaten Lastern öffentliche Wohlfahrt entsteht.

MARX, Karl (1818–83), deutscher Philosoph; schrieb in der englischen Emigration das *Kapital*, eine fundamentale Kritik der bürgerlichen Gesellschaft und ihrer Theorie.

MENDELEJEW, Dimitri Iwanowitsch (1834–1907), russischer Chemiker; stellte ein periodisches System der chemischen Elemente auf.

MILL, John Stuart (1806–73), englischer Philosoph; wie Bentham Vertreter des Utilitarismus.

MONTESQUIEU, Charles de Secondat, Baron de la Brède et de M. (1689–1755), französischer Philosoph; Verfasser der Schrift *Vom Geist der Gesetze*, einer Theorie der politischen Gewaltenteilung.

MORUS, Thomas (1478–1535), englischer Staatsmann und Philosoph; verfaßte die erste neuzeitliche *Utopie*, in der er in der Verkleidung eines Reiseberichtes schilderte, wie die Gesellschaft vernünftig organisiert werden könnte.

NEWTON, Isaac (1643–1727), englischer Naturforscher; entwickelte die erste umfassende Physik der Neuzeit, die bis zu Einstein als gültig angesehen wurde.

OCKHAM (Occam), Wilhelm von (1285–1347), englischer Theologe und Philosoph.

ORWELL, George (Eric Arthur Blair) (1903–50), englischer Schriftsteller; schrieb mit *1984* die zweite wichtige negative Utopie des 20. Jahrhunderts.

PASCAL, Blaise (1623–62), französischer Mathematiker, Philosoph und Mystiker.

PLATON (427–347 v. Chr.), griechischer Philosoph; Schüler des Sokrates, Begründer der »Ideenlehre« und Verfasser zweier wichtiger politischer Bücher über den besten und den zweitbesten Staat.

POLYBIOS (201–120 v. Chr.), griechischer Geschichtsschreiber; entwickelte eine Theorie der Gewaltenteilung im Staat im Anschluß an Platon und Aristoteles.

PROTAGORAS (480–410 v. Chr.) griechischer Philosoph; der bedeutendste der Sophisten, formulierte den berühmten Satz: »Der Mensch ist das Maß aller Dinge.«

PTOLEMÄUS (100–160 n. Chr.), griechischer Astronom; lehrte in Alexandria, vervollständigte das geozentrische System derart, daß es bis ins 16. Jahrhundert für gültig gehalten wurde.

ROUSSEAU, Jean-Jacques (1712–78), französisch-schweizerischer Philosoph; schrieb einen *Gesellschaftsvertrag*, der Kant und Marx beeinflußt hat.

SAMJATIN, Jewgenij Iwanowitsch (1884–1937), russischer Schriftsteller; ursprünglich Kampfgenosse Lenins, schrieb 1924 *Wir*, einen kritischen utopischen Roman gegen die Diktatur; Vorläufer von Huxley und Orwell.

SCHOPENHAUER, Arthur (1788–1860), deutscher Philosoph; verfocht eine pessimistische Philosophie: »Verneinung des Willens zum Leben«.

SMITH, Adam (1723–90), schottischer Moralphilosoph; entwickelte in seinem Buch *Wohlstand der Nationen* die erste umfassende Beschreibung der bürgerlichen Wirtschaftsweise.

SOKRATES (469–399 v. Chr.), griechischer Philosoph; wie viele seiner Zeitgenossen, die »Sophisten«, ein skeptischer Denker: »Ich weiß, daß ich nichts weiß.« Wurde von seinem Schüler Platon in dessen Werken als Kunstfigur verwendet. Er selbst hat nichts aufgeschrieben.

SPINOZA, Benedictus de (1632–77), in Amsterdam geboren als Sohn von aus Portugal vertriebenen Juden; schrieb u. a. den *Theologisch-Politischen Traktat*, in dem er den Grund legte für die Religionskritik der Aufklärung; war selbst Pantheist.

STOA, Strömung der griechischen Philosophie, begründet um 300 v. Chr. von Zenon aus Kition; Ziel der stoischen Lebenshaltung war, das Leben durch Beherrschung aller Wünsche, d. h. ihre Abweisung, zu bewältigen und Unglück fernzuhalten.

THALES von Milet (625–545 v. Chr.), griechischer Philosoph; sagte aufgrund seiner astronomischen Kenntnisse 585 eine Sonnenfinsternis voraus, vertrat die These, alles sei aus dem Wasser hervorgegangen.

THOMAS von Aquino (1225–74), einer der bedeutendsten scholastischen Philosophen des Mittelalters, seit 1879 für die katholische Kirche der offizielle Philosoph.

VOLTAIRE, François-Marie (Arouet) (1694–1778), französischer Aufklärer: Dichter, Geschichtsschreiber, Philosoph, Publizist; prägte durch seine Persönlichkeit die ganze Epoche.

WEKHRLIN, Wilhelm Ludwig (1739–92), schwäbischer Publizist des 18. Jahrhunderts.

WILSON, Charles Thomson Rees (1869–1959), englischer Physiker; machte 1911 erstmals Atomteilchen mit Hilfe einer Nebelkammer sichtbar.

XENOPHANES (580–485 v. Chr.), griechischer Philosoph; kritisierte die homerischen Götter wegen ihres »allzumenschlichen« Betragens.

ZENON von Elea (um 490–430 v. Chr.), griechischer Philosoph; wurde berühmt durch die von ihm formulierten Paradoxien.